致青春 136

# 別哭

## （下）

曲小蛐　著

高寶書版集團

# 目錄
## CONTENTS


第三十一章　當朋友變成岳父　005
第三十二章　婚約　029
第三十三章　新年願望　057
第三十四章　親人　085
第三十五章　手術　107
第三十六章　重見　133
第三十七章　永遠的主人　159
第三十八章　家法　179
第三十九章　家族　199
第四十章　別哭　223
第四十一章　唐世語　249
第四十二章　新生入學　275
番外一　校草的新生女友　311
番外二　永遠的許願池　331
番外三　諾言　359
番外四　白駒不易　379

# 第三十一章　當朋友變成岳父

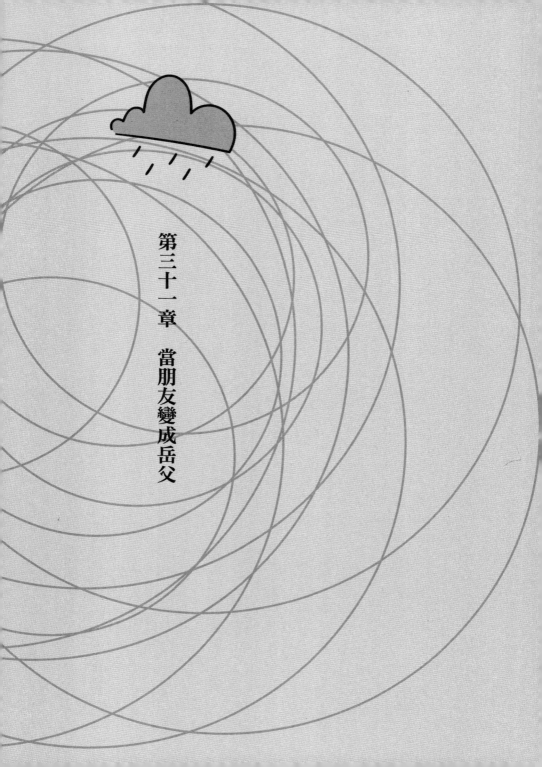

秋風蕭瑟。

唐染不在的偏宅外，石階下相對而立的兩個男人之間的空氣冰冷得接近凝固。讓人恍惚間有種冬天提前來了的錯覺。

死寂之後，沉默終於被打破——

「你為什麼會出現在這裡？」藍景謙問。

駱湛說：「這句話應該我來說。」

「如果我記的沒錯……」藍景謙視線一點點壓下去，「駱小少爺就算和唐家有關係，也該是和主宅那位的婚約關係——既然這樣，你為什麼會出現在偏宅，又為什麼會認識唐染？」

「……嗤。」

小少爺冷淡冰涼的表情被懶散嘲弄的笑意劃破。他低下頭，手沒什麼正經地插進褲子口袋裡，一邊笑著一邊往前晃了兩步——到藍景謙面前，停住。

駱湛慢慢抬頭。

從來懶散而漫不經心的眸子裡，是蟄伏著被觸及地盤的野獸才會有的冰冷：「你質問我？以什麼身分？AUTO 科技的創始人，還是唐家偏宅的……司機？」

尾聲處少年勾起嘴角。

明明是露出笑容，微微繃緊的肩背到手臂的肌肉線條，卻無一不說明他此刻隱忍在爆發邊緣的情緒。

——藍景謙隱藏身分變成唐染的司機，這件事無疑同時觸到了駱湛的底線和高壓線。

如果不是顧忌唐染此時就在偏宅內，隨時可能出現，駱湛大概已經忍不住拎起他這位「好兄弟」的衣領，把人拉到一旁質問了。

藍景謙還是第一次面對這樣的駱湛——脫掉了那副永遠懶洋洋對什麼事都不用心的外衣後，少年的眼神凌厲得能劃傷人。

藍景謙腦海裡的那層紙被這凌厲一戳而破：「所以，你和譚雲昶之前說起過的女孩，就是被你帶去家俊溪那裡接受眼睛的檢查治療的人，也就是唐染。」

「是。」

駱湛應得斬釘截鐵，眼底鋒芒不減半分。

「我回答完，輪到你了。你為什麼會出現在唐家偏宅、又為什麼要做唐染的司機？」

藍景謙不答，緩緩點頭：「所以你那天說要禍害的女生，也是唐染。」

駱湛皺眉，唇角挑起冷淡的笑：「和你有關嗎？」

藍景謙面無表情：「很、好。」

兩人互不相讓地對視起來。

眼神間刀光劍影，氣氛僵持不下，眼見著下一秒就要打起來——

「吱——」

偏宅的外門被推開，換好外套的女孩握著導盲杖慢慢走出來。

她對著安靜的黑暗茫然地停住：「駱駱？」

「——我在。」

正和藍景謙對峙的駱湛頭都沒回，本能地先回答。

下一秒他回過神，在藍景謙意外而若有所思的眼神下，駱小少爺難得露出了一點不自在。

只是很快，那點情緒就被駱湛壓下去。

他沒有再和藍景謙對峙，轉身走上石階。在女孩站著的石階的下一級，駱湛停了下來。

他習慣成本能地接過女孩手裡的導盲杖，摺疊收起攥在掌心，右手手臂托起女孩的手：

「準備好出發了嗎？」

「嗯。」

唐染習慣性地攥緊駱湛的袖口衣角。

「走吧。」

「好。」

石階下，幾步外的藍景謙原地不動地看著這無比嫻熟配合的一套動作，直到那一高一低兩道身影走過面前，他慢慢瞇起眼。

又在原地站了幾秒，藍景謙邁開腿跟上去。

到了偏宅停車的空地前，隔著幾步，藍景謙用遙控器打開半敞篷轎車的車門。

「讓小染上我的車。」

正停在int實驗室的貨車旁的駱湛回眸，眼神冷淡：「為什麼。」

「因為我是小染的司機。」藍景謙視線往旁邊一瞥，「而且，你難道每次來都是開這種車折騰她的？」

駱湛微皺起眉：「我的車不方便進來。」

「怕唐家主宅的人發現？」

「與你無關。」

林千華聽見動靜，從貨車的駕駛座下來。他繞過車頭，走到駱湛身旁，下意識抬頭看敢強硬地和他們湛哥抗衡的人。

看清楚那張非常眼熟的臉孔，林千華大驚，下意識張大了嘴巴：「藍——」

話聲未竟，提前察覺的駱湛手裡導盲杖一抬。

餘下的話被導盲杖杖柄阻止在嘴巴裡。

林千華回神，慌忙收回視線落到身前的駱湛身上。對上少年那冷冰冰懶洋洋的眸子，林千華心裡一陣激靈。

——閉嘴。

駱湛皺著眉朝林千華做口型。

林千華立刻瘋狂眨眼，表示自己明白了，駱湛才放下導盲杖。

收回前，他想到什麼，比到林千華嘴巴上的導盲杖杖柄被他舉起來，嫌棄地在林千華衣服上蹭了蹭。

林千華委屈兮兮地看了他一眼。

藍景謙旁觀這一齣「默劇」。

唐染不知道發生了什麼事。等了這麼久沒聽見聲音，她好奇地朝身旁仰了仰臉：「駱駱，你和司機叔叔認識嗎？」

駱湛和藍景謙對視一眼。

下一秒，藍景謙淡淡撇開視線：「不認識。」

駱湛冷冰冰哼笑一聲：「沒見過。」

唐染更加茫然了。

儘管駱湛不太情願，但考慮到唐染的舒適度，他還是親自把女孩送進藍景謙開來的黑色轎車裡。

蹲下身幫唐染繫安全帶的時候，駱湛聲音懶洋洋也不掩飾：「到了大路旁我們再換車。如果覺得不安全，記得按我設的隨身警鈴。」

唐染把這句話琢磨一遍才聽懂，她輕聲說：「駱駱，叔叔人很好的，你不用擔心。」

駱湛低著頭，把安全帶扣進安全扣裡，捋平女孩外套的褶皺，然後才抬起眼。

他伸手輕揉了揉女孩的長髮，懶散地笑：「妳還說過我是好人。從這點來看妳的判斷完全不能參考，我不信。」

「駱駱不是嗎？」

唐染被他的自嘲逗得笑起來，眼角彎得像月牙一樣。

坐進駕駛座，藍景謙面無表情地瞥來一眼。

忍了幾秒，他才艱難地將視線從駱湛摸著唐染頭頂的那隻可恨的手上挪了下來。

「我們要出發了。」藍景謙說。

駱湛眼底笑意一淡。幾秒後，他仍望著唐染，退開半步，手也垂了下去。

「唐染，等等見。」

唐染的手下意識在黑暗裡握了一下，但什麼都沒捉到。

回過神，她認真點頭：「嗯，等等見。」

貨車開在前，出了唐家大院的後門，駱湛摘掉掩人耳目的棒球帽，扔在座位旁。他拿出手機撥電話給譚雲昶。

「等一下你會見到唐染從藍景謙的車上下來，一個字都不要說，直接上車回學校。」

譚雲昶在對面消化了好幾秒：『藍景──我男神？』

「嗯。」

『他為什麼會——』

駱湛冷淡打斷：「我現在的疑問比你更多，而且情緒比你更差，你確定要現在問我？」

譚雲昶艱難嚥回話音。

駱湛倚進座位裡，輕睖起眼。半晌後，他突然開口：「這通電話結束以後，你立刻找齊靳查一件事。」

『什麼事？』

駱湛和譚雲昶的電話結束後，車裡仍舊死寂了一陣子。

然後林千華終於從震驚裡回過神，錯愕地轉頭看向駱湛：「湛哥，你不會是認為——」

「我什麼都沒有認為，只是懷疑。」駱湛懶洋洋地支起眼皮，頓了頓，「開車看路，我不想死在你手裡。」

「喔喔。」林千華連忙轉回頭。

但回憶起駱湛剛才對譚雲昶的交代，他還是有些心神不定：「可是你這個懷疑也，太大膽了點。」

「是嗎？」

駱湛側過臉，望著前車窗玻璃外那輛開在貨車前的黑色半敞篷轎車，駱湛慢慢沉下視線。

黑色敞篷車的速度自然比貨車要快得多，提前兩分鐘停到大路旁。

最初的安靜裡，唐染忍了一陣子，還是忍不住轉向駕駛座，輕聲問：「司機叔叔，你不喜歡駱湛嗎？」

藍景謙被唐染的話從紊亂的思緒裡叫了回來。

思索兩秒後，他開口：「我知道駱家的這位小少爺，我也很欣賞他。只是……我很難接受他這樣出現在妳身邊。」

唐染猶豫了一下，問：「為什麼？」

藍景謙嘆聲說：「他是駱家最受寵的小少爺，在其他方面更是得天獨厚，養成了桀驁不馴什麼人都不放在眼裡的性子。那是他的驕傲也是他的資本。這樣的少年到哪裡都是被追捧的，小染如果喜歡他，我會很擔心。」

副駕駛座上的女孩沉默好久，慢慢低下頭：「司機叔叔也覺得，我沒有資格和駱湛站在一起嗎？」

「當然不是！」藍景謙想都沒想的否決，「小染值得這世界上最好的男孩子喜歡。」

唐染輕攥起安全帶，小聲說：「駱駱對我來說，就是這個世界上最好的人。」

藍景謙眼神一顫。

唐染用力點頭。

須臾後，他無聲地嘆：「他對我們小染好嗎？」

停了幾秒，覺得這還不足夠，唐染又開口。

「駱駱是對我最好的人。他剛開始表現得很凶，也很冷漠，但那只是表面。他會在下雨的時候跑回來找我，會把自己的外套給我，還會陪我坐他從來沒坐過的公車。我迷路的時候他會冒著很大的雨找我，我沒吃東西的時候只有他一直記得。我害怕他想要躲開的時候，他會在我面前裝作是他的哥哥——他明明是很驕傲的一個人，那該是他最不願意做的事情，但那樣的事情他為我做了很多很多。」

唐染說完，車內久久安靜。

等了一陣子，女孩突然反應過來，紅起臉低下頭：「我是不是，說的太多了。」

藍景謙慢慢回神，無奈地笑起來：「確實不少。看來和他的每一件事，妳都記得很清楚。」

女孩的臉更紅了。但她還是認真又坦誠地點頭：「因為駱駱很好。他值得我記得。」

「可是他對妳太好了，我也會擔心。」

唐染茫然抬頭。

藍景謙沉默幾秒，抬手輕摸了摸女孩的頭：「小染，這個世界上有一個道理叫除了父母以外，沒人會無緣無故對妳好的。」

唐染沒能聽懂，不解地歪了歪頭。

藍景謙收回手，望著後視鏡裡逐漸開近的那輛車，眼底情緒更複雜了。

「非親非故的，為妳違逆本性對妳好到極致的只有兩種可能。因為歉疚，或是因為有所圖。他會是哪一種……還是兩種都有？」

譚雲昶和林千華乘著貨車離開。

大路旁只剩下一輛墨藍色超跑，還有一輛深黑色半敞篷轎車。

唐染從藍景謙的車上換到駱湛的車上之前，接到一通電話，是來自之前照顧她的阿婆楊益蘭的。

女孩十分高興，還有點迫不及待，拿起手機躲到駱湛的車後接電話去了。

駱湛原本靠在車前身上，支著長腿懶洋洋地等著。

直到他的手機突然震動了一下。

將訊息一目十行地看完，駱湛慢慢瞇起眼。幾秒後，他直起身跳下車身，走向停在前方的黑色轎車。

坐在駕駛座裡的藍景謙的注意力，很快隨著駱湛的接近，而從後視鏡裡女孩的身影上挪到駱湛身上。

他解開安全帶，半側過身，看著駱湛走到他的車旁。

藍景謙淡淡抬眼：「有事嗎，駱小少爺？」

駱湛撐住黑色轎車的車門，微俯下身：「確實有個問題想和你確認一下，藍先生。」

藍景謙沒什麼表情：「小少爺這樣的稱呼，我受不起。」

「那就換一個，隨藍先生喜歡……喔，我想到了。」

那莫名飄忽的語氣讓藍景謙皺眉，他抬頭看向駱湛。

駱湛低著漆黑的眼，沉默對視半晌，他移開視線，驀地一笑。

「或許，我該提前叫一聲……爸爸好？」

二十分鐘前，int實驗室貨車內。

駱湛說：「這通電話結束以後，你立刻找齊靳查一件事。」

譚雲昶問：『什麼事？』

駱湛說：「藍景謙當年出國的時間以及原因。尤其是後者，我想知道唐家在這件事裡是否也扮演了一個非常重要，甚至決定性作用的角色。」

譚雲昶說：『他可是我男神，這個我當然早就查過了——他出國剛好在十七年前。不過沒查到原因，應該是外力作用。』

駱湛說：「外力……」

譚雲昶回答：『等等，你剛剛說唐家？你是懷疑當年男神是被唐家逼出國的？』

駱湛說：「AUTO科技多年沒有涉足國內領域，唐家的產業據我所知只局限在國內——所以在藍景謙出國後，他們兩方基本上不存在交惡的基礎。」

譚雲昶說：『那在國內也不應該啊，他那時候只是個默默無聞的大學生而已，怎麼會和唐家有交集？』

電話裡安靜幾秒，駱湛緩緩說出一個名字：「唐世語。」

譚雲昶愣了一下：『誰？』

「唐世新的妹妹，唐世語，我聽我爺爺提過，她在十六年前遠嫁國外。」

『她她她跟男神又什麼關係？』

「週五茶館裡，你不是幫藍景謙分析過受傷情史？」

『……我靠。』譚雲昶用力地吞了吞口水，『我一身的雞皮疙瘩啊……按照你這麼一說，好像每一個環節都對上了。』

駱湛沒有接話。

譚雲昶消化了好久，才慢慢回過神：『這一則線索看起來沒什麼問題，但你是從哪個環切進去開始整合的？畢竟這是這麼零碎又大跨度的訊息量呢。』

駱湛說：「這些以後再說。當務之急，你讓齊靳查一件事作為驗證。」

『十七年前，藍景謙和唐世語的交集時間，以及藍景謙出國後唐世語未婚生育的可能性。』

一分鐘前，駱湛的手機裡收到兩則來自譚雲昶的簡訊。

『根據齊靳的資料庫結果，藍景謙和唐世語確實有接觸痕跡，且存在親密關係的可能性。至於未婚生育，唐世語出國前的一年內的行蹤痕跡被抹除得很乾淨，無法判斷。』

『資訊只有這麼多，你準備怎麼辦？』

駱湛看完，在手機上輕敲了兩個字：『詐他。』

隨手傳了訊息，少年收起手機，從超跑的前車身跳下來，走向黑色半敞篷轎車。

此刻，藍景謙僵在駕駛座裡，懷疑自己是產生了幻聽。在巨大的震驚之後，他快速反應的理智很快摸透駱湛這個稱呼背後最直接的因果關係。

於是取代震驚，惱怒的情緒在藍景謙的臉上浮起：「你叫我什麼？」

駱湛充分收集了自己需要的訊息，也得出了最終的答案。從十七年前至今，和唐染身世相關的那條不甚清晰的藤蔓上每一個枝葉逐漸顯現在他面前，直到脈絡清晰可見。

駱湛回過神，輕嘆一聲，他插著褲子口袋的手抽出來，目光難得妥協地壓低：「抱歉，喊急了——伯父好。」

藍景謙氣得臉色發白。怒意上漲到極致，他反而氣笑起來：「伯父？我何德何能，怎麼擔得起駱小少爺的一聲伯父？」

駱湛無精打采地垂著眼：「我也覺得這個身分關係的跨度有點大，換另一個人夾在中間我大概會裝不知道，畢竟莫名其妙跌了一輩的人是我。」

藍景謙氣得顴骨微動：「那你就裝作不知道。」

駱湛想都沒想：「現在夾在中間的是染染，我不可能裝不知道。」

車裡車外的沉默持續許久。

藍景謙終於慢慢平復下心緒。他側過臉，抬頭重新看向駱湛：「你是怎麼猜到的？」

駱湛懶洋洋地支起眼皮。

對視幾秒後，他垂回視線，同時開口：「昨天有人告訴我，有一個長得很像你的人和一個聲音很像染染的女孩一起出現了。」

藍景謙皺眉說：「所以你打來的那一通電話，是想試探我？」

駱湛不置可否：「而在昨天的通話裡，讓我印象最深的還是你那句要當爸爸了。」

藍景謙沒說話。

駱湛說：「你的感情史我很清楚，至少從我認識你的這兩年裡，從來沒見過你和任何女人有沾染，更別說是親密關係。所以沒意外的話，孩子不可能是剛出生，更大可能是多年前的，某個『錯誤』。」

藍景謙回過神，目光複雜地看向駱湛：「然後你就猜到了？駱小少爺整合訊息的能力還真是可怕。」

駱湛懶垂著眼：「謝謝伯父誇獎。」

藍景謙冷淡地瞥他：「就算你自願降輩，也得我同意你這個稱呼。」

「那藍總同意嗎？」

「作夢。」

駱湛啞然失笑。

不等兩人再交談，駱湛身側不遠處響起導盲杖敲地的輕聲。駱湛連忙抬眼看過去。

唐染正遲疑地停在他幾步外：「作夢？什麼夢？」

車裡的藍景謙臉色微變。

駱湛走上前，無奈說：「隔著這麼遠，妳也聽得見？」

「剛好聽到最後一句……」唐染輕聲說完，仰頭朝向駱湛，「你和司機叔叔在聊什麼？他為什麼說作夢？」

「唔，那妳得問他。」

唐染回：「喔。」

駱湛扶著女孩走到車旁邊。唐染摸著車門的位置，同時好奇地問藍景謙：「叔叔，你剛剛和駱駱聊什麼？」

藍景謙張了張口，沒說出話。

駱湛在旁邊看了幾秒熱鬧，無聲一笑。他垂下眼，懶洋洋地沒什麼正經：「我們剛剛在討論稱呼問題。」

唐染問：「稱呼？」

藍景謙動作一頓，隨後警告地望向駱湛。

駱湛卻沒理會，跟女孩應聲：「嗯。妳稱呼他叔叔，叫我哥哥，妳說我該稱呼他什麼？」

唐染低下頭，想了一下她猶豫著說：「叔叔的聲音雖然聽起來還很年輕，但應該是我們的長輩了，所以駱駱也該稱呼他為叔叔吧？」

駱湛得逞地一勾嘴角：「我也這麼覺得。但妳的司機叔叔好像不樂意接受這個稱呼。」

唐染不解地轉了轉身：「叔叔不喜歡這個稱呼嗎？那、那我以後該怎麼稱呼你呢。」

對上女孩不安的表情，藍景謙一時語塞。

僵持數秒，藍景謙沒表情地瞪了車旁的駱湛一眼。他轉向唐染，輕嘆聲：「怎麼會？小染想怎麼稱呼就怎麼稱呼。」

唐染放心了，眼角微彎：「駱駱，我就說叔叔不會不同意的。」

「嗯。」駱湛笑了笑，「那以後就請多多關照了──叔、叔。」

在唐染期盼的表情下，藍景謙顴骨輕動了一下，微笑：「一定。」

唐染和駱湛的「約會」沒有辦法順利進行下去。

因為楊益蘭的那通電話，他們的目的地臨時調換，改為唐染和楊益蘭共同居住的那處公寓。

除此之外，開車的駱湛瞥了後視鏡一眼──自己開著的墨藍超跑的車屁股後面，此時正堅持不懈地跟著另一輛黑色轎車。

還是一個趕都沒辦法趕的電燈泡。

駱湛不爽地收回目光。

「駱駱。」旁邊副駕駛座上，女孩突然輕聲開口，「你好像一路上都有點心不在焉的，是有什麼事情嗎？」

「嗯？」駱湛倉促回神。

唐染說：「如果你有事，讓司機叔叔陪我過去拿東西就好了。」

「沒有。」駱湛否認，「我只是突然想起一點問題。」

唐染好奇地問：「什麼問題？」

駱湛思緒一飄，隨口說道：「妳等等要見的阿婆好像還把我當成駱修，我在想會不會被妳的……新司機不小心拆穿。」

唐染驀地回神：「對喔。阿婆還不知道你就是駱湛的事情。」

女孩苦惱地皺起眉：「那要怎麼解釋呢。」

「別解釋了。」

「啊？」

駱湛望著那棟漸漸近了的公寓高樓，說：「她要給妳的東西不是已經打包好了？等等妳和妳的阿婆在樓下閒聊，我和妳的新司機去樓上幫妳取東西。」

唐染想了幾秒，表情嚴肅地點頭：「好，我會負責拖住阿婆的。」

駱湛被女孩逗得啞然失笑。

到了公寓，兩輛看起來昂貴奢華的超跑和轎車前後停在公寓樓下，引來路人不少注目的視線。

深藍色超跑的駕駛座車門打開，下來一名穿著白襯衫外面套著一件長大衣的青年。那張看起來清雋不斐的臉孔上扣著一副茶色大墨鏡，最好看的桃花眼被遮得嚴實，只露著高挺的鼻梁和薄薄的唇。

青年繞到副駕駛座那側，把車內的女孩扶下來。

唐染離開車時，楊益蘭正壓下驚訝來到她面前：「小染！」

「阿婆。」唐染朝著聲音的方向轉過去，露出藏不住的開心，「妳還好嗎？」

「這話應該是阿婆問妳才對……」楊益蘭拉著唐染絮叨幾句，忍不住看了車旁站著的身高腿長的青年一眼。

楊益蘭踟躕地問唐染：「怎麼是駱家的大少爺送妳來的？」

唐染心虛地低了低頭：「駱駱跟我約好今天一起出來，阿婆妳打電話給我的時候，他就在我旁邊。」

「這樣啊。」楊益蘭點頭，再次看向駱湛。

駱小少爺難得露出明顯的遲疑。

和真正的駱修不同，他絕對算不上會有溫文爾雅的表面禮儀的人。只是眼前這位畢竟是對唐染極好的長輩，他視而不見也不合適。

小少爺表情不自在了兩秒，還是乖乖壓下眼，低聲問候了句：「阿婆好。」

楊益蘭有點受寵若驚，笑了笑：「這麼久不見，難為大少爺還記得我這個老太婆。」

駱湛說：「您是唐染的阿婆，也就是我的長輩。這是應該的。」

楊益蘭笑容微頓，這話讓她怎麼琢磨都覺得另有深意。

駱湛沒有一直耽擱下去的打算。

他說完以後轉向唐染，放緩了聲音：「染染，我和妳的新司機先去樓上幫妳拿東西，好嗎？」

「嗯。」唐染點頭，「阿婆，妳能把鑰匙給駱駱嗎？」

楊益蘭遲疑：「我跟他們一起上去……」

唐染握緊了楊益蘭的手：「可是阿婆，我想和妳聊聊天。」

楊益蘭的表情頓時柔和下來：「好好好，那就讓他們上去，我陪我們小染聊聊天。」

等駱湛和從後一輛車下來的藍景謙快步走進公寓內，楊益蘭奇怪地收回目光。

「小染，後面那個男人就是妳說的新司機嗎？」

「對的。」

「看起來氣質挺好的。」

唐染彎下眼角：「聽聲音也是一位很溫柔的叔叔。」

楊益蘭說：「今天太陽也不刺眼啊，天氣還有點陰陰的。他們兩個怎麼還戴著墨鏡呢？」

唐染一愣：「司機叔叔也戴了嗎？」

「是啊。」

唐染茫然地轉了轉臉。

駱駱戴墨鏡，是怕被楊益蘭發現他是駱家的小少爺駱湛而不是駱修。

那她的新司機，為什麼也要戴墨鏡呢……

公寓內，電梯間，駱湛主動按下電梯的上行鍵後，最近的一部電梯緩緩下來。數字在「十一」上停住。似乎是樓上的其他住戶按的。

預計還要等上一下子，駱湛收回手，站在電梯門前。

他的身旁，藍景謙打量過公寓電梯間的環境，正皺著眉回頭：「小染之前就是住在這裡？」

「嗯。」駱湛懶聲答，「她和剛剛站在她旁邊的那個阿婆，在這裡生活了將近十年，一直到十六歲生日前才被接回唐家，住進偏宅。」

藍景謙眉皺得更深。

只是下一秒他突然想到什麼，目光不善地看向駱湛：「你對小染很瞭解？」

駱湛的手插著褲子口袋，眼底情緒沉浮幾回。

最後他只低笑一聲，重新抬眼：「叔叔放心，我們正式認識的時間不久，這公寓我也只來過一次。」

那個稱呼還是讓藍景謙眼皮跳了跳，他忍耐下去，皺著眉問：「那你和小染的關係到哪一步了？」

駱湛啞然失笑。他雙手從褲子口袋裡抽出，舉過肩頭，半玩笑半認真地側過身。

「您明鑑，我之前說的都是實話——我承認我喜歡她，但我們只是純潔得不能再純潔的，與小朋友一樣的友誼。」

藍景謙狐疑地望著他：「真的？」

駱湛放下手：「染染只有十六歲，這一點我比誰都清楚。我再喜歡，也沒有到要和未成年談戀愛的禽獸程度。」

藍景謙儘管不悅，但總算放心。

正在此時，電梯門「叮」的一聲，在他們的眼前打開。

駱湛準備邁開腿，又頓住了。

電梯內，一位弓著腰頭髮花白的老太太拄著枴杖，正慢悠悠地往外邁第一步。

駱湛自覺側過身，給這位看起來就行動不便的老太太讓路。

聽著枴杖一聲一聲扣在地上的聲音，駱湛垂著的眼皮支了起來。

……他記得這個聲音。

上次來公寓，就是這個和女孩的導盲杖很相像的聲音觸動了他，讓他難得主動地「助人為樂」了一次。

後來好像還有點小插曲。

不等駱湛仔細回憶，面前走過去的老太太餘光掃到側過身的駱湛，停了下來：「謝謝你啊，年輕人。」

謝人的話都沒變。

駱湛垂眼應了：「不客氣。」

老太太的枴杖再次提起來，但高度未半就重新落下去。

她疑惑的聲音響起：「你……你看起來有點眼熟啊？」

駱湛停住，這一剎那，他的心跳沒來由地亂了一下。就像某種不好的預感……

「啊，我想起來了。」

在苦思冥想之後，老太太眉開眼笑地指著駱湛。

「你是去十二樓的對吧，今天又來看女朋友啦？」

駱湛無語，藍景謙愣住了。

——什麼朋友？

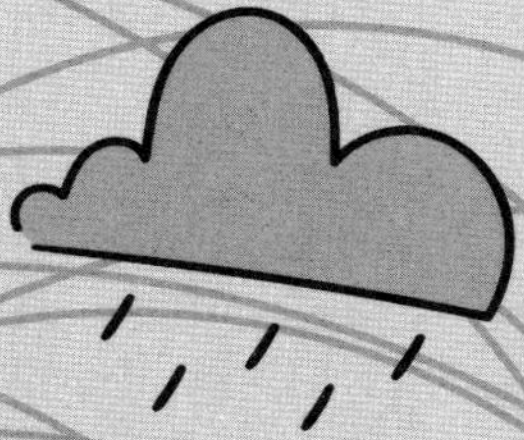

# 第三十二章　婚約

電梯間裡陰風陣陣。

駱湛回過神來，感受到身後如芒在背的目光，他嘆了一聲氣。

「您誤會了。那天沒有跟您解釋清楚，十二樓那位不是我的女朋友，我那天只是受她的長輩囑託，送鑰匙給她……」

「欸。」老太太親切地拍了拍他的手臂外側，「你看你這個年輕人，有什麼不好意思的呢？你別看我年紀大，但我不是那些老古董，更何況你們這些年紀輕的，談戀愛還不好意思承認？」

駱湛義正辭嚴：「真的不是戀愛，只是送鑰匙。」

老太太猶豫了一下：「真的？」

「嗯。」老太太露出困惑，「那……那天你中午上去的，怎麼我傍晚回來還在這裡遇見你了呢。送鑰匙不會送一整個下午吧？」

經過老太太這一番不懈努力，身後藍景謙目光裡的情緒已經基本要轉變為殺意了。

不敢跟老太太再往下聊，駱湛目送老人家離開。

藍景謙問：「送鑰匙？」

駱湛說：「確實是送鑰匙，這點你問染染或者她那位阿婆，都能驗證。」

藍景謙又說：「也就是說，家裡沒人，你和她單獨在一個屋簷下。還待了一整個下午？」

駱湛被問得不知道該怎麼回應，對視幾秒，他無奈地笑：「我怎麼好像百口莫辯似的。」

「和事實有出入，你可以反駁。」

「可惜沒有。」駱湛微聳肩，「事實確實如此。」

藍景謙目光微沉。

駱湛解釋：「但是就算要給我判刑，也讓我補充一下當時的情境和背景？」

「……你說。」

駱湛說：「那天中午染染一個人在家，而且她還沒吃飯，家裡的冰箱沒有冷凍食品，她阿婆不知道什麼時候回去——我總不可能扔下她一個人不管。」

藍景謙目光微動，表情開始緩和。

駱湛又說：「我沒下過廚，那天中午的午餐折騰了很久。等午餐後，她在沙發上一個人睡過去了，所以我沒有走。等到她的阿婆傍晚回家我才離開了。」

藍景謙不自禁地皺起眉，低下眼去：「小染她……經常一個人在家嗎？」

他像是在問駱湛，又像是自言自語，表情裡露出介於心疼和愧疚之間搖擺的情緒。

而駱湛對這種情緒很熟悉。

——知道自己就是女孩童年時期救過的那個男孩以後，駱湛便從未真正從這種情緒裡走出來過了。

駱湛低緩下聲音：「以前，或許吧。但以後，不會了。」

藍景謙抬眼，駱湛露出罕見的正經又認真的模樣：「以後只要染染需要，我隨時都會出現在她的眼前。」

藍景謙非常感動，張口：「小子，你想都別想。」

藍景謙又說：「我女兒才十六歲。像你這種在戀愛年齡上連道德底線都沒有的禽獸，未來幾年裡離她越遠越好。」

駱湛無語了。

有了女兒的男人，都是這樣時刻預警並準備著的嗎？

經歷過公寓老太太拆穿事件後，藍景謙對駱湛在唐染相關方面的最後一點信任，連同他們的塑膠兄弟情，一起破碎得十分澈底。

駱湛在藍景謙眼裡的地位，在短短半天的時間內，迅速從忘年交的駱家小少爺跌成了惦記他十七年才遇見的寶貝女兒的禽獸小子。

防駱湛之險甚於防川。

於是之後一整天的行動裡，不管駱湛帶著唐染走到哪裡，那輛黑色的轎車始終牢固地黏在他們的車後。

老父親滿是斥責與防備的目光更是如同懸在駱小少爺頭頂的一把利斧。

——還是對他有怨，隨時準備跳下來喀嚓了他的利斧。

傍晚，女孩被駱湛轉交到藍景謙的「司機」車上。他自己則開車趕回實驗室，為晚上的機器人兼職做準備。

為了避免撞見藍景謙，駱湛刻意推遲了從實驗室出發的時間。

路上，貨車內，林千華不安地問：「湛哥，只有我們兩個人去可以嗎？」

駱湛說：「車斗裡已經安好滑輪裝置，一個人也能處理機械箱的上下問題，為什麼不行？」

林千華回答：「不是這個問題。我是擔心，那位藍總不是在扮演唐染妹妹的司機嗎？再加上那個送餐的，偏宅現在的人好像越來越雜了，感覺這樣下去遲早會露餡——而且譚學長今晚有事，萬一出什麼狀況，我哪有他反應那麼快？」

駱湛沒抬眼，懶洋洋地打了個呵欠：「你別烏鴉嘴就夠了。」

「……噢。」林千華連忙轉開頭，「呸呸」兩聲。

駱湛沉思幾秒，冷靜開口：「等進了唐家大院的後門，你觀察一下停車情況。如果藍景謙的車還在院內，那你就熄火裝死等他離開。如果不在，一切照常。」

林千華聽完才安心些，立刻點頭：「好。」

貨車暢通無阻地進到唐家後門。

下車以後，林千華謹慎得恨不得把偏宅附近的草皮下面都翻一遍，這才確保藍景謙的車並不在院內。

他鬆下口氣，將車斗裡已經裝進「機器人」的機械箱順著可收縮電動滑桿送到地面，然後推到了慣例留門的偏宅內。

偏宅內燈火通明，客廳裡沒人。這情況也不是一次兩次了，林千華習慣性地不做打擾，只在機械箱的金屬門上按照約好的「暗號」敲響後，轉身離開了偏宅。

在偏宅院落內上了車，林千華一邊準備發動車，一邊鬆下口氣，自言自語：「和平常沒什麼差別，幹麼自己嚇自己。」

林千華這邊握上車鑰匙，準備擰下去發動引擎的時候，唐家後門的方向突然亮進來兩束轎車大燈的雪白燈光。

車燈轉向，恰巧從林千華眼前晃過去，他本能抬起手臂擋到眼前。

停了四五秒，車燈才轉開。

林千華放下手臂，嘟囔：「誰大晚上的這麼……」

話聲戛然而止，從僵硬回神的下一秒，林千華猛地向前一撲，幾乎是趴到了前車窗上看著不遠處那輛停在偏宅門前的黑色轎車。

幾秒後，兩側車門打開，駕駛座下來的男人走到副駕駛座那側，把車裡的女孩扶了出來。

車內，愣了幾秒的林千華猛回過神：「我靠！」

他縮回身摔回座椅裡，手忙腳亂地從身上翻出手機，拚上最高手速飛快地傳了一則訊息給駱湛：『他們不在家，剛回來，快躲！』

偏宅內，駱湛在林千華離開沒多久後，就從機械箱裡走了出來。

客廳裡不見人影，駱湛轉過半圈，確定無異，便走向女孩的臥室方向——按照之前的每天晚上，如果唐染不在客廳，那十有八九是因為什麼事情而在臥室裡。

到了臥室門口，駱湛聽了半天仍然沒有聽見動靜。他微皺起眉，小心地推開房門，走進臥室。

但在臥室內走過一圈後，連浴室都找了，仍不見女孩的人影。

駱湛皺起眉，下意識抬起手腕，然後才想起手錶在偽裝機器人階段會提前摘掉。

駱湛只能拿出調至靜音的手機，確定時間。

只是手機剛拿出來，就在他的手裡亮起，林千華的簡訊赫然入目。

看清楚簡訊裡的「他們」兩字，駱湛眼神一震。收起手機就要拉開臥室房門。

而就在此時，客廳後的玄關方向，推門聲驀地響起——

「小染，小心點。」

「謝謝叔叔。」

「今天出去玩了一天，累壞了吧？先坐……這是什麼？」

「嗯？」

客廳內，藍景謙的目光警惕地望著側方，同時對唐染說：「小染，妳的客廳裡突然多出來一個兩公尺左右的金屬箱子，那個箱子還是打開的。」

唐染愣了一下，笑起來：「叔叔別擔心，那是機器人的機械箱。」

藍景謙一愣，回頭：「這就是那個機器人的？」

「嗯。」唐染點頭，隨即疑惑了一下，「箱門是打開的，那機器人應該已經出來了——啊，它可能在臥室，它有時候會自動感應，去那裡找我。」

隨著唐染的話，藍景謙剛鬆下的眉頭慢慢皺起：「妳是說，那個機器人會主動去妳的臥室？」

唐染點頭：「類似熱感應偵測那樣？」

藍景謙抿唇不語，表情嚴肅而警惕。

按照目前人工智能的發展程度，主動對熱感應偵測做出判斷和反應並非不能實現，但想要投入一個完全獨立自主的仿生機器人的系統協調裡，無疑是無比困難的事情。

結合唐染之前的描述，他對這個機器人的本質越來越存疑了。

唐染並未察覺藍景謙的提防。

在偏宅裡熟悉了幾個月後，她已經能像正常人一樣通行。所以回答完藍景謙後，唐染便朝著臥室的方向走了兩步。

一邊走，女孩一邊輕聲地喚：「駱駱，你在嗎？」

空氣安靜，唐染意外地停住腳步。

在從沒變過的黑暗裡，女孩茫然地轉了轉臉：「駱駱？」

回答她的仍然只有安靜。

唐染心底，一點深埋的慌亂的種子掙扎出來，讓她的聲線微微帶上一點顫：「駱、駱駱，你不在嗎？」

藍景謙回神上前，半拉半護住慌亂的女孩：「小染，妳別急。」

唐染本能地推開藍景謙的手，倉皇地朝突然分不出方向的黑暗裡踏出兩步，聲音輕抖。

「駱──」

「我在。」

在驚慌登頂前，有聲音截斷。

黑暗裡，那個機械的沙啞聲音走出臥室的走道，出現在唐染那片空茫無物的世界。

然後一步接一步，無聲而平靜，「它」走到她的面前，停了下來。

唐染感知到什麼，慢慢伸出手去，微顫的指尖摸上熟悉的襯衫和溫度。

她臉上的慌亂和緊張驀地一鬆，女孩的聲音帶起一點發哽的笑：「駱駱？」

「我在。」

機器人不厭其煩地重複。

「我以為你又出事了。」女孩鬆了顫抖的聲線，她張開手，餘悸未消地抱上機器人的腰身，「你嚇死我了。」

駱湛在微愣後，便任唐染抱著了。

等貼在身前的女孩咕咕噥噥地說完，他也只能無聲地笑了一下。

然後駱湛抬眼，他和女孩身後不遠處震在原地的藍景謙對視。

直到唐染慢慢定回心神，在他身前抬了抬頭：「駱駱，你今晚沒有跟我打招呼。」

駱湛一頓，無奈：「必須要嗎？」

這個對話的靈活度好像超出之前。

唐染心裡猶豫了一下，還是輕聲回答：「之前明明每天晚上都有的。我想聽。」

當著藍景謙的面，駱湛知道自己現在最好一字不吭，那才是明智之舉。

但唐染的要求，他從來沒辦法拒絕。

駱湛無奈垂眼，望著女孩，低聲開口：「晚安，主人。」

駱湛第一次在自己這位「忘年交」的臉上，看見這樣抽象到難以言喻的表情。

以致於他有點擔心，自己設想裡應該會按兵不動的藍景謙會不會因為理智全失，不考慮結果利弊就直接衝上來活撕自己。

所幸，在明顯肉眼可見的呼吸調整後，藍景謙的理智還是戰勝了衝動。他的表情一點點平復下去，雙眼仍舊近乎凶厲地盯在駱湛身上。

「小染，妳……外套還沒脫。先回房間把衣服換下來吧，冷熱不勻容易感冒。」

唐染回過神，有點不好意思地放下手，退了半步：「嗯，叔叔你先坐。」說完，女孩摸索著朝自己臥室的方向走去。

女孩的背影消失在走道，臥室房門關上的聲音很快地傳了回來。

藍景謙那凌厲得像帶了刀子的目光落回駱湛身上。

駱湛無奈失笑：「這……」

機器人的聲音一停，他垂手關了變聲開關，然後抬眼，低啞下聲音說：「我聲明，偽裝AI是情非得已，偽裝期間的任何時刻絕對沒有做出過任何占女孩便宜的行為。」

「情非得已？」藍景謙面無表情地重複，「是有人拿刀架在你脖子上，逼你給小染做機器人了？」

駱湛說：「雖然不是這種狀況，但確實是無奈選擇。」

藍景謙瞇起眼：「那我剛剛怎麼沒看出你有半點不情願，反而一副樂在其中的模樣？」

駱湛一頓，半是玩笑地抬眼，輕聲問：「叔叔，你確定要我在這裡解釋給你聽？」他示意一下唐染臥室的方向，藍景謙的表情晦暗不明。

僵持數秒，藍景謙邁開腿，腳步無聲地走到駱湛眼前，停了下來。

「明天上午十點，還是上次那個茶館包廂。」藍景謙向前傾身，聲音壓得冰冷低沉，「去之前你最好提前想一想，這件事要怎麼跟我解釋清楚。」

駱湛懶笑著點頭：「一定。剛好我也有幾個小問題，想聽叔叔你的答案。」

藍景謙涼颼颼地瞥了他一眼。

唐染沒有出來，藍景謙也沒放過這個盤問的機會。他壓著聲音：「你每天晚上都會過來這裡？」

駱湛屈起食指輕蹭一下額角，露出點不自在：「是。」

藍景謙情緒沉了一度：「那每天什麼時候離開？」

「十點以前。」

「……你知道這種行為，我已經可以打一一〇，讓人抓你走嗎？駱小少爺。」藍景謙的稱呼從牙縫裡擠出來。

駱湛點了點頭：「大概知道。」

「那你還敢站在這裡？」

「讓我換一個地方待上一個晚上，這也沒什麼。」駱湛語氣冷靜，「不過染染發現我不在，大概會著急或者擔心，這會讓我不安。」

藍景謙皺起眉。

但想到唐染方才焦急慌亂的模樣，他又不得不承認駱湛說的是對的。

藍景謙只能停止把人塞進機械箱扔出去的想法。

臥室方向傳來動靜，藍景謙和駱湛自覺停下交談。藍景謙主動拉開距離走到一旁，等著唐染出來。

換好居家服的女孩從走道裡走出，第一件事就是先對藍景謙說：「叔叔，時間好像不早了，你回到家要很晚了吧？」

藍景謙眼神柔和下來：「沒關係，我不急。」

唐染說：「可是應該已經過工作時間很久了。總是這樣耽誤叔叔的私人時間，我又沒辦法給叔叔補償……」

「別多想。」藍景謙說：「和小染待在一起，我的私人時間會有價值得多。」

駱湛站在旁邊，半靠到牆上，懶洋洋地聽著。

儘管已經驗證藍景謙就是唐染的生父這件事，但聽見他的女孩這樣被另一個男人溫聲哄著，心底那點不爽和酸得咕嘟咕嘟冒泡的感覺還是揮之不散。

駱湛低了低頭，無奈又無聊地撥了一下額前垂下的碎髮。

那邊又聊幾句後，因為耽誤司機叔叔私人時間而良心不安的唐染，還是繞回起點：「叔叔，你真的不用擔心我。有駱駱陪我，我不會無聊。你快回家休息吧。」

藍景謙嘴角抽了抽，看向駱湛。

要是沒有這個小變態在，他還不用這麼擔心。

但這個問題藍景謙自然沒辦法向唐染言明。於是皺眉幾秒後，藍景謙只能壓下情緒，轉回頭對唐染說：「既然這樣，叔叔就不打擾妳了。小染妳也早點休息，好嗎？」

「嗯！」唐染點頭，「叔叔再見。」

臨走之前，藍景謙對駱湛投去意味深長的警告目光，然後才關門離開了。

週一上午，為了表示誠意，駱湛提早二十分鐘趕到了和藍景謙約好的茶館包廂裡。

然而推門進去時，藍景謙看起來已經來了好一陣子了。

駱湛關上門，嘴角輕勾起來：「藍總最近幾天未免太清閒了？我可以理解為，AUTO科技在國內市場的基本盤已經開拓完成了？」

沙發裡的藍景謙沒抬眼，啜了口茶：「公司沒有女兒重要。」

聽出這句話裡的隱隱殺氣，駱湛啞然一笑，非常無畏地走進包廂裡。

等駱湛直接坐到對面，藍景謙剛抬眼就愣了一下。

涼颼颼地準備落回去的目光定格住，上下把對面的青年打量了一遍。

小少爺今天破天荒地穿了一套深藍色淡條紋西裝，灰色長大衣被他隨手掛在沙發靠背旁。西裝內襯裡是最板正的白襯衫，還搭了一條領帶。在領帶的束縛下，襯衫釦子一絲不苟地扣到最上。

藍景謙是不準備給這個惦記自家女兒的臭小子什麼好臉色的，原計畫是要冷他一冷，但此時盯了幾秒，實在忍不住。

藍景謙問：「駱小少爺這是什麼裝束，剛參加發表會回來？」

駱湛抬手整了整領帶結，又順著襯衫領口拉鬆一遍。一邊整理，小少爺一邊皺起眉：「畢竟是以新身分和新關係第一次見面，怎麼也該正式點……你們職場人每天穿這種衣服，到底是怎麼活下來的。」

「讓人活不下來的不會是著裝這點小事。」藍景謙淡淡抬眼，「小少爺不愧是小少爺，這點事情都忍不得——那你大概天生適合空降主管。」

駱湛好氣又好笑：「我們認識這麼久，我是什麼脾氣你第一天瞭解？」

藍景謙露出一副水潑不進的冷淡表情：「不是新身分和新關係的第一次見面嗎？」

「行。」駱湛懶洋洋地笑起來，壓低頭，「叔叔好。」

藍景謙的表情更加危險。

駱湛見好就收，沒再往藍景謙這把火上繼續澆油。

他簡單幾句跟藍景謙解釋清楚仿生機器人的事情，還拿出了來前特地按著ｉｎｔ實驗室那幾個弄壞機器人的罪人腦袋讓他們錄製的影片，作為「人證」放給藍景謙看。

藍景謙看過以後，雖然沒解決本質問題，但表情總算放鬆了一點：「你之後還準備繼續扮演小染的機器人？」

「沒意外的話，會繼續。」

藍景謙不悅斂眉。

駱湛說：「染染已經習慣了機器人的存在——至少在她的眼睛治好以前，我會陪在她身邊。」

「只是陪，沒有私心？」

和藍景謙對視兩秒，駱湛低垂了眼，笑：「就算我說沒有，你信嗎？」

藍景謙冷淡地說：「從昨天開始，你說的每一個字我都不信了。」

駱湛倚進真皮沙發的靠背裡，眼神懨懶無奈：「那我們就真的沒什麼談下去的必要了。」

藍景謙輕瞇起眼：「你真的不會擔心我去告訴小染。」

「不擔心。」

「你哪來的自信？」

「說自信好像有些奇怪。」駱湛抬起茶杯，品了口後，低著眼微皺起眉，「我果然對任何樹葉的味道都提不起興趣……」

藍景謙沒理會他的插科打諢：「那你憑什麼不擔心？」

駱湛苦惱地放下杯子，眼神依舊懶洋洋的：「我不想破壞我們之間的友誼，所以不太想說這個直接原因。但既然你一定要聽——」

駱湛掀起眼皮，輕哂：「你繼續裝她的司機，我繼續裝她的機器人。這樣才能和平相處啊，叔叔。」

藍景謙的眼神涼了下去，趕在藍景謙開口前，駱湛再次說：「當然，還有一個更重要的根本原因。」

「是什麼？」

「我相信。」駱湛認真地說：「你和我一樣，做任何選擇都是為了她好。」

駱湛話聲落後，茶室裡陷入長久的沉寂。

藍景謙在深思以後，點頭：「好。我暫且相信你這一次。」

駱湛的眼神鬆了一些，淡淡玩笑：「那我們算是達成『休戰協議』了？」

「臨時的。」

「隨你。」駱湛抓回話語主動權，「那輪到我來問了。」

藍景謙冷淡抬眼，沒說話地看向他。

駱湛不以為意，眼神認真起來：「我的問題很簡單——唐家和你有多少陳年舊事的愛恨情仇，我不會關心。我只想知道，染染的撫養權與監護權現在在誰的手裡。」

藍景謙本能地皺眉。這個問題無疑打在他的痛處上，幾秒後他才凜著神色，沉聲說：「在唐家。不然我怎麼可能會讓她留在那裡。」

駱湛也不意外：「果然。那在染染成年以前，撫養權有可能拿回來嗎？」

藍景謙交扣起手說：「這方面的問題我已經諮詢過我的律師團隊。在唐家履行十數年撫養義務而我從未過問的前提下，再加上唐家在國內的根深蒂固，即便提起訴訟，我這方也很難打贏。」

駱湛低嘖一聲：「那還是要找唐世新啊。」

藍景謙回神，皺眉問：「什麼事情要找唐世新？」

駱湛說：「染染的眼睛手術，你那位老同學說過了，未成年人做這種手術必須要有監護人簽字。」

藍景謙聲音一沉：「……唐家未必願意簽，是嗎？」

駱湛沒說話，但眼神同樣冷了下來。

藍景謙起身：「這件事我去找他們談。」

「你去他們也不會同意。」

藍景謙警覺回頭，「你知道什麼？」

「我大概猜得到他們不肯幫唐染治眼的主要原因。而且那個原因……」

駱湛將眼前茶杯裡的茶水倒盡。薄胎的杯子被他啪嗒一聲，倒扣到桌上。

駱湛低著眼，虛望著自己收緊的指背，聲線冰涼冷淡。

「只有我能解決。」

農曆的臘月三十，除夕夜。

傭人們大多已經領了年假和豐厚的紅包回家了，一貫人影不絕的駱家在新年來之前這夜總是格外冷清。

駱家主樓，餐廳。沉重而花紋繁複的實木雙開門被餐廳兩旁的傭人拉開，帶回一身夜風涼意的青年大步走了進來。

管家林易往主位旁邁出一步，躬身低聲說：「老先生，小少爺回來了。」

主位上，駱老爺子抬眼：「嗯。」

駱湛停在駱老爺子左手邊的高背椅旁。身上的深藍色長大衣被他隨手脫下，一旁跟進來的傭人接過，另一名傭人遞上淨手的熱毛巾。

駱湛一邊擦手，一邊瞥向自己對面的空席——沒有餐具，高背椅也收在長桌下。

駱湛垂下眼，坐到高背椅柔軟的真皮墊上：「我哥今天也回不來？」

林易微笑：「大少爺說今晚在外地還有工作要處理，明早才能趕回來。」

駱湛嘴角輕扯一下：「爺爺，我看這屬於缺乏家庭管教。越是扔在外面久了心就越野，建議您趁早拎他回來接管公司——綁上才安定。」

「他回不來，難道不是你這個臭小子搞出來的事情？」駱敬遠冷著臉說。

駱湛擦完修長的手，神態懶散地扔下熱毛巾，一張禍害臉上興致缺缺：「他自己找藉口不回家，跟我有什麼關係？」

「跟你沒關係的話，怎麼有人跟我說，他是和你打了一個賭，所以才會一年到頭都不見人影的？」

「很明顯，栽贓汙衊。」駱湛想都沒想，懶聲答了。

駱老爺子冷哼一聲，沒有再理。

駱湛拿起被擦拭雪亮的金屬餐刀，刀柄輕敲一下桌旁掛著的餐桌鈴。清脆鈴聲響起，餐廳側門打開，兩名傭人推著餐車進來。

其中一位走到駱湛身旁，手裡以細白絲絹托著一瓶醒好的紅酒，作勢要替駱湛斟上。

駱湛眼皮撩起，手裡刀柄一抬，刀背攔住了紅酒瓶修長的瓶身。

「少爺？」斟酒的傭人不解地低頭。

「我晚上可能有點事，需要出去一趟。」駱湛語氣輕淡。

主位上，駱敬遠微皺起眉：「今天還要出去？」

「可能。」

「家裡不是有值班的司機？」

「私事，我自己開車。」

見駱老爺子明顯露出不悅，林易笑著躬身，和聲勸：「少爺，畢竟是除夕夜，您陪老先生喝一杯……」

「林管家沒聽過那句話嗎？」駱湛懶洋洋地撩起眼簾。

駱湛淡聲：「司機一滴酒，親人兩行淚。」

林易無言以對。

主位上，駱敬遠氣得笑了一聲：「你還真是遵紀守法好公民啊。」

駱湛沒抬眼：「您教得好。」

一席話間，駱湛眼前已經擺好餐盤，布上了刀叉匙碟。

駱湛拿起餐刀，然後手停在半空：「……這是什麼？」

林易將前菜介紹一遍。

駱湛皺眉：「我才一個月沒在家裡吃飯，家裡的廚師就換成餵兔子的了？」

正面無表情咀嚼的駱老爺子臉部一僵。

林易忍住笑，輕咳一聲，補充說：「家裡上個月新來了一位高級營養師，這是他研究搭配的養生餐品。」

不等駱湛開口，主位上的老爺子哼了哼聲：「愛吃不吃，不吃滾蛋，回你的實驗室、喝你的機器人營養液去。」

一聽到這句話，林易頓時頭大。

家裡每個人都知道小少爺的脾氣，老爺子這句話對其他任何人都有威懾力，唯獨對駱湛只能起反作用……

林易已經做好迎接爺孫倆除夕夜暴風雨的準備，卻等了好久都沒見動靜。他意外地抬頭一看，駱小少爺儘管皺著眉，但難得一句話也沒反駁，開始用餐了。

林易下意識轉頭，看向駱老爺子同樣若有所思的臉。

晚餐結束，駱湛去了駱敬遠的書房。

他到書房外時，正見林易從書房裡走出來。

「我爺爺今晚沒別的事情吧？」駱湛問。

林易微笑說：「老先生一直在等你呢。」

「等我？」

「少爺今晚表現反常，肯定是有事要商量——老先生怎麼會連這個都看不出來？」

「嗯。」駱湛被戳穿也不以為意，「我確實有事要求他。」

林管家愣住，等他回過頭看時，青年修長背影已經頭也不回地進了書房。

林管家在原地站了幾秒才喃喃著轉回頭：「他竟然還有用得上『求』字的時候……太陽打西邊出來了？」

二十分鐘後，老爺子震驚的聲音在書房裡響起來：「你說什麼？再說一遍！」

倚在沙發裡的青年仍舊是那副懨懶聲調：「藍景謙，就是染染的生身父親。」

駱敬遠從位子上直起身，驚滯半晌才沉聲問：「你確定？」

「百分之百。」

老爺子慢慢放鬆身體，倚回寬厚柔軟的座椅裡，些微渾濁的眼睛裡露出思緒翻飛的精光。

「既然這樣……」半晌後，駱敬遠開口，甚至露出一點極淡的笑意，「那你和唐珞淺的婚約，確實不必考慮了。」

駱湛嫌棄地瞥他：「爺爺，你都這麼大年紀了，不要這樣，一股銅臭味。」

駱老爺子氣到沒了笑容：「我還不是為了你們這些臭小子的以後考慮？」

駱湛冷淡地說：「你少惦記我，就是最大的為我考慮了。」

駱敬遠氣哼哼地瞪他。

駱湛沉默幾秒，修長的十指慢慢扣起：「不過，現在有一個更重要的問題。」

「什麼問題？」老爺子斜眼看過去。

駱湛向前傾身，手肘撐到膝前。他輕瞇起眼，一字一句地說：「染染的復明手術。」

駱老爺子一頓，表情微妙起來。

駱湛說：「Matthew 的國際人脈要厲害許多，透過他那邊的關係網，最晚在新年六月前，就能從國際眼角膜捐贈眼庫裡獲得名額。」

駱老爺子拿起眼前的紅茶杯，淡聲說：「唐家那邊不會同意的。如果他們願意，唐染的眼睛早該開始治療了。」

駱湛眼神陰了下去。

駱老爺子等了半天沒見動靜，意外地抬頭：「你不好奇為什麼？」

「我已經猜到了。」

「嗯？」

駱湛的十指慢慢扣緊，冷白手背上淡青色的血管輕綳起來。

過去好幾秒，他才啞著聲說：「他們不知道我已經瞭解真相，怕唐染認出我就是當年被她救了的人，所以才不肯幫她治療。」

駱老爺子的表情沉寂了片刻，他放下紅茶杯，輕嘆一聲：「杭薇那個女人心狠手辣，不會輕易鬆口的。」

「我知道。」

「那你們準備怎麼辦？」

駱湛沉默，等了片刻，駱老爺子正了正身，主動開口：「今年秋天時，我已經叫林易去查唐世語的痕跡了。」

駱湛一愣，從沉思裡抬眸：「唐世語？」

「嗯，就是唐染的母親。」駱老爺子的表情不自在了幾秒，「那時候不是知道你這個小子多半要一條路走到黑？我總得提前做點準備。」

「查到了嗎？」

「已經有了線索。但這些年她沒安分過，換了幾次名字，還滿世界跑，沒有定所。」駱老爺子皺皺眉，不滿地說：「沒錯，這是當初那個瘋丫頭的性格。」

駱湛輕皺起眉：「那就是還不知道什麼時候能找到她。」

「嗯。」

「唐染的手術不能一直等那個女人出現。」駱湛一頓，改口，「只要拿到捐贈名額，我不想她再多等一天。」

駱敬遠無奈地瞥了孫子一眼：「她都已經等了這些年，還差這幾天嗎？」

「我看，你是不想把她推到風口浪尖上吧？」

駱敬遠氣哼哼地收回視線。

「不管是什麼官司，如果同時把藍景謙、唐家甚至駱家牽扯進去，不鬧得滿城風雨才怪——我看你根本是擔心唐染受不了輿論壓力，所以才不肯考慮！」

老人話說完，書房裡安靜了足足有一分鐘。

一分鐘後，駱小少爺一點點懶下神色，仰回沙發裡，擺出一副油鹽不進的不正經模樣：

「您明鑑。」

駱老爺子氣哼哼：「說吧。」

「說什麼。」

「少裝無辜。你如果不是有事，難道是專門趕著除夕夜找我來談心？」

「好吧，既然您都問了……」

駱湛起身，主動換去離著老爺子更近的位子。

他俯低了身，說：「我思來想去，最簡單有效，又能讓唐家那個老太婆鬆口的辦法只有一個。」

「別賣關子。」駱老爺子支了支眼皮，沒好氣地說。

駱湛嘴角輕勾：「我裝不知道，由您出面口頭敲定婚約，哄唐世新簽名後，我來拒絕婚約。」

駱老爺子沉默幾秒：「好……」

駱湛說：「您同意就好。」

「——好你個頭！」駱老爺子炸了，差點把桌子掀到駱湛臉上，咬牙切齒地開口，「你的餿主意，就是拿我這張老臉和駱家這百年的名聲，去換你的女孩是吧！」

駱湛離得太近，慘遭老爺子的唾沫洗臉。

他嫌棄地抹了一把，往旁邊挪開幾步：「我還沒說完呢。」

「你還想說什麼？我就是太寵著你了！你怎麼不乾脆把我掛出去遊街示眾呢。」駱老爺子暴跳如雷，「真鬧到那一步，別說我的老臉沒處擱——誰還敢跟駱家做生意？駱家在圈子裡還怎麼立足！」

駱湛淡淡一嗤，漫不經心地說：「毀約又不是生意場上沒發生過的事情，有什麼好大驚小怪？只要給唐家一個足夠的交代，誰還能說駱家的閒話。」

駱老爺子惱怒的眼神微頓了一下。須臾後，他慢慢按捺下自己的情緒，坐回身，沉冷著聲音問：「駱家和唐家之間，拒婚可不是小事，你能給他們什麼交代？」

駱湛垂在沙發上的十指起伏著輕扣一遍，不正經地笑：「分他們幾家子公司？」

駱老爺子拿起紅茶杯就要往駱湛臉上扔。

駱湛作勢躲開：「開玩笑、開玩笑而已。爺爺您可別氣壞了身子，我還指望您厚著臉皮上門騙人呢。」

「我看你就是想氣死我，好隨心所欲的把駱家往末路上敗！」

駱敬遠氣得將杯子遞到嘴邊，把一口涼透的紅茶灌下去，這才稍稍澆滅了心裡的火氣。

他冷冰冰地看向駱湛：「你到底有沒有可靠的交代？」

「有啊。」

「那就說！」

駱湛輕狹起眼。

幾秒後，他側仰在沙發裡，扶著真皮靠背的手一抬，食指指向這正書房的東向牆壁。

駱老爺子順著他的目光望過去——

古樸厚重的供桌上，駱家那柄年代悠久的家法棍，正安定地平擱在打磨光滑的兵器架上。

駱老爺子一愣，幾秒後，他目光震驚地轉回頭：「你這個瘋小子，你不會是想……」

駱湛垂手，滿不在乎地笑：「唐家想要多重的交代，我給就是了。」

# 第三十三章　新年願望

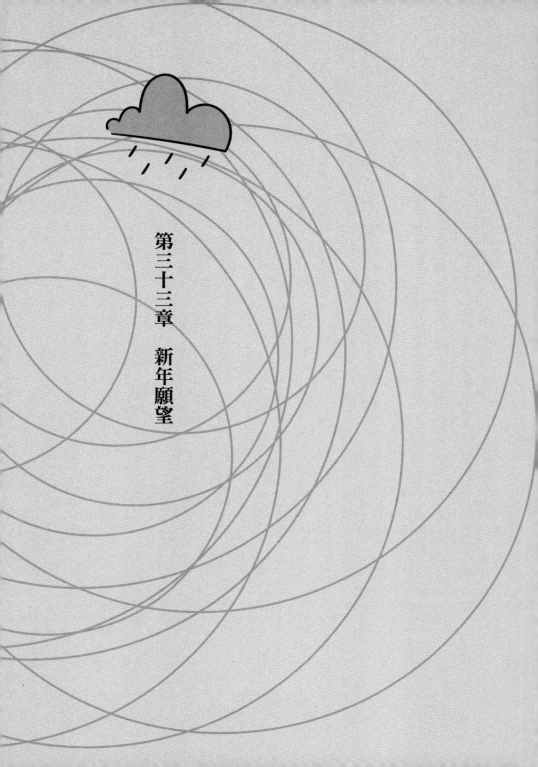

除夕深夜，K市主幹道冷冷清清，讓人幾乎記不起平日車水馬龍的盛景。

墨藍色跑車疾馳過空蕩的長街。車窗兩旁，掠過去的樹和路燈的影子像是追逐的鬼魅，同萬家的喧鬧和燈火一起，被它甩在身後的絢爛陸離裡。

逆行過漆黑如墨的長夜，車身最終停在唐家大院旁的主道邊。

駱湛拿出手機，撥過去一個號碼，對面很快接起。

隔著電話，女孩的聲音透著清軟的歡欣：『駱駱，新年快樂！』

「新年快樂。」駱湛應下，然後笑著說：「可是還沒到新年呢。」

『快了、快了。』

今晚女孩的聲音聽起來格外活潑，駱湛忍不住勾起嘴角。他向前傾身，伏到方向盤上，遙望著岔路盡頭蟄伏在黑夜裡的唐家的燈火。

星星點點的光映進他漆黑的眸子裡，漾出異於平常的溫柔。

「妳有什麼新年願望嗎？許願池幫妳實現。」

『新年願望……』女孩咕噥起來，苦思冥想好久之後，她小聲問，『還沒想到的話，可以過了之後再提嗎？』

駱湛忍俊不禁：「新年零點提出來的才能叫新年願望，過了當然不算。我們的女孩可不能這麼貪心。」

唐染有點喪氣地：『喔。』

這失落的語氣把駱湛的心窩準確地戳住了。

沉默幾秒，他側伏在方向盤上，支著額頭無奈地笑：「算了，我認輸。染染的新年願望想什麼時候提，就什麼時候提，哪怕是拖到今年的最後一天，我也會幫妳實現。」

『那不可以。』女孩笑起來，隔著手機都能聽出來的明媚燦爛，『最後一天要有新的新年願望才行。』

駱湛啞然失笑。

電話裡安靜幾秒。

然後兩人幾乎是同時開口——

『駱駱，你現在在家嗎？』

「我們唐染回偏宅了？」

默契之後，駱湛低笑著開口：「我先問的。」

唐染遲疑了一下：『不是我嗎？』

「不是。」

『喔。』

「所以妳要先回答我。」駱湛欺負完女孩，嘴角忍不住勾起來，「回偏宅了嗎？」

『嗯，回來好久了。』

「一直沒睡？」

『司機叔叔來了，說要陪我跨年。而且……』女孩的聲音不好意思地輕了一點，『我在等你的電話。』

駱湛意外地問：「妳怎麼知道我會打電話給妳？」

唐染想了想，認真地說：『因為我想打電話給駱駱，所以覺得駱駱應該也是這麼想的。』

駱湛一愣。須臾後，他垂眸，不禁啞然笑起來：「妳還真的是……」

唐染好奇地等著他繼續說，駱湛卻沒接下去，也不解釋，只說：「等以後我們染染復明，我一定要把妳看得緊一點才行。」

唐染百思不得其解，只能茫然又聽話地應聲。

「司機叔叔現在在妳的身邊嗎？」

『嗯。』女孩笑起來，『你要和叔叔說新年好嗎？』

「不了，他會趁機掛我電話的。」駱湛玩笑道：「不過我也有個新年願望，染染能幫我實現嗎？」

唐染愣了一下，反應過後興奮起來：『是什麼？駱駱你說。』

「能幫我實現新年願望，就這麼高興？」駱湛忍不住打趣她。

『當然了。一直都是你做我的許願池，我也想做你的。』

「嗯。」駱湛聲音愉悅，「妳不是問我在哪裡？我現在不在家，在離妳不遠的地方。」

唐染一愣，駱湛繼續說：「所以我的新年願望就是，在零點到來之前，能看見我的女孩像變魔術一樣出現在我面前。」

相熟半年多，唐染和駱湛的默契早就到了一點即通的地步了。

等女孩回過神，開心的聲音從手機裡傳到駱湛耳旁——

『叔叔，你能送我去我們平常換車的路旁嗎？駱駱在那裡等我！』

未聞回答，駱湛已經可以想像出藍景謙的反應。他忍不住撐著額頭低下眼去，啞聲笑起來。

轎車的遠光大燈洞破黑暗的夜色，隔著前車窗，直直地拂了駱湛滿面。伏在方向盤上的駱湛本能地抬了抬手臂，在眼前擋住刺目的光。等抬頭看清楚光的來處，駱湛半氣半笑地轉開頭，輕嗤一聲。

黑色的轎車最終面對面停了下來。

駱湛推開超跑的車門，長腿邁下車，踩上被寒冬凍得結實梆硬的地面。皮鞋踩在硬質的柏油路面上，發出輕微而極具韻律的聲響。

幾秒後，駱湛停在半敞篷轎車的副駕駛座外。他撐著車門，俯下身。

「除夕快樂，染染。」

副駕駛座上抱著安全帶的女孩紅著臉。不知道是風吹還是激動的，聞言她仰頭，眼角彎彎，嘴角翹起來：「除夕快樂，駱駱！」

這一唱一和似的對話，讓駕駛座上握緊方向盤的男人心裡更加不爽。藍景謙側過臉，看向駱湛。

收到目光的駱湛抬眼，懶散地笑：「好久不見了，叔叔。」

近年關，藍景謙在公司忙得分身乏術，連在唐染這邊露面的頻率都低了許多。除了電話聯絡，他和駱湛確實將近一個月沒能在偏宅碰面了。

換句話說，駱湛又在無監督的情況下，賴在他的寶貝女兒身邊，不知道有沒有做過什麼壞事。

偏偏唐染對駱湛毫無防備。

老父親在心底嘆息，臉上表情嚴肅：「這麼冷的天氣，還要把人叫出來。萬一小染凍到感冒，該怎麼辦？」

駱湛剛要開口，副駕駛座的女孩已經轉過臉，認真地說：「不會的叔叔，這才一下子的時間，我的抵抗力沒有那麼差的，而且我穿得很保暖。」

藍景謙啞口無言。

駱湛撐著車門，啞然地笑：「是我考慮不周。想過來陪妳跨年的，但林千華他們回家了，車開不來。只能用這種方法……」

唐染聽到一半，已經忍不住高興地轉回來：「駱駱今天是來陪我跨年的嗎？」

「不然呢。」駱湛失笑，抬手隔著毛線帽揉了揉女孩的頭，「我跨過大半個K市跑過來，難道只是為了當面和妳說一聲除夕快樂的？」

「那你快上車吧，可以……可以躲在後排？」

藍景謙敲著方向盤，露出淡淡的笑：「畢竟這是敞篷車，萬一保全近前查看，後排被發現的機率太高——還是去後車廂吧，那裡安全。」

唐染聽得一愣：「後車廂能、能躲人嗎？」

藍景謙沒急著接話，轉頭看向駱湛。

對視兩秒，駱湛挑眉：「悉聽尊便。」

「別。」

唐染急了，她側擰過身，在車門上摸到駱湛的手。指節修長有力，只是透著冰雪似的涼意。

女孩焦急地抬頭：「你怎麼沒戴手套？」

駱湛無奈地笑：「這個問題該我問妳。」

女孩的手比他暖和得多，細細白白的，還很軟。

「但我抱了熱水袋，你是開車來的。」

「沒關係。我在路上關了車篷。」

「喔……」唐染不知道想到什麼，低了低頭。

駱湛壓下那點肌膚相觸的不捨，把自己冷冰冰的手從女孩那裡往回抽：「好了。外面太冷了，手插回去。」

唐染卻緊攥著他的手指沒放：「後車廂藏起來一定很不舒服，我們還是想個別的辦法吧？」

「別擔心。」駱湛啞然地笑，「我們待會見。」

二十分鐘後，唐家偏宅前的空地上，黑色轎車緩緩停下來。

等在石階下的段清燕連忙走到副駕駛座外：「小染？」

唐染聽出聲音，驚喜抬頭：「妳來很久了嗎？」

「我剛到。」段清燕拉開車門，將車裡的唐染扶下來，「敲門沒人應我還以為妳睡了呢。問了保全才知道妳出去了。大過年的，妳到外面去幹什麼？」

唐染笑起來：「我又接到另一位朋友來跨年。」

「接了……人？」

段清燕愣了一下，看向轎車後排。

駕駛座那位大佬她是不敢看的——不久前發現唐染的新司機竟然是藍景謙，她就遭遇過一場非常熟悉但相對溫和一些的「威脅」。

然而此時後座空空蕩蕩，一個人都沒有。

凜冽寒風裡，段清燕猛地哆嗦一下，僵著脖子轉回頭：「小小小染，妳那位朋友是坐坐在後排嗎？妳妳妳之前跟它說過話了？」

唐染感覺到扶著自己的手帶著細微的抖。

愣了兩秒，她反應過來，輕笑出聲：「妳誤會了。」

唐染朝車裡的方向側了側身：「叔叔，你快開門，別把他憋壞了。」

藍景謙抬手，在控制板上按下按鍵。

下一秒，哆哆嗦嗦的段清燕愣在原地——

後車廂門緩緩打開。

一陣窸窣後，駱家那位桀驁不馴的小少爺，一身狼狽地從後車廂裡鑽了出來。

駱湛從後車廂裡出來以後，似乎憋得厲害，他半扶著轎車後蓋，修長冷白的指節扣得很緊。

「駱駱？」沒聽見太多動靜的唐染擔心地問，「你沒事吧？」

「……沒事。」駱湛啞聲回應，然後散漫地笑起來，「縮在裡面太久有點脫力，外面冷，你們先進去吧。」

「真的，沒事？」

「嗯。」

唐染遲疑點頭：「那你也快點進來啊。」

「好。」

段清燕陪唐染進了偏宅，門留下一條縫。

從唐染轉過身，駱湛臉上那點笑意便淡去。等眼底噙著的身影消失在玄關裡，他輕皺起眉，低下頭。

壓抑的呼吸節奏釋放，青年敞開的大衣下被白襯衫裹著的胸膛微微起伏。駱湛闔上眼，記憶裡那些碎片似的畫面在腦海裡衝撞起來。

等駱湛慢慢壓平呼吸，再睜開眼時，他尚未起身的視野裡多了一雙停住的皮鞋鞋尖。

「你怎麼了，身體不舒服？」藍景謙的聲音從頭頂傳來。

駱湛輕吸口氣，慢慢直起腰身。不等照面他已經掛上懶散的笑：「不太適應而已。沒關係，一回生二回熟，下次應該就習慣了。」

藍景謙沒說話，和他對視兩秒：「你的臉色看起來不像是不適應那麼簡單。」

駱湛笑容一淡。須臾後，他嘆氣，無精打采地垂回眼：「藍總，成年人的世界不是該有心知肚明的不拆穿原則嗎？」

「是嗎？沒聽說過。」

駱湛再嘆：「謝謝藍總關心。」

「別躲開話題，到底怎麼了？」藍景謙頓了頓，「我可不想你因為鑽了一次我的後車廂出了狀況——且不說你家老先生會不會放過我，小染那關我也過不去。」

駱湛抬眸，空氣沉寂幾秒。

駱湛從藍景謙的表情裡看出對方是一定要追根究柢的，他有些無奈。抬手揉了揉肩頸，駱湛語氣隨意地說：「我失憶過。」

突如其來的回答讓藍景謙都失了下神：「失憶？」

「嗯，自我保護性遺忘。」

「什麼時候的事情？」

「很多年前了。」駱湛含糊帶過，「今年才記起來些，應該是被綁架過。過程多數不太記得，最近總能零零碎碎地想起來。」

藍景謙沒忘記他們的話題是從哪裡開始的，他下意識看向後車廂。視線在冷冰冰的金屬蓋子上停駐幾秒後，藍景謙明白了什麼。

他皺起眉：「抱歉，我不知道你有過這種情況。」

駱湛此時已經完全恢復平時狀態，雙手插進大衣口袋裡。聽見藍景謙的話，他嘴角一勾，懶洋洋地笑起來：「這有什麼好抱歉的。」

駱湛邁開長腿，朝偏宅走去，「別說是你，進去以前，我都不知道我還有這方面的陰影——而且託它的福，我說不定能將那件事全想起來呢。」

藍景謙轉過身，走在駱湛身旁，「既然是自我保護性質的遺忘，那還是不要強行回想了。

有些事情，忘了比記得要好。」

「不行。」駱湛想都沒想，「一定要記起來。」

藍景謙皺眉，不理解地看他，「哪怕過程很痛苦？」

駱湛回憶一下方才的感覺，垂著眼淡淡地笑：「確實有點痛苦。」

「不過再痛苦，我也一定會全部想起來的。」駱湛抬眼，那雙眸底的散漫裡深藏著無比認真的情緒。

藍景謙皺眉，「為什麼一定要記起來？」

駱湛身影一停。須臾後，他垂著眼，聲音低啞地笑起來，「有罪惡感的人，總不能連自己的罪都忘了吧。」

藍景謙意外地轉頭。

駱湛重新邁開腿，擦肩走過去。

對於除夕夜，藍景謙顯然早有安排。

客廳裡一直擺放擱置似的家庭影院被打開，音量調到最高，春節聯歡晚會的每一個節目放送到耳邊。

雖然唐染看不到畫面，但有些表演和對話依舊逗得沙發上坐在一起的唐染和段清燕咯咯直樂。

段清燕最開始三不五時地看看駱湛，再看看藍景謙。一想到這兩位和自己一起跨年的大佬的背景和身分，她心裡就忍不住有點哆嗦。

但隨著時間推移，段清燕慢慢放鬆下來。沒過去多久，她已經完全習慣了偏宅裡的氣氛，一心一意和唐染講著節目說笑起來了。

房間另一邊，駱湛和藍景謙坐在客廳角落的方桌旁邊。

駱湛最先打破兩人間的沉默：「難得，今晚藍總怎麼不防賊似的防著我了？」

藍景謙瞥他一眼：「你也知道你是賊嗎？」

駱湛懶洋洋地撐著顴骨，目光一直落在沙發的方向，聞言他也只無聲地笑了一下：「我可沒承認過。我偷藍總什麼了？」

藍景謙沒理這個圈套：「今天日子特殊，不和你計較。」

「……真大度啊。」駱湛轉回頭，輕嘖一聲，「早知道幼年綁架這種感情故事這麼管用，我是不是早該講給叔叔聽？」

藍景謙拿起茶盞的手停在半空。

在心底一筆一畫寫完一個「忍」字，藍景謙換開話題：「今晚找你家那位老先生聊過了？」

「嗯。」

「他同意你的方法了？」

「嗯。」

藍景謙有點意外：「這麼輕巧？那可是會對駱家名譽和他個人名譽造成很大損害的選擇。」

「我說過，會給合理交代的。」

藍景謙皺了皺眉：「但你到現在還沒告訴我是什麼交代。」

駱湛支起眼皮，黑漆漆的眸子定格兩秒，然後重新垂下去。他倚進椅子裡，憊懶地打了個呵欠：「這種級別，算是駱家的不傳之祕了，不能說。」

藍景謙沒表情地瞪他，駱湛裝作沒看到。

就在兩人之間的氣氛再次有恢復平常狀態的苗頭時，客廳沙發方向傳來唐染的輕聲：「叔叔，你不過來看節目嗎？」

「來了。」一聽見唐染聲音，藍景謙的眼神立刻柔和下來。

他懶得再看駱湛一眼，起身走過去。

兩人相熟兩三年，駱湛早就習慣和他開玩笑，關係的微妙變化也沒能讓他完全改過這一點。

所以見藍景謙應聲走出去，駱湛懶洋洋地撐著顴骨，用只有兩人聽得到的音量，嘲弄輕嗤：「女兒奴。」

不等藍景謙「報復」，沙發旁的女孩再次開口：「駱駱，你在做什麼？一起過來看好不好？」

駱湛對上藍景謙的視線，沉默。

在唐染又一聲「駱駱」後，駱小少爺沒怎麼考慮就拋棄了自己的臉皮，以比藍景謙還快幾步的速度，提前到了女孩身旁。

藍景謙落座時的目光溫度，只差在某人身上凍出一個窟窿了。

藍景謙和駱湛一過來，段清燕立刻緊張地閉上嘴巴。

電視裡正在播報環節，除了主持人的聲音外有點尷尬的安靜持續幾秒，唐染朝向兩人落座的動靜方向，主動開口：「叔叔，你們剛剛在聊什麼？」

藍景謙一頓：「沒什麼，只是閒聊。」

唐染遲疑地沉默。

駱湛靠在沙發裡，聲音鬆懶散漫地玩笑：「有些人天生不會說謊嗎？」

藍景謙看過去，唐染猶豫了一下，紅著臉給藍景謙找理由：「我也是這樣的……」

「嗯，這方面你們特別像。」駱湛說。

這話一出，前一秒還眼神冰封的老父親頓時春暖花開了。

唐染自然看不到藍景謙的情緒變化。她好奇地問：「那你們剛剛，是在聊什麼呢？」

「在說妳的眼睛手術的事情。」駱湛臉上的笑意淡下去，肩背微繃起來。

唐染愣了愣，垂下眼角笑：「不是還沒有等到眼角膜捐贈嗎？」

「提前準備，有備無患。」

「可是，就算等到了。」唐染的聲音低下去，「我爸爸……唐世新可能不會簽名的。」

駱湛一默。

他側眸看向身旁，果然見隨自己一起落座的藍景謙表情罕見的陰沉，垂在身側的手攥起來。

駱湛收回目光。思索幾秒，起身走到唐染身旁，坐了下去。

頂著回神的藍景謙望過來的死亡凝視，駱湛臉不紅心不跳地抬手，半環住女孩的肩，然後輕摸了摸她的頭。

「別沮喪。」

唐染仰了仰無意識低下去的臉，撐起笑：「我沒有，只是……」

「我會幫妳解決的。」駱湛低聲說。

另一側的段清燕錯愕地看過來。

而就像她聽到的聲音裡那幻聽似的溫柔一樣，俊美清雋的青年坐在唐染身旁，看著盲人女孩，不厭其煩地安撫，重複。

「我們染染想要的一切，都會實現。許願池可以為妳做到任何事情。」

唐染猶豫：「這個也可以嗎？」

「任何。」

眼見著「賊」已經「偷」到他眼皮子底下了，回過神的藍景謙忍無可忍。

他直起身，眼神嚴厲。

只是在藍景謙張口的前一秒，他的手機突然輕響一聲。

藍景謙一愣。

駱湛的目光落過來，淡淡地笑：「年節不調靜音，會很煩的。」

「……這是特殊提示。」藍景謙的表情複雜起來，聲音竟然啞了一些。

「什麼特殊提示？」

「等等。」

藍景謙連多解釋都顧不得，他快速拿出手機，低頭查看。對著訊息確認三遍以後，藍景謙慢慢攥起拳。

看穿藍景謙的情緒起伏，駱湛臉上笑意淡去，眼神跟著嚴肅了幾分：「出什麼事了？」

唐染跟著緊張地回頭：「叔叔？」

「沒出事。是個好消息。」

藍景謙尾音微顫，抬頭。

「小染要等的眼角膜捐贈……來了。」

正月未出，門外天寒地凍，正是K市一年裡最冷的時節。

段清燕每天來送餐給偏宅，也早就棄用之前花紋古樸漂亮的木質盒子，而改用了加厚隔熱層外壁的不鏽鋼金屬餐盒。

即便這樣，從主宅到偏宅路途不短，又多是露天，等餐飯送到再取出來時，往往只剩餘溫了。

「小染，妳還是叫主宅那邊派一名廚師過來偏宅吧。」段清燕一邊幫桌後的唐染布菜，一邊抱怨，「本來熱騰騰的飯菜，到這裡都沒熱氣了。而且放在餐盒裡燜一路，口感肯定也差很多。」

唐染笑了一下：「我覺得還好。」

「妳啊。」段清燕放好中午慣例的四道菜和一份粥，將餐盒收到旁邊。

唐染在專門擺置筷子湯匙的地方拿起筷子，她往前傾身，嗅了嗅。然後女孩一點點皺起臉：「我好像聞到了香菇的味道。」

段清燕忍不住笑：「嗯，擺在A3區的那盤是香菇油菜。」

唐染說：「啊……」

「不准挑食。」放好餐盒的段清燕坐到桌旁，笑，「我會監督妳的。」

「我不挑食。」唐染苦哈哈地把筷子伸向方桌被她指定為A3區位置的盤子，「駱駱說了，挑食會營養不良，然後會長不高。」

一塊香菇被夾回來，唐染咬進嘴巴裡，鼓著腮一邊痛苦地吃一邊咕噥：「我只有一百五十九公分，不能不長高……」

段清燕沒憋住，噗嗤一聲笑了出來。

在香菇的陰影下，這頓午餐結束得比平常還要晚上十幾分鐘。

段清燕收拾好廚餘，拎著餐盒的金屬柄。猶豫幾秒，握在上面的力道鬆了下來。

「小染。」

「嗯？」

「駱家那位小少爺，這兩天有沒有跟妳提過什麼事情？」

唐染愣了一下，微仰起頭：「駱駱嗎？他最近好像很忙，沒有來過。」

「喔。」

「發生什麼事情了嗎？」

「我聽廚房的人今天中午聊，說上午的時候，駱家的老先生來了。」

「駱爺爺來過嗎？」唐染露出意外的表情。

段清燕猶豫：「也不知道談了什麼事情，只聽說是沒過多久就走了，是唐先生親自送到正門外的。」

唐染若有所思地低下頭。

就在這時，偏宅的門鈴聲突然響了起來。

門內的唐染和段清燕同時一愣。

段清燕：「這個時間會是誰？小染妳和妳的……呃，司機約了下午要出去嗎？」

「沒有。」唐染更茫然，「今天週四，沒有要外出的課程。」

「那我過去看看。」段清燕暫時放下餐盒，朝玄關走去。

幾秒後，唐染聽見，跟在開門的聲音後面，段清燕愣了一下才慌亂地提聲喊了一句：

「珞淺小姐，您怎麼來了？」

被提醒的唐染露出訝異的神色，她側過身，朝向玄關。

而此時門外，唐珞淺上上下下打量段清燕一遍，皺著眉問：「妳是誰？」

「我是、是負責送餐的。」

「唐染現在在裡面嗎？」

「……在。」

「那妳讓開，我有話對她說。」唐珞淺微昂著下巴，目不斜視地邁進門。

等唐珞淺從身旁走過，段清燕愣了兩秒，連忙轉回身，快步回到客廳裡。

唐珞淺沒有換鞋，鞋跟喀噠喀噠的聲音從玄關一路蔓延到客廳的方桌前，讓唐染不費什麼力氣就能辨識得出她停在什麼位置。

唐染鬆開攥緊的指尖，闔著眼輕聲開口：「妳想做什麼？」

唐珞淺目光複雜地盯著唐染。看了幾秒後，她冷冷地哼笑一聲，轉開臉：「我來就是告訴妳一聲，最後還是我贏了。」

唐染微皺眉：「什麼贏了？」

「妳不是想和我搶駱湛嗎？」唐珞淺向前俯身往方桌上一撐，低下頭，咬牙切齒又快意地說：「今天上午，駱爺爺已經和我爸正式約定好我和駱湛的婚約了！所以妳不用再作夢——不管妳怎麼白費力氣，他最後要娶的人還是我！」

唐染愣在唐珞淺的話音裡。

看著唐染回不過神來的模樣，唐珞淺笑得更加驕傲：「我早就說過，妳這樣的模樣和出身誰會願意娶妳呢？駱湛最多只是哄妳開心逗妳玩玩。他有多少選擇，怎麼可能看上妳這個小瞎子！」

客廳裡安靜許久。

唐珞淺一眼不眨地盯著唐染的表情，等著看女孩委屈或者哭紅眼眶，或者是別的反應。然而她瞪得眼睛都痠了，還是沒能在那張越發出挑得精緻漂亮的臉蛋上看出半點自己期待的反應。

難過？好像是有的，但只占極少的一部分。

唐珞淺尷尬地站了幾秒，繃著冷臉嘲笑：「看來妳自己也不抱希望，算是挺有自知之——」

「妳說完了嗎？」女孩突然開口，聲音冷淡而平靜。

唐珞淺被這反應唬得一愣，呆了兩秒才開口：「什、什麼？」

「如果說完了，就請妳離開。我要午休了。」

唐染說著話，已經起身。沒有半點再理唐珞淺的意思，走向臥室方向。

等女孩的背影進到走道裡，輕和的聲音傳回來：「請妳離開前，幫我把外面的房門關上。」

唐珞淺不敢置信地僵在原地，半晌才反應過來，氣得臉上紅一陣白一陣的。

最後她惱怒地跺了一下腳，轉身走了。

等唐珞淺離開，段清燕趕緊跑到唐染的臥室門口，快速敲了敲門：「小染，妳別難過，事情不一定就是她說的那樣！」

她眼前的房門被拉開。

女孩平靜漂亮的臉在門後露出來。一兩秒後，唐染輕彎了彎眼角：「我沒事，妳不用擔心。」

段清燕咬咬牙：「這裡面一定有什麼誤會——說不定，駱湛爺爺根本沒經過駱湛他同意，只是私自決定的！」

唐染搖頭，淡淡地笑：「不會。」

「為、為什麼啊？」

「駱爺爺很喜歡駱湛，也很疼他，只是看起來對駱湛凶巴巴的。所以這件事情，如果駱湛沒有同意，駱爺爺不會做出決定的。」

「所以，妳的意思是，駱湛他真的……」

「我有點睏了。」唐染輕聲說：「我們以後再說這個問題，好嗎？」

段清燕哪敢說不好，此時多一個呼吸她都怕刺激到唐染──女孩連「駱駱」都不喊了，她覺得唐染一定是非常傷心。

段清燕用力點頭：「好好好，妳趕緊睡，別胡思亂想！等晚上，晚上我們再說。」

「嗯。」

「那我先回去了？」

「好。」

聽著腳步聲遠去，然後門關上的聲音傳回來。

再然後，就是偏宅裡長久的死寂。

站在原地的唐染臉上的笑意一點點淡下去。須臾後，她抬起手──

掌心裡安靜躺著她的手機。

與此同時，駱家主樓，餐廳。

今天中午依舊只有駱老爺子和駱湛兩人在餐廳內用餐。

主位上，駱老爺子慢條斯理地切著牛排，問：「你們準備什麼時候幫她安排手術？」

「既然拿到唐世新的簽名同意了，手術會盡快安排。」駱湛說：「明天我會去一趟M市，和家院長那邊——」

一陣鈴聲突然響起。

駱湛的話音戛然而止。他沒有遲疑，放下刀叉便去拿自己的手機。

駱敬遠不滿地抬頭：「和長輩一起用餐卻一點餐桌禮儀都沒有，手機不知道調靜音嗎？」

「調了。」駱湛頭也不抬地說。

駱老爺子氣得哼了一聲：「那這個聲音是我幻聽嗎？」

駱湛嘴角一勾，撩起眼：「這是幫染染設定的鈴聲。」

駱老爺子無語了。

電話接通，坐在高背椅裡的青年倚回身去，那張從方才進餐廳開始一直懶洋洋沒什麼情緒的臉孔上浮起情不自禁的笑意：「怎麼突然想起打電話給我了，女孩？」

對面沉默，駱湛等了幾秒後意外地拿下手機，確定一遍訊號和通話狀態無誤，他微繃直身，聲音沉下去：「染染，妳在嗎？」

對面仍舊沒有聲音，駱湛的表情驀地變了。

頹懶頃刻間褪得一乾二淨，他推開高背椅便起身，抓起大衣的手背上青筋綻起，眼神陰沉得厲害。

他頭都不回地大步往外走。

主位上的駱老爺子愣了一下：「駱湛，你幹什麼！」

駱湛沒停身，腳步愈快，聲音低沉微啞：「染染可能出事了，我——」

『駱湛。』

還是那個稱呼，但這一次是在耳邊極近的距離下響起的。

是熟悉又帶著某種陌生情緒的，唐染的聲音。

駱湛腳步猛地一停。

幾秒後，他終於回神轉過頭去，像是一口氣嗆住了沒順過來，駱湛扶住身旁的椅背低下身連著咳了好幾聲。

等呼吸終於平順，駱湛站在長桌的盡頭，無奈地啞聲笑：「妳是不是想嚇死我，染染？」

對面沉默幾秒：『你生氣了嗎？』

「沒有。」理智回歸的駱湛聽出唐染的情緒不太對，但他還是先回答她的問題，「我不會對妳生氣。」

唐染再次沉默。幾秒後，她聲音暗啞地開口：『我不做手術了。』

駱湛臉上笑意頃刻褪去。他本能地皺起眉，扶在椅背上的手慢慢握緊。

僵持幾秒後，駱湛才逼著自己壓下呼吸和情緒，認真地開口：「不要突然說這種話，染染。妳告訴我，發生什麼事了？」

唐染再次問：『現在你生氣了嗎？』

駱湛一愣，無奈問：「妳是為了氣我才──」

『唐珞淺剛剛來找我了。』

駱湛驀地頓住。

『我現在很生氣。』女孩的聲音前所未有地安靜、平寂，透著冷淡的冰雪似的涼意。

她站在門旁，垂著的手指慢慢攥緊起來，指尖是冰冷的溫度。

唐染抿緊唇，聲音輕緩地、慢吞吞地重複一遍：『我現在特別生氣，駱湛。』

她語氣決然，眼眶微微泛起紅。

駱湛低垂下眼。他和唐染早已無比默契，只聽一句不明的話和話裡的情緒，他就能聽懂她想說的話意。

駱湛慢慢嘆了一聲：「唐家這些人真是沉不住氣啊，這才談完多久。我本來是要今天下午去找妳說的。」

唐染的呼吸聲終於多了一絲起伏，她輕咬著唇，過於積壓的懊惱和生氣的情緒讓女孩的聲音微顫：『我的眼睛，是我的眼睛。你、你怎麼能，拿你自己做條件去換……』

駱湛低聲安撫：「那個婚約，就算我爺爺答應了，只要我拒絕就不會有任何效力。」

『才不會那麼簡單。』唐染的手指攥得更緊，『如果真的有那麼簡單，唐世新不會同意手術簽名！』

第一次聽唐染這麼情緒激動地說話，駱湛愣了兩秒，啞然笑著垂眼：「我們的女孩為什麼總是那麼聰明？我本來只需要擔心妳會誤會或者難過的。」

『駱湛。』唐染聲音緊繃，『你不要開玩笑，我是很認真地在生氣。』

駱湛無奈地笑：「相信我，後面的事情我真的能解決，而且不會對我有任何傷害。所以不要生氣了，好嗎？」

「還在生氣嗎？」

「怎麼樣能讓我們的女孩消消氣？」

駱湛等了幾秒，扶著椅背直起身。他看向餐廳長桌另一頭的主位方向。

思索幾秒，駱湛一本正經地對電話裡建議：「我現在在家裡餐廳，不然讓我爺爺幫妳監督——」

駱老爺子沒表情地抬眼，等著看自己這個「丟臉」的小孫子還能說出多「丟臉」的話來。

在駱老爺子和其他傭人的目光下，駱湛垂下眼，懶洋洋地笑起來，冷靜接上：「罰我到外面跪一下午吧，這樣足夠我們的女孩消氣嗎？」

# 第三十四章　親人

通話結束。在駱老爺子分外鄙夷的眼神之下，駱湛坦然自若地走回自己的位子，將長大衣搭回原處，自己坐下來。

然後駱湛冷靜地拿起刀叉，繼續用自己的午餐。

駱老爺子氣不過，回頭看了看林管家：「林易。」

林易上前一步，微俯低身，「老先生？」

駱老爺子哼了一聲，問：「我問你，現在的年輕人談個戀愛，都是這麼沒臉沒皮的嗎？」

林易一頓。然後表情微妙地抬眼看向駱湛。

餐廳角落裡，端著紅酒站著的兩名傭人對視一眼，更是差點忍不住笑出來。

駱湛似乎絲毫沒感受到駱敬遠的指桑罵槐，整個正菜期間他似乎連用餐都格外專心，一語未發。

最後駱湛喝了口紅酒，放下紅酒杯。示意傭人撤盤後，他轉向主位，冷靜地問：「爺爺，介意我在這裡接電話嗎？」

駱敬遠手裡刀叉一頓，抬眼：「電話在哪裡不能講，一定要在餐廳……你又在憋什麼壞點子？」

「只是打完這通電話後，可能需要諮詢您一個問題而已。」

駱敬遠懷疑地看了駱湛一眼，沒判斷出什麼。他皺著眉壓回視線：「隨便你吧。」

駱湛當即拿出手機，撥了一通電話出去。

駱湛等了三四十秒，對面沒有接通。他皺眉看了眼手機，掛斷以後重新撥號。

駱敬遠假裝不經意地問：「打電話給誰？」

駱湛把手機舉回耳邊，聞言漫不經心地答：「唐家的一個傭人。」

駱敬遠手裡的牛排刀一下用力過猛，在瓷白的盤子裡發出刺耳的聲響。

兩秒後，駱敬遠抬頭，氣得咬牙：「你現在都在和什麼亂七八糟的人來往？」

駱湛懶洋洋地沒抬眼：「二十世紀了爺爺，你們老古董還這麼階級歧視的嗎？」

駱敬遠一噎。

「再說了，這也不是我朋友。」駱湛右手搭在桌邊，修長的指節敲著無意識的韻律節奏。

駱老爺子表情稍鬆，但仍皺著眉：「那是你的什麼人，還留了聯絡方式？」

駱湛敲敲桌邊，低笑一聲：「是我留在我家唐染身邊的，眼線。」

駱老爺子無語了。

駱湛這邊話音剛落，電話對面接通了。段清燕的聲音小心翼翼地響起來：『駱、駱少爺？』

「妳剛剛送午餐給染染了？」

『對、對的。』

「什麼時候離開的？」

『剛走沒、沒多久。』

「那妳應該也遇見唐珞淺了？」

『欸？你怎麼知道……』段清燕察覺自己的語氣有些太親近了，連忙止住話音，只回答駱湛的問題，『遇見了，她也剛離開偏宅沒多久。』

「她說了什麼？」

『啊？』

「我問……」

駱湛臉上倦懶散漫的情緒褪了，在長桌邊沿按照某種韻律輕輕敲擊的指節也一點點慢下來。

再開口時，少年聲音低沉發冷：「唐珞淺，她對染染說了什麼。」

這讓人骨頭縫裡都覺得冷颼颼的語氣，再次勾起段清燕慘被「威脅」的記憶，她心裡打了個激靈後，語速飛快地開口。

『唐珞淺來了以後，就對小染說駱老先生已經答應婚約，是、是她贏了小染，說小染那樣是沒人願意娶的……還說你、你對小染……』

段清燕的聲音逐漸低了下去。

駱湛眉眼清寒：「還說什麼了？」

段清燕咬了咬牙，眼睛一閉，大著膽子轉述：『說你對小染只是玩玩而已，根本不可能看上一個小瞎子！』

「啪。」

駱家餐廳，角落裡的傭人、主位上的駱老爺子，還有駱老爺子身後側方站著的林易——整個餐廳裡沒一個人說話，視線全都集中在駱湛的右手上。

兩秒前，那緩慢敲擊的指節猛地停下，在長桌上扣出驚人的響動。

站在角落裡的傭人對視之後，呼吸都自覺地放輕了。

死寂的十幾秒過去。駱湛收回右手，低眼看著用力過猛而從指縫裡透出的殷紅，他的神情冷得像冰雪似的。

「……我知道了。」

電話掛斷，手機被無聲又動作緩慢地收回大衣口袋。

看著小少爺完全脫去平日懶散，變得莫名陰沉冰冷的神色，傭人們更是大氣不敢出了。

這時候只有林易能開口，他半是玩笑地說：「少爺，你這是在拿家裡的桌子練一指禪嗎？那得手下留情啊，這一方是我前年專門飛了一趟北歐帶回來的，實在是經不起你的折騰啊。」

駱湛眼底的冷意一點點壓下去。

靜坐幾秒，他接過上前的傭人遞來的熱毛巾，隨意在滲出血絲的指尖擦了擦：「爺爺，告訴我唐珞淺的聯絡方式吧。」

駱老爺子眼皮跳了一下：「你想幹什麼？」

駱湛垂著眼，啞著聲輕嗤：「總不會是去打她。」

「想想唐染的手術，不要在關鍵時候衝動。」

「我有分寸。」

駱老爺子思索兩秒，朝林易擺了擺頭：「電話給他吧。」

「是，老先生。」

半分鐘後，林易拿到了唐珞淺的私人手機號碼。他走到駱湛坐著的高背椅旁，躬身下去將手機遞到駱湛面前。

駱湛瞥見撥號畫面，支起眼皮望向林易。

林易微笑：「少爺大概不想讓唐家這位大小姐的號碼出現在自己的手機裡，用我的電話來撥吧。之後如果有什麼問題，我也會一併處理。」

駱湛沉默幾秒，嘴角勾起來：「難怪我爺爺這麼倚重你啊，林管家？」

「為雇主解決已經發生和尚未發生的問題，本來就是作為管家的職責所在，少爺過譽了。」

「那就謝了。」駱湛從林易那裡拿起手機，起身走到餐廳一旁的玫瑰花窗前。他插著褲子口袋停下來，單手撥出電話。

『喂？』

「我是駱湛。」

『……啊！』對面呆了幾秒才反應過來，聲音立即興奮起來，『你是找我的嗎？駱爺爺上午來我家的事情，你是不是知道了，我們──』

「今晚八點。」

駱湛懶洋洋地打斷她的話。

他插著褲子口袋的手抬起來，到眼前的高度才停住。望著手錶，駱湛的聲音冷淡冰涼：「我們見一面。」

對面的呼吸急促幾秒，好半晌才忍著興奮問：『好。是在、在哪一間餐廳見呢？』

「餐廳？」駱湛輕嗤，「別誤會，我沒有邀請妳出來吃晚餐或者其他意思。」

「我只是要向妳證明一個問題。」

『什麼，問題？』

「到時候妳就知道了──今晚八點，唐家偏宅。記得準時到。」

說完最後一句話，駱湛掛斷電話。他走回林易身旁，把手機遞過去。等林易接過，駱湛拍拍他的肩：「謝了。」

「少爺已經謝過一次，不必這麼客氣。」

「嗯，不一樣。」駱湛垂下手，懶洋洋地插回褲子口袋裡，「你不是解決已經發生和尚未發生的問題嗎？」

林易回答：「當然。」

「所以第一句謝你的手機，第二句——」駱湛嘴角一勾，轉身往餐廳外走，憊懶散漫的笑傳回來，「友情建議你，今晚之後把唐珞淺的電話封鎖。」

林易望著那道背影消失在關上的餐廳雙開門外，他無奈地低下頭：「老先生，小少爺今晚多半行事出格，我要不要派人一起過去攔一下？」

「不用管他。」駱老爺子冷哼一聲，「最好讓他惹點禍，省得以後還總是這麼無法無天，誰都不放在眼裡。」

林易苦笑說道：「是。」

晚上七點五十七分，唐家偏宅前的空地上，ｉｎｔ實驗室的貨車孤零零地停著。

車裡沒開燈，一片漆黑，但並不安靜——細微的鼾聲時高時低地在前車廂裡作響。

駕駛座上的林千華靠在門旁，眼睛始終盯著車外的後視鏡。到某個時刻，他的視線捕捉到什麼，突然一個激靈坐直了身，用力推了推身旁的人：「譚學長、譚學長！來了！」

鼾聲戛然而止。幾秒後，譚雲昶抹了把臉，嘟嘟囔囔地翻起身來：「什麼來了？」

「唐珞淺啊。湛哥交代的事情，你睡到忘記了啊？」

「唐珞淺？喔……喔，想起來了。」譚雲昶打了個大大的呵欠，嘆氣，「這個晚上黑咕籠咚的，我這是受多大罪來聽這位祖宗差遣，命苦啊。」

林千華笑著說：「譚學長，你想開點。這事雖然是湛哥交待的，但還是為了唐染妹妹嘛。唐染妹妹是誰？那可是你男神的女兒。」

「有道理。」譚雲昶朝林千華豎了拇指，便推開車門，跳下車。

正好經過的唐珞淺被這動靜嚇了一跳，驚慌地轉頭看過來。

譚雲昶迎著光走上前，呲牙笑：「唐小姐，晚安啊。」

等譚雲昶走到近處，唐珞淺定睛一看，難看的臉色恢復一點高傲，「怎麼是你？你在這裡幹什麼？駱湛人呢？」

譚雲昶笑著說：「唐小姐，妳一連問了我三個問題，但我只長一張嘴，妳想讓我回答哪個？」

唐珞淺聞言想了想，然後嫌棄地看向譚雲昶：「我對你不感興趣，第三個吧。」

譚雲昶嘆氣：「好吧，我一個一個答吧。首先呢，我每晚都會來這裡，為了幫唐染妹妹送她的仿生機器人，那是我們實驗室負責的——妳應該聽說過吧？」

唐珞淺表情不悅地抬了抬下巴：「知道了。」

「然後，我今晚會留在這裡是為了等妳的。」

唐珞淺狐疑地轉回頭：「你這是什麼意思？明明是駱湛約我來的。」

「是他約的，也是他讓我過來這裡等妳的。」

「那駱湛呢？」

「別急啊，這不就是最後一個問題了嗎？」譚雲昶朝唐珞淺招招手，笑得奸詐，「妳跟我來，到偏宅外面就能見到他了。」

譚雲昶說完轉身走了，完全沒有女士優先的紳士原則。

唐珞淺愣了幾秒，才連忙追上去，語氣不好地問：「你帶我去偏宅幹什麼？」

「看看妳想見到的駱湛。」

唐珞淺臉色頓時難看了一些：「你的意思是，駱湛現在和唐染在一起？」

「是，也不是。」

「到底是什麼意思，你說清楚！」

「嘖嘖，我沒見過脾氣這麼差的大小姐。」譚雲昶嘆氣，腳步不停，「我說最後一遍，等等過去不要說話，妳看見以後，自然知道駱湛叫妳出來的原因了。當然，現在不想知道的話，您可以趁早轉身，打道回府就是了。」

唐珞淺氣得咬牙，但只能跟上去了。

到偏宅前，唐珞淺原本還想說什麼，直到突然看到那個半敞著的門縫。

她頓了一下：「門怎麼沒關？」

「特地留給我們的，這場戲可不能被外人打擾。」譚雲昶放低聲音，豎起食指在唇邊噓了一下，「為了您和他人的觀影體驗，請勿發出噪音。」

唐珞淺覺得莫名其妙，還有一種煩躁的預感，於是狠狠地瞪了譚雲昶一眼。

譚雲昶低頭，指腹在手機上一滑，一則早準備好的訊息傳了出去。

兩秒後，他無聲地拉開房門，朝唐珞淺微笑，低聲說：「唐小姐，您看仔細了。」

唐珞淺擰起眉，正要開口，就聽見房間裡傳出一聲機械門打開的聲音。

玄關正對面，同樣聽見動靜的女孩朝某個方向抬了抬頭：「……駱駱？」

「我在。」

機器人的磁性聲音，從房間裡暢通無阻地傳到門外。

一道再熟悉不過的側影走進唐珞淺的視野裡。

在唐珞淺呆住的目光裡，那人停住。

兩秒後，隨著薄唇微啟，機械聲音低沉而溫柔——

「晚安，主人。」

偏宅玄關前的房門，在唐珞淺的視野裡慢慢無聲地關上。

直到房間內的最後一絲光被掩藏。

夜色和陰影將呆在原地的唐珞淺的身影完全吞沒。

譚雲昶在原地等了片刻，壓低聲音開口：「唐小姐，跟我來吧。」

譚雲昶說完，轉身順著來時的礫石小路往回走。

僵著的唐珞淺魂不守舍，讓她發愣的打擊之下，只有憑著本能，跟著譚雲昶的話轉身朝後走。

兩人前後走在礫石小路上，路旁的灌木叢掃過褲腳，發出細微的聲響。

這樣走出去好長一段路，走在後面的唐珞淺的身影陡然停住。像是到此刻才回過神，她驚恐而憤怒地睜大了眼：「那個小瞎子的機器人！難道一直是駱湛假扮的嗎？」

譚雲昶回過頭，感慨地說：「唐小姐的反射弧可真是夠長的啊。」

他看到偏宅已經被他關上的房門的距離一眼，視線又落回來：「不過這樣也好，至少裡面就不會聽見了。」

「駱湛今晚叫我過來，難道是為了讓我看這個？」

「不然妳覺得呢。」譚雲昶聳聳肩，「也許他發現唐小姐在死纏爛打這方面頗具唐家人的遺傳秉性——不管說多少遍、怎麼保持距離，妳對駱湛像是一個物品，一樣屬於妳的這件事抱有不切實的妄想，所以也只能透過這種方法告訴妳，他對妳的感情可能性完全是零。」

唐珞淺憤怒地抽了一口氣，想說什麼。只是直到憋得臉色都發紅了，她一直沒能找到有力的反駁言辭。

這樣僵持數秒，唐珞淺狠狠咬住後牙：「駱湛這麼做，就不怕我把這件事揭出來？」

譚雲昶攤手：「妳能這麼做，他最歡迎了。」

「他歡迎？如果我揭出來，駱湛就別妄想還能再進唐家偏宅一步！」

譚雲昶噗嗤一聲笑了起來，他的雙手插上褲子口袋，吊兒郎當地睨著氣憤的唐珞淺：「唐小姐，妳真的喜歡駱湛嗎？」

「我、我當然……」

「我看妳完全不瞭解駱湛是什麼樣的人啊？妳竟然覺得，駱家這位小少爺是那種循規蹈矩，會因為妳唐家一個禁令就乖乖和唐染鵲橋相望的？」

唐珞淺臉色微變。

譚雲昶笑咪咪地俯身湊近，聲音壓低：「我不妨告訴妳，唐小姐。駱湛說不定就在等這麼一個機會呢！對他來說最大的障礙是對唐染的顧慮，妳如果能幫他戳破這層窗戶紙，唐染被照顧這麼久，再心軟答應了。駱湛恐怕第一時間就帶著唐染遠走高飛了。」

唐珞淺眼神驚慌了一下，但仍嘴硬：「他、他休想能把唐染帶……」

「噓。」譚雲昶說：「莫非定律，唐小姐聽說過嗎？」

唐珞淺臉色頓變，咬住嘴唇不說話了。

安靜良久，譚雲昶瞥了表情變換的唐珞淺幾眼後，主動開口：「駱湛還有兩句話，讓我告訴妳。」

唐珞淺表情難看地抬眼：「什麼話？」

譚雲昶說：「第一句是，以後他不希望再聽到任何一次，妳當面對唐染說『小瞎子』這種侮辱性的詞。」

唐珞淺咬牙：「她本來就是！」

譚雲昶一頓，嬉皮笑臉，眼神卻冷：「我也誠心勸唐小姐，換任何一個稍微有點血性的男人，都沒辦法忍受自己的女朋友被言辭侮辱。雖然駱湛一貫說自己不是什麼不打女人的紳士，但他骨子裡有駱家的教養在——換一個脾氣暴躁野生野長的，從妳這裡聽這麼多次，早就揮拳揍過去了。」

譚雲昶的眼神在這一兩秒裡凶得很，叫唐珞淺不自覺縮了縮視線。

只是等她回過神咬牙想瞪回去的時候，卻發現譚雲昶早就恢復平常那副油滑模樣。

唐珞淺氣不過，表情僵了好幾秒才恨恨地問：「第二句呢？」

「第二句嘛！」譚雲昶嬉笑，「駱湛說請唐小姐認清你們之間可能性為零這件事以後，認真地思考一下——妳到底是真的喜歡他，還是喜歡駱家的小少爺？」

唐珞淺下意識皺眉：「他不就是駱家小少爺嗎？」

「不不不，那可不一樣。」譚雲昶搖了搖手指。

唐珞淺不滿：「哪裡不一樣。」

「駱家再大的家業再盛的光環，留不住駱湛啊。真到了那一天，唐小姐妳確定妳想要的是這個什麼都不放在眼裡、同窗四年卻連名字模樣都完全記不得的小少爺？」

唐珞淺一時語塞，思緒急轉之後才捉到了譚雲昶話裡的漏洞：「你也說他是小少爺，如果他真的脫離了駱家，那他還能是小少爺嗎？」

譚雲昶噗嗤一聲笑出來。

「你笑什麼！」

「我笑唐小姐還真是天真。我不知道你們這些不瞭解他，不接近他的人是怎麼想的，但我們開玩笑稱呼駱湛是小少爺，不因為他家世，只是因為他的才高氣傲和那副什麼事都不放在眼裡的德行。」

「就算離了駱家，駱湛還是那位恃才傲物的駱湛，也就還是我們口中那個讓人牙癢癢的小少爺。」

唐珞淺沉默許久，眼神複雜地抬頭：「在你的口中駱湛被貶成這樣，他自己知道嗎？」

譚雲昶笑了：「哎喲，那可是我的祖宗啊，沒他的首肯我哪敢說這些話。而且唐小姐，什麼是真的心氣高，那就是即便明知道自己這副德行，但依舊能擺出一副『大爺就是不改』的可恨嘴臉來。」

「既然他真的這樣，哪會這樣為唐染——」唐珞淺說到一半氣極了，白著臉恨恨地轉開頭，沒說下去。

譚雲昶一頓。須臾後，他輕嘆聲：「是啊，駱小少爺本來可以做一輩子什麼人什麼事都不入眼的小少爺——但偏偏他遇見唐染。」

唐珞淺恨極回頭：「她就那麼好嗎？」

「唐染當然好。」譚雲昶煞有其事地點頭，「但重要的是，除了能讓很多人包括駱湛心動的好以外，他們之間有更深的羈絆。」

唐珞淺將信將疑：「什麼？」

「唐染的眼睛，是為了駱湛失明的。」

唐珞淺的眼神瞬間僵滯。

譚雲昶搖頭而笑：「妳不是叫唐染小瞎子嗎？每當有人提起一次，每次多見唐染吃苦一分，都像是往駱湛的心口裡狠狠地捅上一刀。」

譚雲昶輕瞇起眼，低聲說出的話近乎殘忍。

「駱小少爺那顆心，早就為了女孩碎得稀巴爛——所以誰都不用指望這輩子他還有半點能分給其他人。」

「除了唐染，誰都一樣。」

異體的角膜移植手術必須在四十八小時內完成，這樣才能夠最高限度地保證移植的成功率。

藍景謙在得到國際眼角膜眼庫的移植名額後，第一時間聯絡了家俊溪，開始忙中有序地準備移植手術前的必要檢查和用藥準備。

為了確保手術前充分適應，駱湛和藍景謙提前兩天就將唐染送去M市家俊溪的眼科醫院辦理了住院。

「……除了這些生理性質的問題以外，角膜移植手術比較複雜，病患又往往對手術結果抱有焦慮性質的期望，所以術前許多人的心理問題不小。」

院長辦公室裡，家俊溪耐心地跟對面沙發上的兩個男人講解。

「術前，病患在心理上的焦慮和緊張非常容易影響手術。我建議你們提前讓唐染住院，也是考慮到這方面的問題。」

藍景謙表情沉凝：「我們應該怎麼做？」

駱湛沒說話，但同樣緊盯著家俊溪。

家俊溪抓了抓額角：「醫院有專門的工作人員能幫她做專業的心理疏導，但是更多的情感方面，還是需求陪同家屬來提供援助，然後就是……」

家俊溪從手中的資料夾裡抬頭看向兩人，原本要說的話又噎了回去，然後哭笑不得地擺了擺手。

「好吧，我就知道就不能靠你們。你們怎麼看起來比人家小女孩還要緊張？」

駱湛冷著臉，沒表情也沒說話。

藍景謙不羞於承認，同樣是緊張到沒有表情：「這有什麼不正常的嗎？」

「那倒不是。」家俊溪撇嘴，「只是前所未見，看來我還得再適應你兩天。」

藍景謙沒理他：「還有什麼注意事項嗎？」

家俊溪說：「用藥和檢查方面，護理師會每天提醒，其餘剛剛也都說過了。」

藍景謙聞言，毫不猶豫地起身：「那我回病房照顧小染了。」

家俊溪一噎。不等他說話，藍景謙的背影已經消失在辦公室門外了。

「……我沒見過他這麼緊張過。」家俊溪好笑又無奈地搖著頭，目光落回沙發旁，然後奇怪地咦了一聲，「駱湛，你不走？難得啊，你竟然比景謙鎮定，他還算是虛長你十幾歲了。」

沙發前，駱湛抬眸。幾秒後，他以某種平靜得詭異，彷彿魂游天外的語調開口：「我更緊張。」

家俊溪疑惑問：「那你怎麼不急著回去看看？」

「聽你說完手術可能導致的最壞情況，擔心自己幫染染找了庸醫。」駱湛慢慢低回視線，沒表情地捏著指節，「嚇得腿僵，暫時站不起來。」

家俊溪氣笑了：「再技能嫻熟的醫生就算做再小的手術，最壞情況也一定都會事先說明，這是進手術前的必備流程！」

「嗯。」駱湛仍僵著一張臉。

家俊溪嫌棄地搖頭：「你們可真是一個比一個有出息。」

從來沒在言辭上吃過虧的小少爺，此時卻一句都未反駁，沒聽見似的，儼然還沒從方才的驚嚇裡回過魂。

家俊溪無奈地搖了搖頭，收回目光。

病房內，藍景謙拉過單人病房的木製軌道推拉門，走進病房內。

坐在病床旁的女孩安安靜靜地閉著眼，原本一動也不動。直到此時聽見腳步聲，她朝門的方向仰了仰頭，猶豫地開口：「請問是？」

「是我，小染。」藍景謙輕聲回應，「剛剛護理師來幫妳上過藥了？」

「嗯。」

「今天感覺怎麼樣，醫院環境還適應嗎？」

唐染認真地想了想，點頭：「挺好的。護理師姐姐她們都很溫柔，對我很好。」

「那就好。」藍景謙久違地露出點笑容。

病房裡安靜下來，藍景謙正思考著該如何紓解女孩的心理情況，就聽見坐在床邊的唐染突然出聲問：「今天晚上，我就要做手術了是嗎？」

聽見時間和手術，藍景謙心裡不自覺先慌了一下。

回過神，他苦笑：「對，今晚七點。」

唐染默然低頭。

藍景謙問：「小染有什麼事不放心嗎？」

唐染想了想，輕輕點頭。

「那，方便告訴叔叔是什麼事情嗎？」藍景謙問。

唐染猶豫幾秒，輕聲開口：「我問過護理師姐姐了，她們說任何手術都是有風險的。因為在手術燈下，誰都不知道下一秒會發生什麼事……」

藍景謙沒聽完就皺起眉，有些不滿哪個護理師對一個未成年的孩子這樣不懂人情，不考慮心理承受能力的直言。

「小染，不要胡思亂想。」藍景謙語氣堅定。

即便再驚慌或者不安，在他的女兒面前，他作為父親也會完全藏起來。

「妳的手術一定不會有任何問題，相信叔叔、也相信醫生，好不好？」

「嗯。」唐染點了點頭，「但是，我想以防萬一。」

藍景謙想都沒想：「沒有萬一。」

女孩頓了頓，垂在床邊的手慢慢攥起病床上的被單，她低下頭去。

藍景謙看得心口脹澀，聲音連忙放緩：「小染對不起，是叔叔的語氣太凶了。妳說吧，妳是擔心什麼，還是想要什麼呢？」

更久的沉默後，唐染終於鼓足勇氣，開口：「我想問叔叔一個問題。希望叔叔可以不要隱瞞地回答我。」

藍景謙一愣：「什麼問題？」

唐染慢慢抬頭：「叔叔你……到底是我的什麼人呢。」

# 第三十五章　手術

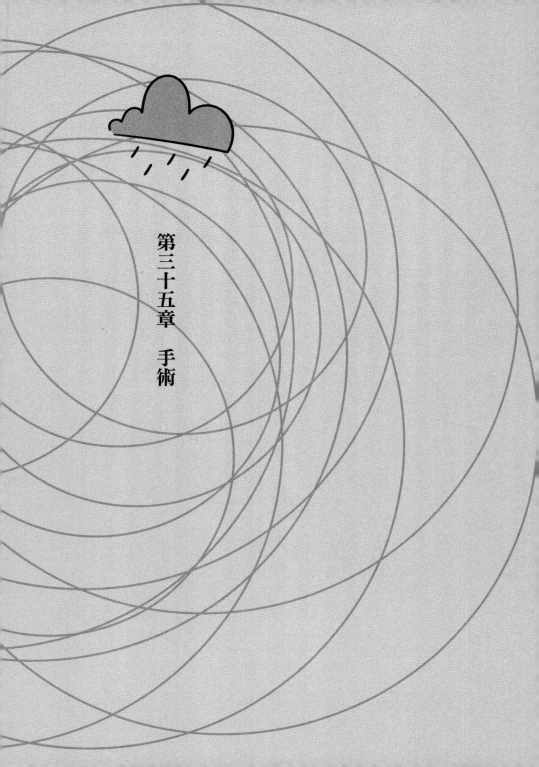

「小染妳……」藍景謙沒有任何防備，僵了好幾秒才反應過來，「妳怎麼突然問這樣的問題？」

唐染搖頭：「不是突然，我想這個問題已經想很久了。」

她猶豫了一下，誠實地說：「其實在認識叔叔一段時間以後，我就懷疑了。」

「懷疑什麼？」

「……叔叔根本就不是我的新司機，對吧？」唐染撐著雙腿兩側的床邊，慢慢仰起臉，然後輕笑起來，「這樣說可能不太好，但是從認識以來，和叔叔在一起時，您展現出來的談吐和眼界都不像是一個普通的司機。」

藍景謙表情複雜：「只因為這個，小染就懷疑了嗎？」

「當然不是。」女孩再次搖頭，扳著手指數起來，「還有叔叔無論什麼時候都能不需要提前申請就出入唐家的自由，還有叔叔帶我去的那些散心放風的地方，還有……」

至此，就算藍景謙不想在這個關頭讓唐染心情波動，也不得不承認了。

他無奈地笑：「是我們小染太聰明，還是我露出的馬腳太多了？」

正在羅列疑點的女孩愣住。幾秒後，她慢慢放下扳著數的手，低聲說：「其實還有最重要的一點。」

藍景謙問：「是什麼？」

唐染說：「駱湛。」

藍景謙一愣。

病房裡安靜片刻。

坐在床邊的女孩輕晃了晃垂著的小腿：「叔叔對駱湛的態度，和其他人不一樣。你們從第一次見面好像就已經熟識了，像是，兩個老朋友。」

被戳中的藍景謙心裡一虛，本能地掩飾著笑：「小染，我和駱湛性格不合，可以說是有點針鋒相對，怎麼會是老朋友呢？」

「是這樣。」唐染認真點頭，「但是你們的對立是沒有惡意的，有時候還有點幼稚，所以才像是很熟的、鬧了彆扭的老朋友。」

藍景謙僵了一下。

「我沒那麼瞭解叔叔，但我瞭解駱駱。」唐染補充，「在叔叔做我的司機以前，我從來沒有見過駱駱和其他人是這樣相處的。」

藍景謙的思緒被帶偏一秒，嘴角輕抽了抽：「妳認識駱湛也不比認識我的時間長很久吧？」

唐染呆住。連病床旁輕晃著的小腿都停下來。

須臾後，女孩回過神，有點不好意思地笑起來：「不知道為什麼，對駱駱我總有一種已經認識了很久很久的感覺。」

藍景謙無聲嘆氣。

唐染說：「駱駱很優秀，也很驕傲。那麼驕傲的駱駱會當作朋友相處的、又符合叔叔你的年齡的，我只知道一個人。」

藍景謙表情頓住，慢慢抬眼。

唐染說：「想到那個人的時候，我又想起來，在叔叔第一次出現的那天，家裡有人告訴過我，駱湛那位叫藍景謙的朋友那天去過唐家，還問起過我。」

「所以叔叔。」唐染輕聲問，「你是藍景謙嗎？」

沉默許久，藍景謙慢慢嘆聲：「是我。」

唐染闔著的眼睫輕顫了一下：「那叔叔你，到底是我的什麼人呢？」

藍景謙垂在身側的手一抖，然後握成拳。幾秒後他偏開頭，咬緊的牙關使得顴骨微微抖動。

「叔叔？」

狠狠憋住的那口氣被藍景謙顫著聲線吐出。

他轉回頭，嗓音沙啞地開口：「唐世新不是妳的父親。」

唐染驀地愣住。

彷彿被拉長到靜止的時間裡，她聽見耳邊那個聲音恍惚得像是從天邊傳回來的——

「我才是。」

「眼藥水不做變化，主要保證術前降低眼壓，會提前準備百分之二十五的Physostigmine進行眼部包紮。為了方便手術，進手術室前病人還會有一些準備事項要做，等等進病房，我提醒病人的同時也會告訴家屬該做什麼的。」

「好。」

長廊上，駱湛一邊聽負責護理師講解著術前用藥和檢查的情況，一邊往唐染所在的單人病房過去。

轉過轉角，駱湛看見站在病房外正對的窗前的藍景謙。

駱湛腳步停下來，他微皺起眉：「你怎麼沒進去，讓染染一個人在裡面？」

「你也先別進去。」藍景謙轉身，話聲攔住了準備開門的駱湛。

駱湛皺著眉，回眸：「怎麼了？」

「小染說，她想自己待一下。」

「染染為什麼會突然這樣說？」

藍景謙沉默許久：「她知道了。」

「知道什——」

駱湛的聲音戛然而止。

過於聰慧的大腦在一兩秒的短時間內，迅速而本能地聯想到會導致眼前狀況的最大可能性。

他握在病房推拉門上的手垂下來，猛地攥成拳。

在護理師沒來得及反應的時間內，神色一瞬間冷下來的駱湛幾步走到藍景謙面前，抬手直接拎住了男人的衣領。

「你他媽瘋了？為什麼要在這個時間告訴她？家俊溪說術前不能有情緒波動，你沒聽見嗎？萬一影響她的手術你要怎麼辦？」

跟駱湛一起來的護理師回過神臉色一變，連忙上前阻攔兩人：「這位家屬，你冷靜一點，不要在病房外爭吵，這樣會驚擾到病人的！」

最後一句成功讓駱湛顧忌地壓下情緒來，他回頭看了緊閉的病房大門一眼。

再轉回來時，駱湛眼神冷如冰霜：「你最好給我說清楚。」

藍景謙捋平被拎得泛起褶皺的襯衫，沉著眼：「唐染是我的女兒，我們父女之間的事和你無關。」

「她是你的女兒，但她對我來說的意義不會比對你少半分。」駱湛緊咬牙，側頰位置的顴骨抖動，「我發過誓，不讓任何人再傷害她——就算你是她的父親也不會例外！」

「是嗎？」沉默半晌，藍景謙緩緩抬眼，「但你能為她做到哪一步呢，駱小少爺？」

駱湛說：「我能為她做的，會在以後的時間裡一件一件做給她看，別人無需也不配知道。」

藍景謙沉聲：「我是她的父親。」

「父親？」

駱湛轉過頭，嗓音裡壓出一聲氣極的笑。他轉回來，眼神冷得像冰塊。

「唐染心軟，我早就知道將來總有一天她會和你相認，所以我尊你敬你。但不要以為這就代表你有資格在她眼前大言不慚！」

藍景謙被戳到痛處，沒壓住怒意瞪向駱湛。

駱湛不弱半分地迎上視線：「怎麼，藍總不同意？但我就是以前太委婉太顧忌，藍總還真的以為你有什麼本事，拿著唐染生父這個身分自視過高了！」

藍景謙皺眉：「你說什麼？」

駱湛抬起右手，攥成的拳慢慢擂在藍景謙的肩下。

「你記住我今天的話，藍景謙。」

「在唐染眼前，無論是你還是唐家，甚至包括你那個遠嫁國外的老情人——你們沒有半點資格對唐染說什麼做什麼，就算你們是她的父母家人又怎麼樣？十七年對女兒不管不問，放任她受盡苦楚吃盡難處，你們算什麼狗屁父母？誰又他媽在乎你們有什麼苦衷！」

藍景謙氣極而自愧，沒多久眼底布上淡淡的紅血絲：「那你呢。」

駱湛沒有說話，冷淡地望他。

藍景謙抬頭：「對，我們沒有資格，所以我知道真相以後，日日夜夜都在自責和痛苦，我拚盡全力想要補償她、想要她開心快樂——但你是為什麼？」

駱湛眼神一僵，藍景謙聲音沉低了一分：「知道我為什麼不希望你和小染在一起嗎？因為你太奇怪了，駱湛。」

駱湛眼神冷冰冰的：「我奇怪？我喜歡染染，這有什麼奇怪？」

「喜歡？」藍景謙嘲弄地重複，「我比小染更知曉你到底是怎樣的人，所以你對小染做的一切都在加深我的質疑。你越是對她好、好得違逆自己的本性，甚至違逆人性和動物本能裡的自私，我越是不安，我越是想知道，被你藏得最深的那個原因是什麼！」

駱湛攥緊拳：「就像我剛剛說的，任何原因或者苦衷都不重要，重要的只有行為和結果。」

「不，它對我來說很重要。」藍景謙說：「你要保護小染，我一樣會。你儘管恨我不夠格做一個父親，也儘管譴責我，我會全部接受。但同樣的——在我知道你的原因以前，在唐染生父的身分裡，我絕對不會接納你。」

劍拔弩張一般的氣氛下，站在旁邊的護理師頭痛地緊盯著這兩個鬥牛似的男人。她生怕自己一不留神，這兩人就會扭打成一團。

所幸，在不安的護理師叫來保全以前，緊閉的病房房門打開了。

門的聲音一響，對峙的兩人同時僵了一下。駱湛回過神垂下手，連忙轉身看向身後——

穿著病人服的女孩扶著溫潤的木製推拉門，眉眼安靜恬然。

沒有半點他想像裡情緒激動或者失控的模樣。

駱湛僵滯的身體驀地一鬆。

高吊著的那口氣吐出來，他有種被人在懸崖邊上拉回來的感覺。

到看見安然無恙的、還很平靜的唐染這一秒，駱湛胸膛裡那顆心才算是從被嚇得凍住的狀態裡緩和，重新跳動起來了。

護理師露出慶幸的表情。

唐染的手術是她們院長親自主刀，也是親自跟的進度，由此已經可見這位病人的背景。

而這兩位年齡差了不小歲數的陪同「家屬」，衣著氣度看起來，沒一個是好招惹的——萬一女孩真的出了什麼狀況，那她大概會完蛋。

「我出來是因為，聽到外面有點吵。」扶著門的女孩輕聲說：「是駱駱回來了嗎？」

駱湛想都沒想，壓回情緒上前：「是我。」

唐染點了點頭，轉身。

她摸索著，小心翼翼地往回挪。

「那你進來吧。」女孩停頓了一下，「你一個人。」

病房的門在身後關上，駱湛朝著唐染走去。

女孩摸索著坐回到病床邊。聽見腳步聲後，她猶豫了一下，向裡面挪了一點距離。

然後唐染拍了拍身旁左側讓出來的空處：「駱駱，你來坐這裡吧。」

「被家院長看到，我會被挨罵的。」駱湛這樣說著，還是依唐染的話，走到女孩身旁坐了下來。

唐染眼角彎彎：「你不要怕，如果他罵你，我會幫你擋住的。」

「妳幫我擋，我讓妳挨罵？」駱湛好笑地問。

唐染思索兩秒，搖頭：「家院長不會罵我的。最近兩天，連醫院裡最凶的那個護理長都不會和我大聲說話，她們特別怕我情緒出現波動。」

「駱駱，你怎麼不說話了？」

駱湛輕嘆一聲，抬起右手，繞過女孩，從後摸了摸她頭頂：「明知道這樣，為什麼還要和妳的新司機攤牌？」

唐染微愣，須臾後，女孩低了低頭：「你知道啦。」

駱湛說：「他不是那麼沒有分寸的人。如果不是妳主動問，他不會在這種時候跟妳談這件事的。」

唐染說：「那你為什麼還要怪他啊。」

駱湛側下視線：「妳聽見了？」

唐染說：「這個病房的隔音效果沒有特別好。而且我對聲音比較敏感，駱駱你知道的。」

「嗯。」駱湛坦然地說：「剛剛沒有想到，後來才想通的。」

唐染彎下眼角：「駱駱後悔了嗎？」

駱湛輕嗤：「有什麼好後悔的，都是我的心裡話。我看他不爽很久了。」
唐染低下頭，輕笑起來：「喔。」
駱湛等了一下，側過頭去觀察女孩的神情：「妳不生氣我明明知道，卻沒有告訴妳嗎？」
唐染仰了仰臉，搖頭：「為什麼要氣這個？」
駱湛一時語塞。
唐染再次笑起來：「駱駱明明是因為我才對他再三謙讓的。一定也是因為我，才一直忍著那些話和脾氣沒有爆發出來的。如果不是為了我隱瞞，你本來會自在很多——既然這樣，那我為什麼還要生你的氣。」
駱湛過了幾秒才回神：「聽妳這樣說，我都要被說服自己一點沒犯錯了。」
「駱駱本來就沒錯。」
「那，妳生他的氣嗎？」
女孩的笑停下來。
駱湛說：「如果妳不想提，那我們就不談這個。」
「其實，也沒什麼。」唐染轉過臉，「駱駱不需要擔心的。這件事我已經想很久了，各式各樣的結果都猜過。雖然真正的答案讓我意外，但也沒有不能接受。」
唐染停下兩秒，又小聲說：「我好像接受得還挺快的。」
駱湛無奈又好笑：「妳確定不是因為還沒回過神嗎？」

女孩癟了癟嘴：「我才沒有那麼呆頭呆腦。」

駱湛心底那點不安徹底淡了，眼神放鬆下來：「既然這樣，那為什麼不想見他呢。」

唐染說：「不是不想見，只是不知道該怎麼相處。」

「不是已經認識這麼久了？」

「不太一樣。」唐染猶豫地停住，不知道該怎麼表達，「他有說自己不知道我的存在，我能理解，也覺得他沒什麼過錯，因為我相信他如果知道，不會扔下我不管的——駱駱你說對嗎？」

「嗯。」駱湛想起什麼，眼神深沉地黯下去，「如果記得……那誰也不會放開妳的。」

唐染未察，繼續說道：「所以我覺得他沒什麼錯，但他好像不是這樣覺得。他的情緒波動比我大多了，而且是很痛苦又自責地道歉，我不太習慣這樣……」

駱湛聽懂了，他無奈地笑起來：「所以，妳其實是讓他出去冷靜一下的？」

唐染想了想，點頭：「我覺得我們還是等到手術過後，再慢慢相處比較好。」

「是。」駱湛忍不住低下頭，語氣近乎寵溺地揉亂了女孩的長髮，「小女孩怎麼那麼聰明呢。」

唐染被揉得臉都紅了，但還是乖乖的，一動也不動地任頭頂那隻爪子「蹂躪」著。

等「暴行」結束，駱湛稍稍正色：「既然妳的情緒沒問題，那我要叫護理師進來了。」

「護理師？」唐染茫然抬頭。

駱湛說：「嗯，剛剛有一位護理師跟我一起過來，要幫妳上最後一遍藥，還要順便交待一些注意事項。」

唐染愣愣地問：「那她剛剛怎麼不進來？」

駱湛似笑非笑地說：「剛剛？不是我們以為妳情緒不好，她和藍景謙一起被妳罰在門外清醒一下了嗎？」

唐染反應過來，臉都紅透了：「我我我不知道有別人在，我以為只有你回來！」

「好了好了，沒事，我幫妳叫進來。她不會怪妳的。」

「不會怪我嗎？」

「嗯。」駱湛起身，捨不得地輕點一下女孩鼻尖，趁唐染本能往後躲，他笑起來，「我們小女孩這麼可愛，誰捨得怪妳？」

唐染臉紅得快燒起來，不理他了。

護理師傍晚來幫唐染上過最後一次術前的藥後，和女孩交待幾句，為難地看向病床旁的駱湛。

駱湛察覺，目光從唐染身上挪回來：「是有什麼需要我幫忙的嗎？」

「確實需要家屬的協助。」

駱湛問：「什麼事情？」

「呃，我不確定您能不能做……」

「我可以。」駱湛說完，才再問一遍，「是什麼事？」

護理師上下打量駱湛一遍，遲疑開口：「您會，綁辮子嗎？」

護理師指了指茫然無辜地坐在病床邊的唐染：「為了方便手術，病人的頭髮需要綁起來，而且一定要綁在兩邊，這樣才能避免影響仰臥姿勢。」

坐在床邊的唐染舉了舉手：「護理師姐姐，我自己也可以的。」

護理師轉過去，為難地說：「妳自己還是不好判斷位置。算了，還是我來——」

「我來吧。」

護理師轉頭，小少爺繃著一張俊臉，語氣嚴肅：「我可以。」

護理師把兩個髮圈遞了過去，駱湛鄭重接過。

只剩下兩人的病房裡。唐染坐在病床中間，駱湛則站在床邊。他艱難而笨拙地幫唐染攏起被他均分為兩份的其中一半的長髮，左右手交替將柔軟順滑的髮絲攏到一起，但每次總有那麼一撮很不聽話的漏網之魚。

小少爺活了二十多年，第一次遇見自己不擅長的事情，越戰越勇，卯足了勁和這半邊頭髮槓上了。

等好不容易完成一半任務，駱湛長鬆一口氣。

「好了，妳試試。」

「嗯。」唐染抬手，在頭頂摸了摸。

駱湛驕傲又不安地問：「怎麼樣？」

唐染忍住笑：「駱駱很棒。」

駱湛欣慰起身，換去另一旁：「那就好，我們繼續。」

「嗯。」

等駱湛和另一邊的長髮對抗結束，術前最後一點準備也宣告結束。

病房裡陷入莫名的沉默。

唐染最先打破：「駱駱，現在幾點了？」

駱湛說：「五點四十。」

「啊？」唐染輕聲說：「還有一個多小時，我就要做手術了。」

駱湛一時失語。

唐染安靜了幾秒，然後突然開口：「家院長是不是也對你說過，我可能會再也沒辦法從手術室裡出來了？」

駱湛的瞳孔在這一秒驀地收緊。

等這片刻的空白過去，他聲音沉啞：「染染，不要胡說。」

「但護理師姐姐說了，再小的手術也是有生命風險的。」

「那種事情不可能發生。」駱湛斬釘截鐵。

唐染默然。

駱湛還是不忍心，他輕嘆一聲，撐著女孩的病床，微微俯身到她的面前：「染染，妳不要怕。角膜移植可以說是所有器官移植手術裡成功率最高的了。家院長又是國際眼科手術的權威專家，有他出馬，不會有任何問題的。」

「我……我只是擔心……」唐染低頭，聲音輕下去，「我還有話，想和駱駱說。」

駱湛眼神一軟，聲音更加溫柔輕和：「我會聽的。等我們小女孩從裡面出來，我什麼都聽妳的。」

唐染抬頭。她第一次不掩飾地在駱湛面前露出脆弱的讓人心疼的表情：「我可不可以，現在說？」

駱湛意識一恍，幾乎要脫口答應。

但在話出口前的最後一秒，他還是壓住了。

駱湛嘆聲：「我也有很多話想告訴妳，但我們還有很長很長的時間可以說。現在是手術前，情緒穩定很重要。等手術結束，我陪妳說再久都沒關係，好嗎？」

唐染輕咬著下唇，貝齒在豔紅的唇瓣上壓下淡淡的白痕。

過了好一陣子，她點頭。

「好。」

半小時後，唐染躺在手術室長廊外的擔架床上。

一路從病房推來這裡，駱湛始終緊緊跟在擔架床旁，陪著醫護人員一起把唐染送到手術室外。

「門後面再走一段就是無菌室，病人家屬只能到這裡了。」擔架床邊的護理師對駱湛和跟在後面的藍景謙說。

駱湛問：「我能和她再說幾句話嗎？」

「可以，不過請盡快。」

「好。」

駱湛回到擔架床旁，輕握住女孩一側的手。唐染的手指冰涼，攥在掌心像冰塊似的。

駱湛擔心地問：「染染，妳沒事嗎？」

躺在病床上的女孩已經戴上無菌眼包，唇的顏色比平常要淡許多。

在聽見駱湛的話後，她的唇瓣輕動了動，聲音有些努力藏了卻藏不住的抖意。

「駱駱，我怕。」

駱湛的心猛地顫了一下。

他很想說「別怕」，想說「會沒事的」，想說「我一定會在外面等妳出來的」……但是這些話他都說不出口。

他不能那麼自私，只為了自己以為的她想要的，就忽視她的恐懼，把她一個人孤零零地送進那個冷冰冰的手術室裡。

駱湛單手按著冰涼的床欄，另一隻手緊緊地握著唐染的手，朝著躺在病床上的女孩俯身，像是要吻在女孩的耳朵上。

「染染如果害怕，那我帶妳走，好不好？」

床旁的醫護人員還有藍景謙驚愕地望向駱湛。

駱湛卻誰都沒看：「染染只要告訴我，妳想離開這裡嗎？」

唐染被嚇得冷冰冰的手指在駱湛的掌心裡慢慢回暖。

她壓下那些恐懼，慢慢搖了搖頭。

「我不走。」

儘管聲音餘顫猶在，但裡面更多的是沒有半點動搖的堅決。

駱湛一愣，垂眼望向擔架床上臉色發白的唐染，她身上的病人服寬寬鬆鬆，愈發襯得女孩羸弱蒼白。鎖骨和纖細的頸下，淡藍色的血管微微搏動。

看起來那麼柔弱易折。

但她的聲音比任何時候都來得堅定——

「我想……想親眼看見駱駱。」

長久的黑暗裡，唐染的意識一點點掙扎著從混沌中醒來。

最先傳入神經中樞的，是隨著麻醉藥效漸漸褪去，而從眼睛傳回來的程度不重的微微痛澀感；緊隨其後，恢復的嗅覺帶回空氣裡淡淡的消毒水味道的感知；最後，是模糊飄忽地交談聲，從分辨不出遠近的地方傳回來。

「手術階段很成功，沒有出現任何突發狀況或者問題，放心吧……」

「角膜移植手術是不存在完全康復的說法的。就算後期恢復得再好，也要隨時注意眼睛的問題，長期定期地進行複診，避免病症得不到及時治療……」

「排斥反應因人而異，初期恢復階段我會根據她的恢復狀況開一些抗排斥藥……角膜移植是異體移植裡成功率最高的一項，所以你們也不要過度擔心，只要定期檢查就好……」

那些聲音時高時低，時遠時近。儘管唐染還想聽，但麻醉藥的效力顯然並未完全褪去，她的意識很快再次陷入黑暗裡。

這樣反覆了兩三次，唐染的意識終於在某個她不能確定的時刻徹底清醒。

病房裡的另一側，似乎有壓得很低的交談聲。

眼前仍是黑暗，但好像透著一絲微光——光對她來說太過陌生和久違，讓唐染無法確定那到底是真的還是只是自己的錯覺和幻想而已。

於是她下意識地抬起右手，摸向自己的眼睛。

「……染染！」

靜寂的病房裡，一聲發啞的低呼被兩三聲急促的腳步聲壓過。

一秒後，唐染的手腕被人一把攥住。握著她的指節修長溫潤，帶著她所熟悉的溫度。

唐染張了張褪去血色的唇，有點發澀地出聲：「駱……駱？」

「是我。」

駱湛長鬆一口氣，把女孩的手壓回病床，掩進被子下面。然後才抬頭。

「家院長說了，手術後還需要兩三天的雙眼包紮緩和治療，這段期間不管有什麼感覺都不要自己碰，好嗎？」

過了兩秒，唐染才開口，聲音透著點很輕的虛弱：「好。」

「妳……」

駱湛還想低聲問什麼，只是他的起聲太輕，被病房另一側隔著幾公尺的男生嗓門壓了過去。

「唐染妹妹，妳感覺怎麼樣，還好吧？沒有哪裡不舒服吧？」

唐染呆了幾秒才反應過來，輕聲問：「是店長來了嗎？」

駱湛「嗯」了一聲。

譚雲昶的聲音來到床邊：「我一大早就趕過來了，還想我們唐染妹妹睜開眼第一眼看見的人裡能有我呢——到了才知道還得再等兩天，可把我急壞了，真的！」

「……怎麼哪裡都有你，你急個屁。」駱湛冷淡地罵了他一句。

譚雲昶氣呼呼的：「就只有你急，我們還不能著急了是吧？再怎麼說，唐染妹妹也是跟我親妹妹似的朋友呢！」

「占誰便宜？」

「嘿，我怎麼就算占便——」譚雲昶對上駱湛涼颼颼的目光，腦袋裡某根弦啪地一下繃緊了。

一兩秒後，反應過來「如果唐染算他妹那眼前這位就是自家準妹夫」的問題後，譚雲昶訕訕笑起來：「欸，對不起，對不起啊，祖宗。我真的沒有要占你便宜的意思。」

反正不是在和女孩說話，床上的女孩現在又還看不見，駱湛懶得應付，敷衍地「嗯」了一聲，算作回應。然後他拿過病床邊的椅子，坐了下去。

到駱湛仰靠到椅背上時，他的手還紋絲不動地控制著力度，隔著被子半握著女孩的手腕。

譚雲昶自然也看見了，情不自禁地笑起來：「唐妹妹，妳剛剛還沒能看見真是太遺憾了。」

病床上的唐染慢吞吞地應聲：「遺憾？」

「對啊。妳醒來之前我和駱湛還在聊事情呢，屋子裡什麼動靜都沒有，結果他話說到一半，突然起身就竄過來了！」

唐染微愣。

譚雲昶誇張地抬高音量，一副驚魂甫定的語氣：「七八公尺的距離他兩步就衝到病床旁邊——我還以為出什麼大事了，嚇我一跳！結果……」

譚雲昶話尾的語氣變得戲謔，轉頭看向半垂著眼懶在椅子裡的青年，抬手拍了拍那人的肩膀：「敢情是跟我說話的時候，還一直盯著我們唐妹妹看呢？」

駱湛一隻手搭在病床邊握著被子底下女孩的手，另一隻手撐著顴骨，眼皮懶洋洋地垂著。聽見譚雲昶這句話，他支了支眼皮：「嗯，一直盯著，不行嗎？」

譚雲昶嘖嘖有聲：「趁著男神去找醫生瞭解後續，你就這麼肆無忌憚地挖人牆角，這不太好吧？」

駱湛微皺起眉：「滾蛋。」

沉默幾秒，他握在女孩手腕上的指節收緊了一點，淡淡地哼：「就算是，也是我的牆角。」

「好好好。」譚雲昶好氣又好笑，「你的、你的。」

這再熟悉不過的相處模式，讓唐染忍不住翹起唇跟著笑起來，慢慢從手術初醒後不安的狀態裡放鬆下來。

她想到什麼，開口問：「現在是什麼時候了？」

譚雲昶沒跟上，駱湛回答：「妳是昨天晚上的手術，現在已經臨近中午了。」

唐染驚訝：「我睡了這麼久嗎？」

「有麻醉藥的效果，是正常的。」駱湛說。

唐染這才安心。

譚雲昶站在床邊，此時見縫插針地跟話：「唐妹妹，妳睡得確實挺久的，駱湛就不一樣了。我聽護理師說，從妳昨天手術結束出來以後他就守著，到現在還沒闔過眼——嗷！」

話聲以慘叫收尾。

駱湛垂著眼皮，收回踩到譚雲昶腳背上的左腳：「不說話沒人把你當啞巴。」

譚雲昶抱著腳跳到一旁，含淚控訴：「我這是替你說話，你這個人怎麼好壞不分呢！」

駱湛輕嗤一聲，沒理他。

在已經露出不安和擔憂表情的唐染開口前，駱湛先轉回來，說話：「別聽他說得這麼誇張，我昨晚在病房裡休息過了。」

譚雲昶恨恨地拆臺：「病房裡連個能躺人的沙發都沒有，你學小龍女吊一根繩在空中睡的啊？」

駱湛懶懶散散地轉過臉，沒表情地望著譚雲昶。

迫於這個眼神威脅，譚雲昶被噎了幾秒，還是老老實實閉上嘴轉開臉了。

唐染擔憂地說：「駱駱，你別這樣熬，會生病的。我已經沒事了，等——」

「妳才剛出手術室多久，就操心起我了？」駱湛無奈地打斷唐染的話，「我會照顧好自己，而且現在最重要的是妳。如果有什麼地方感覺不舒服，一定要第一時間告訴我或者是醫生和護理師，知道了嗎？」

唐染還想說什麼，只是駱湛這次對她說話的語氣是少有的堅決，實在沒什麼反抗餘地。

唐染只能點點頭：「好。」

三人又閒聊幾句後，病房的推拉門被拉開了，同樣沒怎麼休息的藍景謙臉色疲憊地走進病房。

看見病床邊的駱湛和譚雲昶，藍景謙猛地頓住步伐。

僵了幾秒，他壓低聲音問：「小染她……醒了？」

駱湛沉默兩秒，起身：「嗯，醒來十分鐘了。」

藍景謙嘴唇動了動，想說話又不知道該如何開口。

駱湛瞥了身旁的譚雲昶一眼，然後俯身到病床前，對床上的唐染說：「我先離開一下——送譚雲昶下樓，順便叫護理師過來幫妳換藥。」

唐染不安地攥了攥手指下的床單，過去兩三秒，她輕點頭：「好。」

駱湛得了女孩的首肯，這才起身，繞過病床往門口走。譚雲昶會意地跟了上來。

駱湛走到門前，在與藍景謙擦肩時停了一步，聲音壓得低低啞啞的，幾乎難以分辨：「拆線手術以前，她還是要盡量避免大的情緒波動。」

藍景謙堪堪回神，苦澀地笑了一下：「我知道。」

駱湛提醒過，回頭不捨地看了病床一眼，然後才直身離開。

五分鐘後，醫院一樓的大廳內。

「什麼？」譚雲昶驚得聲音都拔高八度，「你真的要去？你沒發燒吧，祖宗？」

駱湛倚在大理石牆面前，眉頭皺著。超過三十六小時不眠不休所積壓的疲倦感，在女孩醒來而他鬆下緊繃的弦後迅速把他吞沒，整個人陷入有些昏沉的狀態。

聽到譚雲昶的話後，駱湛停了幾秒，啞著嗓音開口：「一年前就定下的大賽專案，我又是負責人，難道要在臨近比賽的時候突然宣布缺席退賽？」

「不是，這松客盃又不是什麼不得了的大比賽，祖宗你那能掛滿實驗室一整面牆的獎杯獎狀獎牌還少嗎？怎麼也不缺這一項吧？」

駱湛皺著眉：「這不是我一個人的比賽。在這種時候缺席，專案組裡其他人怎麼辦？」

「那、那大家都能理解的嘛。」

譚雲昶湊上前問：「祖宗，你得想清楚，松客盃這個賽程，一趟去了少說也得一個多月吧？而且真的要去，後天你就得出發了。唐染妹妹眼睛復明的前一個月，你完全看不見啊！」

駱湛仍是沉默。譚雲昶急了：「你到底是怎麼想的啊？前面為了唐染的事情，我看你命都要賠上似的，怎麼到這個關鍵時候你卻開始犯糊塗——」

譚雲昶的話聲戛然而止。

幾秒後，他瞪大了眼睛。

「不是吧……」

駱湛支起眼皮，下眼瞼冷白的膚色上襯著淡淡的烏色，神情憊懶而冷淡：「不是什麼？」

譚雲昶僵了好幾秒，才說：「你其實不是因為比賽，主要是……怕唐染妹妹認出你，影、影響後面的拆線和恢復？」

駱湛抿起薄唇。他沒說話，側開了臉，咬緊的顴骨繃起凌厲的側顏線條。

譚雲昶僵了良久，訕訕開口：「你想開點。萬一、萬一唐染根本沒認出來呢？」

# 第三十六章　重見

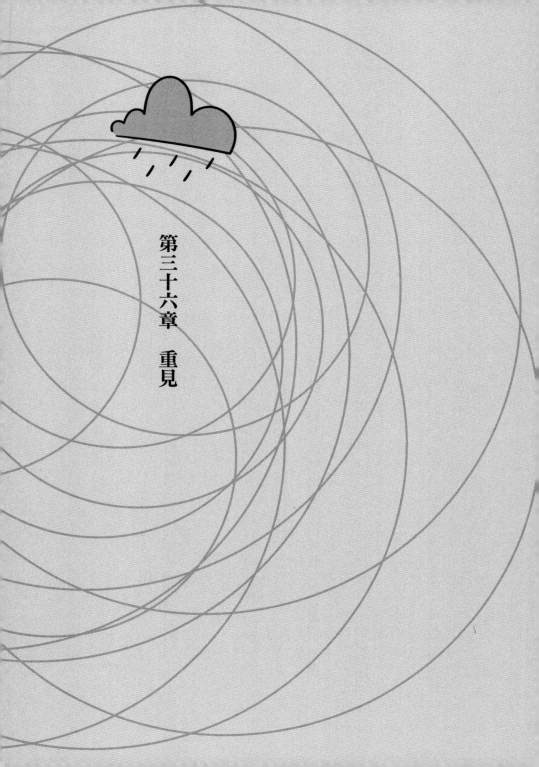

送走譚雲昶，駱湛在家俊溪的私人眼科醫院附近的旅館裡開了一間房間。淋浴以後，他疲憊地仰進旅館的大床裡昏睡了將近五個小時，這才算補足精神。

傍晚時分，駱湛回到唐染所在的單人病房內。

彼時，藍景謙正站在病床邊，專職看護幫唐染收走病床矮桌上盛著清粥的碗。

見到進門的人是駱湛，藍景謙目光微動。幾秒後起身走向房門處，與駱湛相對停住：「晚上這邊先交給你了，十二點後我再過來換你的班。」

駱湛有點意外，壓低聲音問：「藍總這麼善解人意？」

藍景謙無奈瞥他：「算是還你今天下午沒有打擾的人情。」

駱湛點了點頭，側過身讓出路：「藍總請。」

等藍景謙離開後，駱湛拉上木門，往病床邊走：「染染吃過晚餐了？」

病床上的唐染剛剛只聽見門口的動靜，到此時聽出駱湛的聲音，興奮地轉過頭：「駱──」

「哎哎哎，別亂動啊，小妹妹。」進來幫唐染換點滴的護理師連忙攔住她，「小心管路回血！」

唐染被嚇住，只能安靜地閉上嘴巴縮回去。

病床旁正收拾餐具的看護是駱湛過來這裡之前，專門從駱家家裡請來的。這是一名在照料病人這方面經驗豐富的老人，對他自然也熟識。

此時看護直了直身，替唐染回答：「小少爺，唐染小姐的晚餐是術後專門安排的營養餐，她剛用過。」

她說完話時，駱湛恰好停到病床邊。

準備換藥的護理師顯然聽見了看護對駱湛的那個稱呼，反應過來後訝異又古怪地看了駱湛一眼。

然後護理師轉回去，笑著打趣唐染：「原來我今天換藥的病房裡還住著一位小少夫人？」

「我、我不是……」

唐染最不擅長應付的就是這種善意的打趣，聞言支支吾吾了半天也沒跟上話，臉倒是先憋得通紅。

駱湛向來是不會在意別人說什麼的，這種程度的玩笑對他來說跟一陣耳邊風似的。

不過唐染的反應還是他最大的興趣來源，所以駱湛也不開口，饒有興致地等著女孩。

等到他看見唐染的臉都快紅成小燈籠了，他垂下眼，低咳一聲壓住笑意，對看護說：「以後在外面就別叫這麼老的稱呼了。」

看護剛要應聲，駱湛轉望向唐染，壞心眼地補充了句：「小少夫人臉皮薄，受不了。」

剛煮熟的蝦子什麼溫度什麼色，女孩現在就是什麼溫度什麼色的了。

好不容易等護理師換完藥，看護也帶著收拾好的餐具很有眼力地離開了，唐染才慢慢從紅燈籠狀態褪下色。

駱湛拎過椅子，坐到病床邊，問：「下午感覺怎麼樣？」

女孩不知道記仇，聞言乖乖地答：「好多了。」

「眼睛不痛嗎？」

「不痛。」

「真的？」

唐染沉默幾秒，苦下臉：「假的。眼眶好像有一點痛，但護理師姐姐說這是正常的。」

看著女孩苦哈哈的模樣，駱湛好笑又心疼：「不舒服的話就多休息，睡著就不會難受了。」

唐染表情更喪氣地垮下來，聲音低低的透著點委屈：「昨晚好像睡多了，今天一點都不睏，非常有精神。」

「那怎麼辦？」

「……駱駱陪我說話？」女孩小心徵詢，「這樣可以轉移注意力。」

駱湛垂眼：「好。」

女孩包著潔白紗布下的鼻尖輕動，唇角也勾起來。

駱湛眼神複雜，停了幾秒，他問：「下午我不在的時候，妳和那個人聊得怎麼樣？」

唐染回答：「比昨天要好一些。他好像沒有那麼自責了，我也覺得自在很多。以後……應該會更好的。」

駱湛問：「如果我之後要離開一段時間，只有他陪著妳，那樣可以嗎？」

唐染愣住，十幾秒的安靜過去，女孩回過神，輕聲問：「駱駱要去哪裡？」

駱湛說：「去年這個時候，ｉｎｔ有一個小組報名參加了松客盃機器人大賽，我是他們的組長和負責人。後天，比賽會在Ｔ國開始第一階段的賽程，大家前前後後準備了一年，我不能不出現。」

唐染點頭：「那駱駱當然要去了。」

駱湛沉默數秒，問：「但如果我去參賽，妳怎麼辦？」

唐染說：「就算駱駱不在這裡，我也可以繼續治療恢復，但如果駱駱不去參加比賽，他們應該沒辦法順利完成吧？」

「嗯。」

「所以啊。」唐染笑著說：「我當然懂事情的輕重緩急。」

駱湛欲言又止。

唐染等了一下，笑意淡下去。

然後她聲音很輕地開口：「我就問，問一下，駱駱要去多久呢？」

駱湛垂眼：「按照過往幾屆的經驗，總賽程在一個月到兩個月之間。」

唐染愣了一下，本能地開口：「要兩個月那麼久嗎？」

「嗯。」駱湛抬頭，「所以可能要等到妳的眼睛拆線後，我才能回來——這樣妳介意嗎？」

唐染慢慢回過神，連忙搖頭，「當然不會。你本來就有自己的課業、工作和生活，駱駱又不是我一個人的……你能從手術前一直陪著我到現在，我已經很滿足了！」

不知道到底是為了說服誰，女孩難得地提高了聲音。

駱湛盯著女孩看了兩秒，輕輕嘆聲。他起身，輕摸了摸女孩的頭。

「對不起，染染。等妳拆線後，我一定會第一時間出現在妳的面前。」

「嗯。」唐染點頭，輕笑起來，「一言為定，你不能忘。」

駱湛驀地愣住，這句話藏在他儲存著記憶碎片的腦海深處。

那也是他在唐家偏宅初見唐染的花瓣胎記時，去找爺爺對峙而記起的第一段記憶。

——「妳叫什麼？」

——「我？我沒有名字。」

——「沒有名字？那他們怎麼找妳的。」

——「老師叫我三百九十號，因為我是育幼院建院以後第三百九十個孩子。」

——「以後，如果有以後，等我們出去了，我幫妳取一個名字吧。」

——「好。那我就只用你給我的名字，永遠也不改。」

——「一言為定，妳不能忘。」

——「嗯，我不忘！」

只是那時候是他說的，也是他忘了。

駱湛的情緒被拉進深海一樣暗不見光的記憶裡，他的聲音無意識地低啞下來：「他後來幫妳取名字了嗎？」

坐在病床上的唐染微愣，側了側臉：「取名字？誰？」

「妳在育幼院認識的。」駱湛皺眉，「那個男孩。」

「啊，他……」唐染的笑容停了一下。疑惑地回過頭，「駱駱，你怎麼知道他答應過我，要幫我取名字的？」

駱湛眼神輕晃了一下。

安靜幾秒後，他抬起頭淡聲說：「是妳之前告訴過我的，妳忘了？」

唐染呆了一下：「我告訴過你這件事嗎？」

「嗯。」

「那可能是我忘了。」唐染苦惱地敲了敲腦袋，「聽說用麻醉藥會變傻，難道是真的嗎……」

駱湛不說話，安靜地看著女孩。

她的眼睛被潔白的厚重紗布蒙著。那雙很漂亮的眼睛，和那個暗無天日的黑暗世界一起度過了十年的時間，還要經歷縫針和拆線或許還有更多可怕的痛苦，以希冀不知道能恢復多少的光明。

而這一切都是因為他。

因為他只是個害怕那段折磨，就懦弱得把一切都忘了的膽小鬼。

駱湛低下眼，自嘲地勾起嘴角，聲音冰冷。

「他應該已經忘了自己答應過妳這件事吧。對他來說，忘記就能輕鬆……只記得自己的膽小鬼，想輕鬆地活著太簡單了。」

病床上的女孩愣了幾秒。

然後唐染的表情一點點繃起來，嚴肅而認真地說：「駱駱，你不瞭解他遭受過什麼樣可怕的事情，你不該這樣說他。」

駱湛慢慢攥起拳，愧疚自責在感同身受的痛苦裡幾乎發酵成自我厭棄的恨意。

淡青色的血管在他的額角微綻，再開口時駱湛聲音低沉沙啞：「他不是還是忘了妳了？我說的不對嗎？」

「他沒有！」唐染立刻反駁，呼吸微微急促，「我的名字——我的名字就是他取的！」

駱湛驀地愣住，下一秒，他不敢置信地抬頭：「妳的……名字？」

「嗯。」唐染從方才的焦急裡回過神，不好意思地低了低頭，「對不起，駱駱，我不該對你那麼大聲的。但是你不要誤會他，他真的沒有忘，他也不是你說的膽小鬼。」

駱湛艱澀開口：「那，他幫妳取的名字……」

「染染。」唐染想起什麼，輕笑起來，明媚而燦爛，「他以前也是這樣叫我的。」

駱湛的意識幾乎空白。

唐染未察，仍笑著說：「我既然跟你提過取名字的事情，那一定和你說過我在育幼院的編號，三百九十號吧？」

「他幫我取的名字就是按照這個喔。因為是三九〇，所以三是三點水的偏旁，九是大寫的九，〇是大寫的十，再在下面加上一撇和一捺……」

在駱湛面前，戴著紗布眼部包紮的女孩的唇一開一闔。

這個輕柔的聲音和記憶裡某個低低啞啞的很溫柔的男孩聲音慢慢交織、重疊。

那些碎裂的片段被重新組合，塵封已久的畫面在他眼前拂去記憶的塵埃——

在昏暗冰冷的房間裡，男孩和女孩隔著水泥牆，背靠背依在一處。

從圍欄裡伸出來的手上印著瘀青和斑駁的傷痕，男孩卻不在乎，只是一筆一畫地在地上輕輕寫著。

——「三九〇，三百九十號，三是三點水的偏旁，九是大寫的九，〇是大寫的十，然後我們再在下面添上一撇和一捺……」

——「三九〇，染。」

在那個陰暗可怕的地獄裡，男孩第一次笑起來。

——「從今天起，我就叫妳染染。」

七月末，夏日炎炎。

K市國際機場的第一航廈內，迎著全景天窗灑下來的叫人睜不開眼的燦爛日光，一行談笑的年輕人從國際到達口陸續走出來。

「唉喲，睡了一路，真舒服啊！」

「你是舒服了，鼾聲打得我們都睡不著。」

「啊？我打鼾了嗎？嘿嘿，不好意思啊，各位。第一次睡商務艙，丟臉了、丟臉了。」

「我也是第一次坐商務艙，比起經濟艙果然寬敞，也舒服多了。要是換以前學校出資參加比賽那種經濟艙，在那麼窄的位子裡蜷七八個小時，下來人都該僵了。」

「這就得多謝我們組長的升艙獎勵……咦？說到湛哥，他人去哪裡了？」

一行人裡有了第一個發現的，所有人後知後覺地跟著停下來，一個個表情茫然，左右四顧。

「對啊，湛哥人呢？」

「我靠，組長走丟了？」

「我們不是優先下機的嗎？也沒其他乘客一起下來，怎麼可能會走丟。」

「剛剛出飛機廊橋還在的啊，怎麼突然不見了？」

「哎，學禹，你不是跟湛哥一起走在後面嗎？你見到他去哪裡了沒？」

隨著最後開口這人的話聲，ｉｎｔ參加松客盃大賽這一行人的目光紛紛落到最後面。

孟學禹沒防備自己突然成為眾人焦點，表情有點侷促。他彎起食指推了推眼鏡，低著聲指了指身後：「剛剛他停到一旁接電話了，叫我們不用等他。」

幾人一愣，等反應過來，有人發笑：「讓我們別等，你就真的一句不說跟著我們走了啊，沒良心也沒有這麼的當法吧？」

孟學禹張張嘴，想辯解什麼，但最後還是壓了回去。

「行了行了，學禹也不是故意的。就別怪他了。」

「喂，你們看後面，湛哥不是來了嗎？」

「湛哥，這裡！」

握著手機的駱湛腳步一停，抬眼看向聲音來處。見著一行人都等在出口可憐地望著他，駱湛只得抬手示意了一下。

然後他皺著眉，一邊拖著行李箱往前走，一邊低聲說：「染染怎麼會跟著一起來？我不是說了，讓你先把我回國的消息瞞住？」

電話對面，譚雲昶語氣委屈。

『這能怪我嗎？你們那邊松客盃一拿到一等獎，各種電子刊物的科技版都登報了。唐染妹妹又天天盯著你的動靜，更有我男神那樣手眼通天的背景隨她打聽什麼——這我怎麼瞞得住！』

「瞞不住，你索性就連我們的航班時間一起招了？」駱湛聲音冷淡地問。

譚雲昶語塞幾秒，『嘿嘿』兩聲想搪塞過去：『祖宗，我是這樣想的，你看你早晚都得見，是吧？而且你們這次賽程中間出事多耽擱了半個月，現在唐妹妹眼睛都拆完線了。就算認出來，情緒稍微激動一點，應該也沒、沒什麼事了？總不至於還能，呃，影響眼睛恢復……吧？』

譚雲昶越說越心虛，駱湛更是陷入沉默的不安裡。

他無法預料唐染發現真相時會有的反應，更擔心那裡面的某個反應會將事情導向到不好的結果去。

駱湛第一次面對某件事，發現自己竟然會擔憂到選擇逃避。

駱湛煩躁地揉亂了頭髮：「航廈裡人流不少，等等和他們一起出去，我找機會從後面先離開。染染問起來，你就找個理由掩蓋過去。」

譚雲昶說：『啊？那我到底要找什麼理由？』

駱湛沒表情地垂下眼皮：「就說我腿摔斷了，送回家了。」

譚雲昶說：『……祖宗，你對自己也不用下這麼狠的詛咒吧？而且真的用這個理由，唐染妹妹肯定更急著要看見你了。』

駱湛說：「那就你來想。」

『啊？我怎麼——』

不等譚雲昶說完，駱湛心煩意亂地掛了電話。

此時他已經走到ｉｎｔ實驗室松客盃專案組的一行人面前，駱湛腳步沒停，垂著眼沒什麼表情地拖著行李箱過去。

「走吧。」

「湛哥，誰的電話啊？」離著近的嬉笑著湊上來，「難道是女朋友查崗？」

駱湛懶得解釋：「譚雲昶。」

「喔，譚學長啊，他們已經到機場外面了吧？不過，這專門避開我們接的電話，我還以為我們實驗室要有嫂子了呢。」

駱湛眼神頓了頓，沒說話。

他的另一邊，有人玩笑著接過話音：「湛哥這脾氣哪可能有女朋友啊？前兩年學校裡不是傳了一句話，說駱校草最擅長的領域裡，ＡＩ只能排第二項，第一項是辣手摧花——論冷漠程度，在校草榜上也得是前無古人後無來者。」

「這我知道，我還親眼見過！上次我們從實驗室出去，實驗室前門來了一位特別漂亮、特別大膽的女生跟湛哥表白。人家還在真心誠意地示愛呢，湛哥他竟然打著呵欠就從側門繞過去了！」

「對。」最先開口的人很賤地笑起來，「就算有了女朋友，三天不見他肯定就把人長什麼模樣叫什麼名都忘了。這可是天生適合投身科學事業的命，我們這種脫離不了七情六欲的凡夫俗子就別指望了。」

「哈哈哈，那照你這麼說，我們嫩的原因在六根未淨上了？」

「可不是嘛。」

駱湛從十四歲進了K大資優班，就一直是自帶一身話題度的風雲人物。加上他什麼事情都不放在心上，懶得和任何人計較，所以實驗室裡平日沒少開他的玩笑。

對於這點，駱湛早就習以為常。

此時他滿心思索著等等如何脫身，離開後又如何萬全準備他和唐染的正式「見面」，就更不會管那些人聊到什麼地方去了。

等快要到接機出口，人越來越多，駱湛從行李箱外袋裡取了棒球帽，扣到頭上壓低了帽簷，自動落到後半段去。

ｉｎｔ一行人從拉出的圍欄裡繞出來，沒走幾步就見到了來接機的譚雲昶。

「譚學長？你來接機啊。湛哥剛剛還說……」為首的剛要回頭找駱湛，就被突然上前的譚雲昶一個熊抱抱住了。

譚雲昶大力地在那人背上拍，一副要熱淚盈眶的誇張模樣：「功臣回國，熱烈歡迎啊！同學們辛苦了！」

那人被拍得愣住，一時忘了自己要說的話。

他旁邊的其他人沒被拍傻，但此時正有一個算一個，目光古怪地盯著譚雲昶身後一兩公尺位置站著的女孩。

時值炎夏，即便航站樓內中央空調放著冷風，大天窗外燦爛到耀眼的陽光仍能讓人覺出迎面而來的燥熱感。

但那名穿著淺杏色中長裙的女孩站在陽光裡，裸露在外的線條優美的頸和手臂透著一種雪色似的白，像是極少見光，白得剔透漂亮。

長髮烏黑，眸子溫潤。

她的眼神不及同齡女孩那樣靈動活潑，還有些黯，但又莫名透著種靜態病弱的美感。

幾名剛被國內熱情的日光曬傷眼的男生們正值血氣方剛的年紀，一出來就受到這樣的「暴擊」，反應最快的也呆了好幾秒才回過神。

「譚學長，你你你這是從哪裡拐來的美人啊？拿了一等獎回國還有這福利嗎？早知道我幫你抱回一屋子獎杯獎牌了，你信不信！」

「滾吧。」譚雲昶笑罵，「要色不要命了是不是，誰的都敢惦記？」

「啊？」跟著回神的人裡，有人頓時哀號，「已經名花有主了啊？」

「這是哪坨牛糞？主動點站出來，我們還能饒他——」

「駱駱！」

一直安安靜靜地壓著自己迫不及待的心情，此刻女孩突然轉向某個方向，叫出聲音。

ｉｎｔ眾人愣了一下。

「我們實驗室有叫這個名字的嗎？」
「落落？聽起來像個女生的名字啊？」
「但這個人確實是跟譚學長一起來的，應該就是我們實驗……等等，湛哥姓什麼？」
幾人在看見小美人的興奮狀態裡，第一時間鎖定了唯一一個名字裡有「落」字的嫌疑對象，然後紛紛呆立當場。
他們還有人不死心，順著站在那裡的女孩的視線看向身後——
穿著一身黑色運動服還戴著一頂壓得很低的黑色棒球帽，身量修長的青年拎著行李箱，側背對著他們，一副要從另一個方向離開的模樣。
此時那人不知道因為什麼停住了，挽起運動服袖子的手臂露著半截，修長白皙的指骨收得發緊，攥在行李箱的拉桿上，攥得很僵。
ｉｎｔ的幾人腦袋湊到一起。
「完了完了，沒機會了，這個人是找湛哥告白的。」
「都追到機場來了，真厲害……不過這個也太大膽了吧？那個稱呼，我記得以前老學長們還在實驗室裡的時候說過，當年研發過一款ＡＩ語音助手，是用這個名字的，取名的差點被滅口了。這個女孩是不是從譚學長那裡知道的，竟然敢直接稱呼耶。」
「但是你們看湛哥都停住了，所以這說不定確實是一種吸引注意力的好法子？」
「別別，這個法子可能導致的後果太恐怖了。」

就在他們為這個看起來纖弱漂亮的女孩捏一把汗的時候，他們聽見女孩再次開口。

「駱駱……」

和前一次不同，女孩的聲音輕了下去，好像努力想藏住但沒能藏住的委屈和失落。

「你不想看見我嗎？」

駱湛背對著眾人時，正死死地盯著眼下——從聽見女孩的第一聲稱呼，他那雙腳就不爭氣得像原地生了根似的，拔都拔不動。

此時再聽到第二聲，駱湛認命地仰頭，無聲吁出一口氣。

他鬆開行李箱，抬手摘掉了棒球帽，拚命克制的本能被鬆禁。

駱湛轉身，側顏凌厲緊繃，腳下大步跨過那數公尺的距離，停到女孩身前。

不等唐染反應，他俯身，一把將女孩抱進懷裡。

指骨收緊，感受著懷裡最真實也最柔軟脆弱的女孩，駱湛闔上眼，發出一聲低低的喟嘆。

「對不起，染染……我來晚了。」

和駱湛一起回來的ｉｎｔ實驗室松客盃專案組的所有人，此時全都呆呆地看著他們眼前發生的這一幕。

「湛哥他這是……抱住了一個女孩，對吧？」有人喃喃發問，「還是說我現在應該還躺在一萬公尺高空的商務艙裡，做著一個離奇可怕的怪夢？」

旁邊的人同樣表情管理困難：「如果你看見的是夢，那我們應該在做同一個——噭！你掐我幹什麼？」

「會痛，看來不是夢了。」那人疑惑地收回手，「難道是湛哥撞邪了？」

「撞什麼邪？」

「美人邪？」

被掐的那個人轉回頭，盯著被他們湛哥擋住了大半身影的女孩看了兩秒，嚴肅搖頭：「不可能，世上怎麼會有這麼小仙女似的邪祟？」

「嗯，你說得有道理。」

站在一旁的譚雲昶聽不下去，翻了翻白眼：「你們是不是下飛機的時候腦袋被艙門夾了，連這個女孩都認不出來？」

「嗯？我們應該認識她嗎？」

「嘶……這麼說起來，從剛剛就覺得這女孩有點眼熟，原來不是我的錯覺啊。」

譚雲昶嫌棄地轉了轉頭，注意到兩人身後戴著眼鏡目光複雜的男生，譚雲昶在心裡嘆了口氣，伸手把人勾肩搭過來：「孟學弟，來來來，你跟這兩個人介紹一下這是哪位。」

孟學禹原本還在失神地盯著看，此時冷不防被譚雲昶拖到最前面。愣了好幾秒，他在那兩人求知的目光裡低下頭，含糊地說：「就，之前隔幾個禮拜就會去ｉｎｔ門市的唐、唐染。」

他一頓，情緒複雜地抬眼：「她之前失明，看不見東西的。現在應該好了。」

「啊！我就說眼熟，原來是之前店裡的那個盲人女孩！」

「對對對，她有一年沒去店裡了，我都快把她忘了，沒想到啊！雖然之前就覺得以後肯定會長成了一名小美人，沒想到才過一年不見，睜開眼睛這麼漂亮！」

「論時間我們先認識這女孩吧？我記得學禹看見這女生就臉紅，大家都在猜他什麼時候會表白——這怎麼八竿子打不著的也讓湛哥禍害到手裡了？」

「果然就應驗了我說的，湛哥這禍害脫單以前，我們實驗室誰也別想踏踏實實地找女朋友。」

「學禹，別哭啊。不是我軍無能，實在是敵人火力太猛。」

譚雲昶本來是特地挪到這邊的。

見駱湛被唐染發現，他就知道駱湛是逃不過這一劫了。想著給兩個久別十年到今天才算正式見面「重逢」的人一點獨處空間，譚雲昶這才跑來ｉｎｔ眾人這邊。

然而隔著幾公尺觀察了一下，譚雲昶慢慢察覺了點不對。他皺起眉頭，裝作隨意地溜達過去。

譚雲昶停住時，正聽見唐染語氣輕快地問駱湛：「駱駱，Ｔ國那邊熱不熱？我記得書上說那邊的氣候很獨特，是唯一一種雨熱不同期的……」

「咳，打斷一下。」譚雲昶繞到唐染身後，朝駱湛做了一個「發生了什麼」疑惑表情。

駱湛微皺著眉，沒理他。

唐染倒是轉過身來，茫然地問：「怎麼了，店長？」

譚雲昶連忙遮掩過情緒，笑：「唉……沒事，我就是覺得有點奇怪。我長得平平無奇，妳看見我沒什麼反應也就算了，現在妳都見到駱湛了——」

譚雲昶拖長語調，駱湛沒理他，唐染仍舊一副茫然無辜的眼神望著他。

譚雲昶自己替自己找臺階，笑得尷尬：「駱湛可是從十四歲入學後就霸占了K大校草位置，從此再也沒讓寶座易主的容貌級別，唐妹妹妳看見他，一點都不覺得有什麼嗎？」

「啊？」唐染恍然，「店長是問這個。」

「對對對，我就是問這個，妳真的不覺得他長得，特別……嗯？」

「駱駱當然好看。」女孩轉回去，薄薄的眼皮半垂下去，細長的眼角彎彎地翹起來。她的笑意浸在溫潤的眸子裡，眼神澄澈，「從第一次見面我就知道了，所以一點都不意外。」

譚雲昶陷入人生迷惑：「第一次，見面？」

他轉向駱湛：「你們最近背著我偷偷見過了？」

唐染輕笑起來：「不是，是第一次在int的店。那天有一個扶我過去的女孩，她說駱駱是帶回家就該供起來的長相。」

「哈、哈哈，還真是個新奇的說法。」譚雲昶乾笑著，轉頭看向駱湛，拚命使眼色。

駱湛仍不理他，只是垂著眼。

譚雲昶無奈：「行，那也別在這裡站著，都去停車場吧。我和千華開來了兩輛車，依照人數，應該也坐不下。祖宗，你去唐染妹妹那一輛車？」

唐染點頭：「爸爸的司機送我來的，我請他開一輛休旅車過來，店長你們那邊坐不下的話，也可以讓其他人過來。」

「好，那就……」

譚雲昶剛要答應，卻見一直沒什麼反應的駱湛抬了眼。

那張清雋俊美的臉龐上不見情緒，只有一雙眸子黑漆漆地沉著。他沒看別處，也不在意旁人，只望著唐染一個。

「我是最好看的嗎？」

譚雲昶傻了。

大白天的突然說什麼騷話？

唐染也茫然地睜大了眼睛。

駱湛絲毫不覺得自己的問題有什麼，他平靜地補充：「妳不是說，妳小時候見過的那個男孩是最好看的嗎？和他比起來呢，我好看嗎？」

譚雲昶聽懂了，心裡暗自咧嘴。不愧是他們祖宗，坑自己的直球都打得這麼狠。

感慨歸感慨，沒耽誤譚雲昶好奇地轉向唐染——他也很好奇這個答案。

女孩愣了一下，過去幾秒才輕聲說：「其實，我已經忘記他長什麼模樣了。畢竟已經過去太久了。」

譚雲昶愣了好幾秒，下意識開口：「那妳怎麼不早說啊，唐妹妹。」

唐染歪過頭：「早說什麼？」

譚雲昶說：「妳要是早點說的話，駱湛說不定不用去——」

在踩到高壓線上前，譚雲昶險而又險地住了嘴。對著女孩僵了兩秒，譚雲昶訕訕地笑：「沒什麼、沒什麼。就是駱湛之前非常在意這件事，妳要是早點說的話，他肯定不會想那麼多了。」

「喔。」唐染輕點了點頭。

她似乎並不在意這件事。說完以後，女孩朝駱湛仰起臉，軟著酒窩輕淡地笑：「那我們回去吧，駱駱？」

駱湛眼神一晃，沒再說什麼。

他無聲地嘆，抬手摸了摸女孩的頭：「嗯，聽妳的。」

二十分鐘後，藍景謙的司機開來的休旅車裡。

後座一共坐了四個人——唐染、駱湛、譚雲昶……還有孟學禹。

在駱湛冷冰冰的目光裡，譚雲昶笑得很尷尬：「這……我也不知道，怎麼最後剩我們被擱下了。」

譚雲昶往唐染後面的位置縮了縮，笑容諂媚：「唐妹妹，我們搭個車，妳不介意吧？」

唐染搖頭，認真地說：「當然不會。」

「我介意。」

駱湛坐在和唐染同一橫排的另一個位子上，此時懶洋洋地支起眼皮，語氣冷淡又薄情寡義。

「你們下去叫車，回去以後找我報銷車資。」

譚雲昶可憐兮兮地轉過頭，求助地看向唐染。不等他目光接上唐染的，譚雲昶眼前就先黑了。

駱湛起身靠過來，嫌棄地摀住譚雲昶的眼，一把把人按回後排。

「別拿你的眼神汙染小女生，她才剛復明幾天。」

把人按回座位後，駱湛垂下手，沒表情地在譚雲昶衣服上來回擦了擦，然後才收回來。

中途順便把女孩的臉托著尖尖的小下巴轉回來：「乖，別看他，髒。我們看點乾淨的，對眼睛好。」

譚雲昶終於後知後覺地反應過來，氣得咬牙：「就你乾淨！」

駱湛充耳未聞，指腹在離開前輕蹭了蹭女孩側頰，然後皺起眉：「藍景謙最近兩個月是趁我不在虐待妳了嗎？怎麼沒長肉還瘦了？」

唐染臉紅起來，但還是認真地反駁：「沒有的，是在醫院裡一直吃營養餐，很清淡。」話到尾音，女孩憋了憋，還是忍不住小聲咕噥：「有一位非常嚴厲的護理師姐姐，一點葷腥都不讓我碰。」

駱湛嘴角淡淡勾起來：「那妳跟我說是誰，我回去找家院長。」

唐染搖搖頭，嚴肅地看向駱湛：「護理師姐姐是為了我好，不能這樣。」

「嗯。」駱湛點頭，「我知道。所以我是要叫家院長表揚她——謝謝她在我不在的時候，幫我看住某個嘴饞的女孩。」

唐染此時才反應過來被捉弄，皺了皺鼻子偷偷瞪了駱湛一眼，又連忙轉過頭去。

駱湛好氣又好笑：「妳剛剛是不是瞪我了？」

唐染無辜回頭：「我沒有。」

「真沒有？」

「真的！」

後排，譚雲昶一言難盡地看著兩人，半晌壓著聲音直搖頭：「認識唐妹妹前，我作夢也想不到駱湛能有這麼一天。」

孟學禹正看得心情複雜，聞言回頭：「當初是學長你說的。」

譚雲昶說：「啊？」

孟學禹咬了咬牙：「你說的，湛哥不會喜歡她的。」

譚雲昶尷尬頓住。

休旅車裡後座兩排，這一排的空間再寬敞也不過方寸的地方。孟學禹說話的時候聲音沒有刻意壓低，前排聽得很清楚。

駱湛和唐染的話聲同時停住。

唐染茫然地回頭，看向她並不認識也沒什麼印象的孟學禹。

駱湛靠在真皮座椅裡，原本朝著唐染而側著身，此時他垂著眼皮，低且冷淡地笑了一聲：「當事人還沒聾，聊我的八卦一定要當著我的面？」

孟學禹僵住身，譚雲昶尷尬幾秒，連忙打圓場：「學禹大概是暈機了，剛剛胡說八道呢。你們聊你們的，別——」

「但這個不只是譚學長說過，湛哥你自己也說了的！」孟學禹不知道從哪裡鼓起的勇氣，攥著拳抬起頭，死死地瞪著駱湛，「當初是學長你自己說，你不可能喜歡她的！」

車內死寂幾秒，三人心知肚明，唯獨唐染一人完全在狀況外。

等了好一陣子不見緩和，唐染小心地往駱湛的方向挪了挪。她猶豫了一下，聲音壓得輕輕的：「駱駱，他說的是你嗎？」

駱湛眼底冷冰冰的怒意在觸及近在咫尺的女孩柔軟的眸子時，不自覺縮了回去，像是生怕情緒裡的鋒芒會誤傷眼前的女孩。

他垂了垂眼：「嗯，是在說我。」

唐染意外地問：「他好像很生氣，他說的當初的那個女孩是誰，是……」

唐染猶豫了一下，不自察地放輕聲：「是駱駱的前女友嗎？」

駱湛啞然，幾秒後，他無奈地笑了一聲：「妳什麼時候聽說我有過前女友了？」

女孩的眸子黯下去：「駱駱各方面都很厲害，長相也最好看，有前女友很正常——」

「嗯，我不正常。」駱湛毫不猶豫地叫停女孩的想像，「所以沒有過任何前女友或者曖昧對象。」

唐染驚訝抬頭，不懂掩飾的眸子裡慢慢露出明顯的歡愉。

看得駱湛不由失笑。

唐染反應過來，臉微紅，但沒有掩飾什麼。更好奇地問：「那他是不是誤會你什麼了，他好像以為你以前搶了他喜歡的人？」

駱湛說：「沒有誤會。」

駱湛轉過頭，屈起的手肘扶著座椅靠背的頂端，他沒什麼表情地看向座位後的孟學禹。

對視數秒，一貫冷淡而懶散的青年勾起嘴角，朝孟學禹微微挑眉。

這一笑裡透著凌厲，且坦然自若。

「是我說的。現在我反悔了，我就是喜歡唐染。」

# 第三十七章　永遠的主人

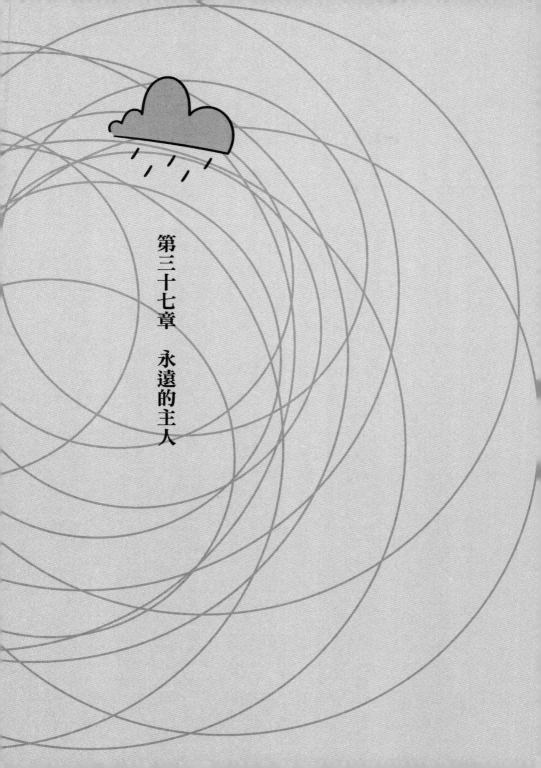

譚雲昶扒著休旅車的車窗，向外張望。幾秒後他探回身：「祖宗，你真的把孟學禹氣得坐計程車跑了。」

駱湛翹著修長緊實的二郎腿，懶洋洋地靠在座位裡，聞言眼皮不抬：「喔。回去讓他找我報銷車資。」

譚雲昶說：「你這樣不利於實驗室團結啊。」

「我能保證不被私人感情影響到實驗室的專案工作。」駱湛一支眼皮，沒表情地問，「他能嗎？」

譚雲昶看了那已經絕塵而去的車屁股一眼：「恐怕不能。」

駱湛嘴角輕扯，笑意冷淡嘲弄地轉了回去：「既然這樣，那為什麼會是我的錯？」

譚雲昶啞口無言。

過了好一陣子，譚雲昶反應過來後，恨恨地轉向車裡的唐染：「唐妹妹，就他這個脾氣，妳到底喜歡他哪一點？」

「啊？」唐染從方才突然聽到表白到現在臉上餘暈都未褪，此時憑著本能反應茫然抬眼。

譚雲昶沒等到唐染的回答，就被駱湛抬起長腿踢了踢：「別亂說話。是我喜歡她。」

「你少裝蒜，難道你會不知道唐染妹妹也——嗷！」譚雲昶弓腰抱住小腿，「你你你突然踢那麼狠幹什麼！」

駱湛輕嘖一聲，警告地看了譚雲昶一眼後，向後擺了擺頭：「太擠了，去後面。」

「這是唐染妹妹家裡的車，又不是你的！」

「我就是她的，她的為什麼不能是我的？」

譚雲昶成功被這一番聽起來很有道理，但仔細琢磨又好像有哪裡不對的話繞住。

等他終於反應過來，司機已經一腳油門，用加速度把他緊緊地糊在後排的座椅裡了。

轎車開上從機場通往K市市區的主幹道。等車裡安靜片刻後，駕駛座的司機小心翼翼地從後視鏡裡看了車內的人一眼。

「小小姐，我們的目的地定在哪裡呢？」

「小小姐？」

「……啊。」唐染終於回神。

女孩紅著臉手足無措地轉了轉，還沒反應過來聲音是從哪裡傳來的，就先撞見隔著車內走道，坐在鄰座的駱湛單手撐著下頜目不轉睛地盯著她的眼睛。

那雙眸子漆黑，瞳底很深，讓人恍然覺出些戲謔而深情的模樣。

唐染頓時臉上更紅。

駱湛見了不由啞聲笑著低了低頭，支起來的手指向駕駛座：「是他叫的。」

「嗯。」唐染小聲應下。

在她剛轉過頭的時候，就聽見耳旁那人愉悅地笑：「不過，聽我說一句喜歡就這麼開心嗎？小妹妹。」

唐染僵住了。

過了好幾秒，女孩偷偷轉回頭。不安地望著駱湛，然後在某一刻終於鼓足勇氣，撐著扶手湊到駱湛耳邊。

「嗯，開心。」

女孩的呼吸不安得輕顫，語氣卻柔軟而認真。

猝不及防的駱湛愣在座位裡。

等唐染紅著臉坐回去，跟駕駛座的司機交流起來，駱湛才慢慢回過神。抬眼看著女孩趴在前面的側影，駱湛啞然失笑。

後排見證全程的譚雲昶輕蔑地哼了一聲，壓低音量：「讓你騷，被反將一軍了吧？」

駱湛說：「只是恍了一下神。」

「少來。」譚雲昶往前一趴，手肘搭到駱湛座椅的頭枕後，「你不知道你自己呆了多少秒是吧？我剛剛差點幫你掐碼表了——不就是被唐妹妹湊近說了一句悄悄話嗎？瞧你那點出息。」

駱湛沒再辯駁，只是專注地望著女孩的背影。

看著看著，車窗映著的那張清雋側顏上，少年的唇角情不自禁地勾起來。

為了回診檢查的便利，唐染從手術後一直被家俊溪安排在他的私人眼科醫院的附屬療養院裡住院。

而駱湛在T國耽擱了兩三個月的時間，實驗室幾個參與專案裡，他這邊的個人進度都落下不少。回國之後自然免不了一頓惡補。

K市和M市隔著的又不是幾十分鐘的車程距離，兩人除了每天的電話訊息以外，駱湛即便專程趕來M市，往往也是用不了多久就被int實驗室的人叫回去了。

這樣的情況維持了一個月，終於有所紓解。月底的週六早上，駱湛和譚雲昶一起去了M市。

進了唐染的病房，駱湛發現房間裡只有女孩和一名專職看護在。

在唐染這裡輪班的看護對駱湛早就熟知了，此時見到他和譚雲昶來，那名女看護連忙起身，朝駱湛點頭後就準備進套房的盥洗室裡。

駱湛抬手把人攔住：「Matthew……藍先生人呢，他怎麼不在？」

「啊，藍先生好像是因為昨天公司裡有什麼急事，接了幾通電話後就離開了，一直沒露面。」

駱湛皺眉，但還是點了點頭：「我知道了。」

等到看護進了盥洗室關好門，駱湛走向窗邊。

譚雲昶在他之前已經和女孩聊起來，駱湛過去以後並未打斷，而是再自然不過地停在女孩身旁，輕摸了摸女孩的頭。

「午安。」趁譚雲昶滔滔不絕，駱湛俯低了身，在唐染耳邊輕著聲帶笑地打招呼，「染染。」

唐染被那呼吸燙了一下似的，往旁邊縮了一點，紅起臉乖巧又認真地點頭：「駱駱午安。」

「哎喲，我的天啊，真的是看不下去了。」譚雲昶嫌棄地後退一大步，「駱湛，求求你挽回一下你岌岌可危的K大性冷感校草的形象吧，能不能別每次一來就黏著我們唐妹妹？」

駱湛打過招呼就順勢靠到女孩身旁的牆上，此時懶散地支了支眼皮，嗤笑：「我什麼時候有過那種狗屁形象？」

「Bingo。」譚雲昶打了個響指，指向駱湛，「說的就是你現在這副吊兒郎當『老子天下第一』的模樣。」

駱湛懶得理他，垂下眼，望回到女孩身上：「下週就是妳的生日了，有沒有什麼想要的生日禮物？」

唐染一愣，兩三秒後她回過神，右手攥成細白的小拳頭在左手掌心敲了一下，恍然道：「我忘記告訴駱駱了嗎？」

駱湛遲疑地問：「告訴我什麼？」

「我的生日改了。」

唐染正思索著怎麼解釋，兩人斜對面的譚雲昶主動攬過話：「這個我知道，我來講！」

駱湛不爽抬眼：「為什麼我不知道的她的事情，你會知道？」

譚雲昶嘿嘿賤笑兩聲：「可能是因為我前幾個月和男神越來越熟，正所謂只要鋤頭揮得好，沒有牆角挖不倒。」

駱湛冷淡地睨著他。

譚雲昶不敢挑戰駱湛在和唐染有關的問題上高得不得了的底線，直言：「就是祖宗你在T國那兩個月，我男神不知道怎麼聯絡到唐家，拿到了唐染妹妹的出生證明，幫她改回正確的出生年月日。」

駱湛一頓，低眼看向唐染：「我記得之前那個生日，是妳進育幼院的時間？」

「嗯。」唐染的眼角微彎下來，「現在，我也有自己的生日啦，駱駱。」

看著女孩的笑，駱湛心裡一顫。

唐染興奮地低下頭拿桌上的小桌曆，並沒有注意到駱湛此刻的表情。

她翻到十二月，舉起來開心地指給駱湛看：「等到今年的這天就是我的成人禮了！」

駱湛微愣：「不是十七歲的生日嗎？」

譚雲昶小心提醒：「他們送唐染去育幼院的時候，應該已經好幾個月大了，唐妹妹的真實生日剛好又是十二月這麼小的月分，所以差了一歲。」
駱湛垂在身側的手慢慢攥緊起來。
唐染感覺出駱湛的情緒變化，茫然地抬眼：「駱駱？」
駱湛皺了一下眉。
須臾後，他慢慢壓下情緒，垂眼：「就算是這樣，下週我也要幫染染過生日——以後我們小女孩每年過兩個生日，把以前落下的都補回來，好不好？」
唐染眼神雀躍，但在開心前又遲疑住：「這樣會不會太麻煩？」
駱湛說：「最關心妳的人就是我和藍景謙了，對我們來說，一年陪妳過三百六十五個生日也不會覺得麻煩，只會覺得和妳一樣開心。妳怕什麼？」
唐染認真想了想，彎眼笑起來：「你說得對。」
駱湛問：「那今年的第一個生日，想要什麼禮物？」
「嗯，我想想……」
唐染認真思索起來。
思考了不到半分鐘，駱湛眼前慢慢豎起一根細白的食指。
駱湛的視線壓下去。
女孩正舉著手指，不安地看著他：「我確實有一個想要實現的生日願望，但是不知道會不會麻煩到你們，或者……能不能實現。」

駱湛莞爾失笑，他抬手勾住女孩的那根手指，下意識摩挲一下，壓回身邊：「這麼快就想到，看來是已經想要很久了。說吧，是什麼？」

唐染抿了抿唇，小聲：「駱駱。」

「嗯？」

「駱駱。」

「我在——」駱湛的話聲一停。

下一秒，他反應過來什麼，有點意外且錯愕地低下頭：「妳是想要，那個駱駱？」

唐染不安地點了點頭：「送來M市還想帶進病房裡的話，是不是會有點困難？但是我已經好久好久沒看見它了，或者哪天我回K市，去你們學校的實驗室看一看它，這樣可以嗎？」

駱湛複雜垂眼，沒有應答。

譚雲昶終於反應過來，急得直朝駱湛使眼神。

唐染見兩人都不說話，眼神黯了黯：「實在不方便，那就算了。」

「不、不是不方便的問題！」譚雲昶急忙接話。

唐染問：「那是什麼問題？」

譚雲昶急得滿頭大汗。

在唐染一眨不眨地望著他的澄澈目光下，譚雲昶牙一咬心一橫，張口：「小染對不起，我們實驗室前幾天有幾個傻孩子，一不小心把、把那個機器人拆壞了。」

唐染驀地愣住。

病房裡死寂半晌。

唐染慢慢眨了下眼睛，像是這許久才醒回意識來：「壞……了？」

「對。」譚雲昶硬著頭皮解釋，「是實驗室今年新來的學生，他們不懂事，以為那機器人是實驗室內的研究材料。他們私自研究的時候一不小心就、就把它拆壞了。」

唐染的臉色慢慢白下去。

譚雲昶連忙補救：「雖然已經沒辦法開機，但是我們把它返廠重修了！實驗室裡也對它的生產商那邊下了新的加急訂單。唐染妹妹，我保證，很快、很快就能送回來新的了，妳放心！」

「那……」唐染緊緊地攥著手指，「它的記憶還會有嗎？」

「記憶？」譚雲昶一噎，下意識看向駱湛，不過在目光落上去以前，他已經回過神又心虛地收了回來。

他尷尬地朝唐染笑：「人形仿生機器人只是在外形和感官還有反應上，盡可能透過各種閉環控制趨近人類行為，並不是真實的人類，哪、哪會有記憶這種東西？最多就是一些，咳，記錄並儲存下來的資料罷了。」

唐染咬住唇，沒再說話。

她垂了眼簾，一點點低下頭。

房間裡的安靜讓譚雲昶越來越不安。趁唐染低頭沒注意他的工夫，譚雲昶連忙求助地朝駱湛使眼色。

可惜那人的全副注意力都在身旁的唐染身上，沒半點額外分出來的，自然也收不到他的訊號。

眼見著唐染的頭越來越低下去，幾乎要埋到身前了。窗邊突然響起女孩的輕聲。

「駱駱。」女孩聲音微顫，好像下一秒就要哭出來，「它真的壞了嗎？」

譚雲昶心裡咯噔一下，猛地轉頭看向駱湛。

駱湛緊皺著眉，垂在身側的手握成拳。沉默幾秒後，他張口就要說話。

譚雲昶非常確定駱湛在此刻這個模樣的唐染眼前，絕對堅持不過三秒以上的謊言。

在這電光石火的一瞬間，譚雲昶張口就來：「他也不知道！」

唐染錯愕地抬頭，眼裡果然已經蓄起粼粼的水色。

譚雲昶心一橫，決定惡人做到底：「駱湛人在國外什麼都解決不了，而且我們怕影響他們的比賽，一直沒有告訴他這件事。」

唐染僵坐在那裡。

譚雲昶越來越良心不安，尤其女孩即便低回頭，那雙盛著淚的眼的景象也一直在他眼前揮之不去。

譚雲昶生怕唐染下一秒就要哭出來。

那樣的話，他保證，那個坐在旁邊已經開始嗖嗖地放冷氣的男人，是絕對不會放過他的。

所幸唐染並沒有哭。

她只是僵在那裡呆了很久很久，然後慢慢起身，誰也沒看誰也不管，無聲地往病床邊走。

但譚雲昶還是第一次看見這個模樣的女孩，他慌神追了一步：「唐染妹妹，對不起啊，我們——」

「我累了。」

女孩的聲音輕輕地，打斷了譚雲昶的話。

她停在病床旁，沒回頭。

「我要休息了。」

譚雲昶第一次見到唐染這麼平靜漠然的語氣，有點心驚膽顫：「那、那我們下午再、再來……」

「我下午也休息。」女孩輕聲說，語調平寂，「等我的第一個生日過去以後，我們再見面吧。」

譚雲昶傻眼了。

唐染沒有再多說一個字。

她掀開病床上白色的被子，慢吞吞地爬上病床，然後女孩背對著他們躺進被窩，幫自己蓋好被子。

她把自己裹得很嚴實，整個人在被子下縮成一團，好像很冷。

不必說駱湛，連譚雲昶都看得感覺心如刀絞——他乖得像女兒一樣的唐染妹妹，這一次顯然是史無前例地生了氣。

只不過女孩是座悶火山。

她在自己心窩裡炸得粉碎，滾燙的岩漿咕嘟咕嘟地冒，燙得滿心一個一個窟窿，還是努力憋住沒有爆發出來。

譚雲昶正苦思冥想該怎麼補救，就聽身旁響起腳步聲——駱湛從牆前直起身，緊皺著眉就要往唐染的病床邊走。

譚雲昶看清駱湛側臉表情，心裡咯噔了一下。

他想都沒想，拉住駱湛便把人往病房外拽：「唐染妹妹，那我們先不打擾妳了，妳好好休息！」

「砰。」

病房的房門關上。

這是唐染從七歲那年車禍後突然失明起，所經歷的人生裡最冰冷無望的一天。

她的機器人駱駱……它死了。

而且再也、再也不會回來。

床上雪白的被子上沿，幾根露出半截的細白手指打著顫，慢慢攥緊了被單。

病房外，譚雲昶的手被駱湛甩開。駱湛壓不住惱意：「你為什麼要拉我出來？」

「祖宗，我不拉你出來難道要讓我看著你去做傻事？」

「我只是要告訴她事實。」

「我說的不就是事實嗎？機器人本來就是被實驗室裡那幾個臭小子拆壞的啊！」

「但那是一年前的事情！」

「我、我也沒告訴唐染妹妹詳細的時間點不是嗎？」譚雲昶心虛地放低音量，苦口勸，「祖宗我拜託你清醒一點，你真的打算把事情真相全都告訴她？」

駱湛握緊雙拳，緊緊咬牙，顴骨微動：「不然呢，讓我看著她難過？」

「你就算告訴她了，她也未必會高興啊！那可是欺騙，從頭到尾完完全全的欺騙！女孩子如果要生氣，氣別人沒關係，但如果生男朋友的氣，那是最不好哄的——你不怕她不理你了？」

駱湛冷聲：「那也比讓她自己一個人難過好。」

譚雲昶噎了半天，咬牙：「以前是我們都瞎了看錯了。你他媽還真的是一個痴情種啊。」

駱湛沒有理會譚雲昶的話，轉身就要回病房。

譚雲昶頭大了，衝上去一把把人拉住：「你是不是忘了你和你哥的賭約了！」

駱湛的腳步猛地僵在原地。

譚雲昶氣得咬牙切齒：「你當初怎麼跟ｉｎｔ裡的所有人保證？你可是說過會帶我們創

造屬於我們的歷史的！怎麼，小少爺現在準備反悔了？」

「你忘了這些年大家一起吃的苦受的累了是不是？就前年年關，為了在十幾萬行的程式碼裡找一個錯誤，所有人連著一個多禮拜，每天只睡兩三個小時，熬到最後終於找出來，一群人笑得鬧得像是一群白痴。實驗室裡唯一一個滴酒不沾，平常聚餐連一口飲料都不喝的千華，當場拉開一罐啤酒，直接仰頭就乾了，然後倒在地上，所有人嚇傻了衝過去幫他掐人中，結果發現他的鼾聲打得比誰都響。這些、那些，你全都忘了？這幾年ｉｎｔ走到這一步，終於、終於讓過去正眼都不瞧我們的老古董開始看到我們的潛力，在這種關頭，你作為ｉｎｔ的隊長，準備扔下我們、扔下整個ｉｎｔ，拍拍屁股走人了？」

「我沒有！」駱湛狠聲說道。

譚雲昶激動得唾沫往外濺：「那你現在在幹什麼？你不就是後悔了，不想受這些罪了，想當回你的駱家小少爺，剛好藉著這個機會去和唐染說出實情，輸了你的賭約，然後舒舒服服回去繼承你們駱家的億萬家產？」

「我、後、悔？」

駱湛抬手，一把攥起譚雲昶的衣領，眼角隱隱發紅。

「從我違背爺爺的意願進了ｉｎｔ團隊，這些年駱家的所有意願像是藤蔓一樣纏在我身上，死死地把我往回拉。我真要回去甚至不必後退，只需要不再抗爭地停下來——如果我真的有過哪怕一秒的動搖、有過哪怕一次想放棄ｉｎｔ的一切，我只需要停下來！而這些年我停過哪怕一次，我就不可能堅持得到今天！」

長廊死寂，只剩下兩個冷眼對峙、氣得胸膛起伏的男人。

在他們誰也不想示弱，眼睛都瞪得發酸了的時候，兩名小護理師嘀嘀咕咕地從他們身旁的牆角溜過去。

「這兩個人是在醫院演情景劇嗎？」

「是吧？瘋子似的。」

「那個長得那麼好看，結果年紀輕輕腦子就壞了，真可憐。」

「唉，真可憐。」

駱湛和譚雲昶兩人同時尷尬地鬆開手，各自退了一步，轉過頭。

譚雲昶說：「祖宗，你不應該在這個時候犯蠢的。你可是K大的門面，傳出去太丟臉了。」

駱湛涼颼颼地瞥他：「不是你先起的頭？」

「……好像是喔。」譚雲昶嘆氣，「真他媽丟臉啊。」

「行了，回去反省。」

駱湛從倚著的牆面直起上身，垂著眼轉身往樓梯口走。

譚雲昶跟上去，快到停車場的時候，譚雲昶突然想到什麼，問：「唐妹妹不讓我們幫她過第一個生日了，怎麼辦？」

駱湛一頓：「我再想想。」

「嗯。不過……」譚雲昶疑惑地回頭，「為什麼一定要是生日之後？」

駱湛皺起眉，默然未語。

直到兩人坐進車裡，駱湛發動車，幾次沒發成功，他突然攥起拳，用力地砸了下方向盤。

譚雲昶一愣，抬頭看過去。

坐在駕駛座裡的青年眼角微紅，薄唇翕動：「因為機器人是她上一個生日的禮物。」

譚雲昶沒反應過來。

駱湛紅著眼抬頭，不遠處的療養樓矗立在正午燦爛的陽光裡。

他握在方向盤上的十指慢慢收緊，聲音啞下去。

「如果她把機器人當做親人或者朋友，當做鮮活的陪伴過她的生命，那它就是她在唐家偏宅，度過的最冷冰冰的那個生日那天裡降生的。」

譚雲昶想到什麼，眼神一震。

駱湛低下頭，「而現在它『死』了，那天對她而言……」

譚雲昶僵住身形。幾秒後，他慢慢嘆出一口氣：「怎麼解決隨便你吧，我會配合。你想清楚後果就行。」

駱湛死死攥著方向盤，閉了閉眼：「嗯。」

週三是唐染原本的生日。

從上週六開始就一直鬱鬱寡歡的唐染，終於在週三這天達到了情緒上的最低谷。

從早上醒來，吃早餐，發呆，吃午餐，繼續發呆，吃晚餐……

一直到窗外天色黑下來，女孩除了語氣詞以外，仍舊一句話都沒有說過。即便是藍景謙親自出馬也沒用。

等到接近晚上八點的時候，窗外長空如墨。

唐染不知道什麼時候從那種丟了魂一樣的狀態裡慢慢回神。她望著病房裡的藍景謙張了張口，說出今天到此刻為止唯一完整的一句話：「爸爸，我想休息了。今天晚上可以讓我自己一個人待著嗎？」

藍景謙即便再不願，只能嘆一聲氣。事無鉅細一一囑咐過了，他才皺著眉離開病房。

唐家偏宅擺在方桌上的小立鐘被唐染帶來了療養院。

八點一到，它的鐘擺在安靜空蕩的房間裡敲響孤零零的八聲鐘響。

想起一年來，那些一個一個歷歷在目的，黑暗裡被陪伴著的夜晚，病床上的唐染終於忍不住彎下腰，把溼了的臉埋到雙膝前。

「駱駱。」她的聲音壓不住哽咽，「對不起，我……」

房門突然被拉動，黑暗的病房裡照進一道長廊的燈光。

唐染嚇得止住哽咽，錯愕地轉頭看向房門——

透在長廊的光下，門上扶著一隻白皙的指骨修長的手。手的主人似乎來得很急，他扶在門旁俯著身，唐染能聽到空氣裡細微而急促的呼吸。

那個呼吸裡帶著一點，莫名的熟悉感。

想起這種熟悉感的來源，唐染的意識空白。

直到那道身影慢慢直起，踏入她的視線。久違的、熟悉的、機器人的聲音沉啞作響。

「生日快樂。」

駱湛站在半明半暗的分割線上，望著藏在黑暗裡，看不太清的病床上的女孩。

然後終於平復呼吸的駱小少爺垂下眼，露出一點狼狽的笑。

「還有。」

「晚安……我的主人。」

# 第三十八章　家法

唐染坐在病床上，臉上淚痕未乾，就那樣呆呆地看著駱湛從病房門口一步一步走到她的眼前。

駱湛在女孩的病床邊停下來。

他抬手，輕輕拭掉唐染臉頰上的淚痕，然後撐著病床邊沿俯下身，低聲說：「對不起，染染，我又來晚了。」

機器人的聲音近在咫尺，透著沙啞的磁性。

對唐染來說難以置信的聲音和影像，終於在最近的距離下無法再否認地結合在一起。

她的瞳孔輕縮了一下，終於回過神：「駱、駱駱？」

「ＡＩ語音助手、仿生機器人、還有駱湛，妳想稱呼的駱駱是哪一個？」駱湛垂眼，無奈地笑，「但不管哪一個，全都是我。」

「怎麼會……」

唐染茫然地低下視線在駱湛身上掃視著，無法理解自己的仿生機器人怎麼會突然變成最熟悉的人。

駱湛沒有說話也不動作，任唐染打量著。

許久之後，病床上的女孩挪了挪身，喃喃著低聲說：「你是不是怕我難過，才故意裝成我的機器人來騙我的？」

駱湛一愣。回過神，有些哭笑不得：「我確實騙了妳，但不是現在，而是以前——從最開始，來到妳身邊的機器人駱駱，就是我。」

唐染愣在病床上。

「還是不信嗎？」駱湛啞然失笑，他握住唐染的手，勾著她的手指抬起來，「那我們回憶一下。」

唐染的思緒亂得厲害，沒做反抗便被駱湛握著手指抬到兩人之間。

駱湛低聲說：「閉上眼睛。」

唐染不解地問：「要做什麼？」

「聽話，染染。」

唐染猶豫了一下，還是慢慢闔上雙眼。

在她最熟悉的黑暗裡，唐染感覺得到每一絲牽引的外力——駱湛拉著她的手慢慢上提，然後她的指尖觸碰到熟悉的體膚溫度。

像是被燙了一下似的，唐染的指尖驀地往回縮了縮。

駱湛的眼神暗下去，只是看著女孩閉著眼睛好像被嚇到的模樣，他忍不住微垂下眼，啞聲笑起來：「第一次見面的時候，妳可是要比現在大膽得多了……主人。」

唐染心思一恍，腦海裡自動回憶一年前的這一天，她在經歷極大的難過和驚喜之後，對那個突然出現在她眼前的「生日禮物」說出的話和做出的事情。

——「眼睫毛好長啊。摸起來軟軟的，好像還有點翹起來。」

——「鼻梁也很高……嘴唇薄薄的……這裡也有溫度控制嗎？」

——「是，主人。」

——「這是什麼？」

在這一刻，唐染突然無比清晰地記起當時僵住的機器人，還有那個突然變得有點低沉發啞的機械聲音。

唐染像受驚一樣，驀地睜開了眼。

他說的是……

唐染的手指被握得更緊，縮回去的距離反而被再次拉近——她的指尖貼在那人頸項處細膩微涼的體膚上，指腹下是明顯隆起的弧度。

駱湛正望著她，淡淡地笑。

「這是喉結，主人。」

駱湛握在掌心裡的安靜乖巧的手，嗖地一下就掙脫開抽了回去。

女孩像是一隻受驚的幼貓或者別的生物，睜大了眼睛惶然地望著駱湛。

表情充滿某種無聲的控訴。

駱湛失笑：「別用這樣的眼神看我，好像我對妳做過什麼一樣。染染，妳應該已經想起來了——明明是妳先對我動手的。」

唐染本能辯駁：「但我那時候以為你是機器人。」

駱湛點頭：「我那時候確實是。」

唐染噎住。

過去好幾秒後，她終於皺著細細的眉開口：「所以，你真的是機器人駱駱？」

駱湛淡去笑意，認真點頭：「嗯。妳應該感受得到，也可以感受更多——陪在妳身邊的那個機器人一直是我。」

「你為什麼要……那樣做。」

駱湛無奈：「譚雲昶說的事情有一多半都是對的。int實驗室裡的新人弄壞爺爺準備給妳的仿生機器人禮物。但時間不是在我去T國的這兩個月，而是在妳的生日之前。」

「你可以跟我說清楚的。」

駱湛坦誠道：「那時候妳剛到唐家，自己一個人住，很期待那個禮物，我怎麼忍心讓妳失望？」

女孩癟了癟嘴，她在這一秒沒有藏住情緒，那是一個劫後餘生一樣想笑、卻又再也壓不住積攢已久的情緒而險些哭出來的表情：「所以……從一開始你就在騙我。」

駱湛沉默。

「一開始你告訴我，你是駱修，後來你又裝成我的機器人，甚至還……」

唐染的話聲驀地一頓。

駱湛心跳漏了一拍，他警覺抬眼：「甚至什麼？」

「沒什麼。」須臾後，女孩抽了抽鼻子，聲音帶著點微哽的鼻音，「我只是在想，你到底騙了我多少事情。」

駱湛難得心虛。

房間裡安靜下來。不知道過去多久，病床上的女孩終於動了動。駱湛的視線第一時間追到她的身上，等待著某種未知的「判決」。

終於活過來的女孩誠實地說：「我的機器人沒有出事，我很開心；但是你原本有無數個機會告訴我真相，卻一直瞞著我，我不開心。所以我現在心裡很亂，還是想……」

駱湛一邊聽一邊皺起眉：「想要自己一個人待一段時間？」

唐染意外抬眸：「你怎麼知道？」

駱湛說：「來之前，我已經把所有能想到的後果都想過一遍了。」

唐染眨了眨眼：「那我的答案，對駱駱來說是好的結果還是壞的結果？」

駱湛回答：「最壞的。」

唐染顯然意外，她小聲問：「我在駱駱心裡是不是很好騙而且很好哄的？」

「不是。」駱湛嘆聲，抬手在女孩的頭頂揉了揉，「是所有不能夠見到妳的答案，對我來說都是最壞的。」

「不過，這是我應得的『報應』。我們小女孩應該學著心狠一點，對任何人都一樣，不要輕易原諒。」

駱湛說完，流連不捨地收回手，直起身：「那我先走了，妳好好休息？」

「嗯。」唐染點了點頭。

駱湛轉身，朝病房外走。

到門前時他停住，回過頭問：「真的不要我在這裡陪妳過生日嗎？」

駱湛一頓，壞心眼地笑：「主人？」

病床上的女孩不負所望，白皙的臉很快紅起來。

她攥著手下的被子，努力繃起臉：「我要聽駱駱的建議，對任何人都狠心一點，所以……不、不要。」

駱湛輕嘖一聲，好氣又好笑：「我教妳的，妳準備全用在我身上？」

女孩抿著唇不說話，目不斜視。

「好吧。」駱湛踏出房門，最後一眼望著病床上的女孩，眼神柔軟下來，「晚安，我的小女孩。」

病房門闔上。重新恢復黑暗的房間裡，安靜許久後，病床上的女孩慢慢躺下去。

對著頭頂昏暗裡的天花板愣了許久，被子被女孩攥著角，一點點拉上去，蓋過白皙透紅的臉頰。

又許久後，被子下面傳出一聲低低的帶一點清淺的呢喃。

「晚安，駱駱，還有『駱駱』。」

駱湛站在唐染的病房外，靠在牆角，無聲地垂眼等著。

直到他留了一條縫的病房門內，那個寂靜房間裡唯一且極輕的呼吸聲一點點勻稱平穩下去，駱湛才慢慢站直身。

他將最後一絲門縫闔上，插著褲子口袋轉身往樓梯口走。

經過護理站時，駱湛的對面正走出來一位年輕的女護理師。駱湛之前並未見過她，也不在意，垂著眼便準備走過去。

然而對方卻在擦肩時看了駱湛一眼後，突然停住，又轉頭看向駱湛：「啊，是你。」

駱湛腳步一停，眼簾淡淡撩起：「我們認識？」

護理師愣了一下，隨即有些抱歉地笑：「我是不是有點太突然，嚇到你了？抱歉，不過你應該是住在VIP房間的那位女孩的男朋友吧？」

駱湛回眸。他方才走出來的那個房間，就是家俊溪這家私人眼科醫院附屬療養院的VIP病房。

駱湛冷淡的情緒緩和了一些，他沒承認也沒否認，側過身說：「我不記得在VIP病房裡見過妳。」

「我們確實沒互相見過，但我見過你。」護理師笑著說：「準確地說，我是看過很多很多張你的照片。」

駱湛一愣，皺眉：「我的照片，在什麼地方？」

護理師伸手一指，笑著說：「就在那位女孩的病房裡啊。前兩個月，這位女孩每天都來我們護理站拿一些別人從來不看的科技領域相關的報紙，還會把裡面關於一場叫什麼松客盃的比賽追蹤報導都剪下來。有一天我去幫她換藥的時候看見了，她給我看她的收藏。她為了找到你所有參加過的比賽的報紙剪輯，恐怕費了不少的工夫。」

駱湛難得愣住了許久，這才反應過來：「所有？」

「是啊。」護理師不設防地笑著說：「我看裡面最早的報紙照片應該有六七年了吧？你在裡面看起來十四五歲的樣子呢。如果不是這個女孩收集了每一年你的照片，那我肯定不敢確定是你。」

「妳剛剛說，那是什麼時候的事情？」

「嗯，兩三個月前了。女孩眼睛拆線手術不久，我還叮囑她不能一直盯著這些東西看呢。」

駱湛在原地僵了兩秒，慢慢轉過頭，眼神複雜地看向身後他走來的那個病房。

如果早就收集了每一年他參加比賽的照片，那就能夠解釋，唐染一個多月前在K市國際機場見到他，為什麼會沒有一絲意外的反應了。

她是做好所有的心理準備，不知道練習過多少遍他們的見面，才去機場的。

甚至包括他們提起幼年的男孩時，她的那句回答。

——「其實，我已經忘記他長什麼模樣了。畢竟已經過去太久了。」

真正的事實是，她從來都沒有忘記過。

她只是為了他，為了他的所有罪惡感和自責心，在所有人面前裝作忘記那個讓她失明了整整十年的「罪魁禍首」的模樣。

駱湛垂眼，慢慢攥緊拳。

「明明說要學著心狠，卻在最大的事情上這樣簡單就原諒了。」駱湛啞聲說完，鬆開僵硬的手指。

他自嘲地輕勾起嘴角，手插回褲子口袋，修長的身影沿著樓梯慢慢往下走去。

「可是怎麼辦——就這樣原諒那個只會逃避的膽小鬼，我做不到。」

唐染的舊生日過去了一週，她都沒有收到駱湛那邊的訊息。

直到譚雲昶的一通電話，突然在那個週日的下午沒什麼徵兆地打過來。

唐染剛接起電話，手機對面譚雲昶的聲音就急衝衝地鑽進她的耳朵裡：『唐染妹妹，妳最近兩天有和駱湛聯絡過嗎？』

唐染愣了一下，本能地搖了搖頭，然後想到譚雲昶看不到自己的反應，她開口說：「沒有，上週我的生日過完之後，我們就沒有聯絡過了……是出什麼事情嗎？」

譚雲昶咬了咬牙：『沒事，我再——』

「店長。」唐染攥緊手機，聲音不自覺地繃緊起來，「駱駱的任何事情，我希望你都不要再瞞我了。」

譚雲昶一噎。

過去好一陣子，在唐染的再次催促後，譚雲昶只得開口：『我也不知道應不應該和妳說這些，萬一讓駱湛知道了，估計要追著我滿街搥的……』

唐染緊張得屏住呼吸：「到底怎麼了？」

譚雲昶說：『從這週四到今天，駱湛已經有整整三天沒在實驗室露過一面了——他的手機打不通，我打電話給駱家，他們不肯透露，我去駱家找人，他們也不放我進去。』

唐染只覺得腦袋裡嗡的一下，瞬間所有思考能力清了空。

過去好幾秒，她才臉色發白地問：「駱、駱駱是不是出什麼事情了？」

『我也是這樣猜測的。我們有個朋友叫齊靳，他消息非常靈通，很多事情我們也是找他打聽，所以聯絡不上駱湛以後，我就去問了他。』

譚雲昶說完，有些遲疑地停下來，斟酌了一兩秒才為難地開口：『按照齊靳的說法，駱老爺子今年的壽宴不知道什麼原因推遲到了這週三。唐世新代表唐家上門拜訪，駱湛當著許多名門望族的來賓的面公然忤逆，頂撞了駱老爺子，直接和唐家撕破臉，再沒任何餘地地絕了兩家婚約……』

譚雲昶沉默下來，而唐染的呼吸輕輕發抖，她緊緊攥起指尖，掐得掌心發紅深陷了也沒意識到：「然後呢？」

譚雲昶嘆氣：『說是、說是駱老爺子氣瘋了，當場請出他們駱家祠堂裡的家法棍子，要駱湛答應婚約，再向唐世新道歉，不答應……不答應就打到他改口，服軟。』

唐染眼神一顫：「那他答應了嗎？」

譚雲昶默然半晌，悠悠地嘆一聲氣：『齊靳說，駱湛跪著的那塊青磚都淌成血泊了……直到昏過去前，他一個字都沒說過。』

駱家主樓，按摩室。

駱湛穿著寬鬆柔軟的深藍色按摩衣，俯臥在按摩室的真皮按摩床上。

駱湛身上的按摩衣是長褲和短袖上衣，從手肘往下的部分都裸露在空氣裡。他的膚色是偏冷色調的白，這也使得他露出來的手臂上，那些青紫瘀痕變得更加刺眼。

按摩床旁，一位看起來五六十的年紀，但精神矍鑠的老人擰乾手裡浸過藥汁的棉布毛巾，在空中一撣。

伏在按摩床上的駱湛微皺起眉，將頭轉向另一側：「這藥湯裡加了什麼東西？」

老按摩師笑起來：「嫌它難聞？」

「這味道該難以忍受吧。」

「那就奇怪了。」老按摩師戲謔地說：「我們小少爺連駱家的家法都能扛下來，怎麼聞到藥湯的味道就忍受不了了？」

駱湛聞言一頓：「那是為了拒婚才挨的家法，現在可不能白白忍受。」

「喔？條件一樣的話，小少爺就能忍受這個味道了？」

老按摩師一邊和駱湛說話來分駱湛的注意力，一邊將還熱的棉布毛巾敷在駱湛的右手臂上，慢慢按摩起來。

力度再輕也是傷處，更何況想揉開皮下瘀血，太輕的力道沒有作用——老按摩師那雙筋骨有力皮膚粗糙的手，隔著浸過藥的棉布毛巾一按上來，駱湛的眉順著痛覺本能皺了起來。

輕緩出一口涼氣，駱湛枕著按摩床上的矮枕，懶洋洋地勾了下唇角：「如果條件換成一樣的，別說讓我忍這味道，讓我喝乾它都行。」

老按摩師一愣，手下力道失了手。

「……嘖。」

駱湛被按到痛處，咬牙壓住悶哼，身體卻抑制不住本能地哆嗦一下。

等到被那一瞬的痛意「綁架」的神經系統恢復正常運作，駱湛氣得發笑，轉頭看向老按摩師。

「駱家的家法其實是兩個階段吧？第一階段是在我爺爺那裡挨打，第二階段是送你這裡按摩？」

「抱歉啊，小少爺。人老了，手不穩。」老按摩師好脾氣地笑笑，低下頭繼續幫駱湛按摩瘀血的位置，「為了不娶唐家那位，受了這麼多罪，小少爺是有多不喜歡她？」

駱湛趴回去：「我可不是為了她才受罪的。」

「那是為了何方神聖？」

駱湛垂眼，到某一刻嘴角無意識地勾起來：「祕密。」

老按摩師跟著笑：「行啊，那我就等著以後，見見那位還沒進駱家家門就攪得駱家裡外亂成一團，還能讓我們從小到大，連巴掌都沒挨過一記的小少爺被打成這樣的厲害小姐吧。」

駱湛輕聲嗤笑，卻沒反駁。

這邊按摩持續不久後，按摩室的門被敲響。

家裡的傭人拿著電話進來，到按摩床邊停下了：「小少爺，是找您的電話。」

駱湛閉著眼皺著眉，沒回頭：「誰的？」

傭人猶豫了一下：「大少爺的。」

駱湛一頓，睜眼：「掛了吧。」

傭人愣了一下。

駱湛冷笑一聲：「肯定是聽到消息，打電話來幸災樂禍的。」

傭人求助地看向老按摩師。

老按摩師停下手，拿起乾淨毛巾擦洗完手，從傭人那裡把電話接過來：「好了，你先出去吧。」

「是。」

等傭人離開，老按摩師把電話放到駱湛旁邊，無奈地說：「就是因為你們兩個總是這樣，家裡家外才會那麼多人覺得你們兄弟鬩牆的。」

駱湛輕嗤一聲：「不是事實嗎？」

接過電話，駱湛皺著眉從按摩床上坐起身。

向後靠上牆壁，駱湛將電話舉到耳旁，懶洋洋地開口：「有事嗎？駱大少爺。」

駱修在電話對面聲音溫和：『你的關照我已經收到。聽說你挨了家法，我特地關照你的。』

駱湛皺了皺眉：「我的關照？」

他思索幾秒，恍然而笑：「啊，你是說那件事……」

『本來和你的人脈網搭不到邊的，為了給我下絆子，你辛苦了。』

「我的賭已經輸了，你也不能贏我才有平局的機會啊。」駱湛垂低了眼，神情懶散愉悅，「你那裡我還是有熟人的，託他們多『照顧照顧』你的事業不難。舉手之勞，哥哥別客氣。」

『不客氣，禮尚往來。』駱修語氣依舊平淡，不怒不燥，『一聽說你挨家法的事情，我立刻準備了一份禮物給你。』

駱湛表情微滯。

「篤篤篤。」

按摩室的房門突然在此刻再次敲響。

駱湛抬頭看過去。

搭配著駱修方才的話，他現在心裡冒出一種不太好的預感……

甚至不等駱湛想透這種預感的可能來源，按摩室的房門被傭人推開，門外的聲音焦急地傳了進來——

「小少爺，先生和太太回、回國了！」

駱湛僵在按摩床上。

駱修不知道是不是隔空聽見了傭人的呼喊，此時在電話裡溫和地笑：『啊，看來禮物已經到了？』

駱湛回神，微微咬牙：「你把這件事告訴他們了？」

『我說了，禮尚往來。』駱修聲音平靜冷靜，『別客氣，弟弟。』

駱湛顧不得和駱修胡扯了。

門口一道黑影突然出現，然後在下一秒哭著撲了上來：「我可憐的兒子啊！」

「砰。」

駱湛被砸得往牆上一靠，後背傷處頓時疼痛發作。

腦袋裡痛得空白幾秒，等慢慢回神，駱湛無視了撲在自己身上，哭得梨花帶雨的女人，咬牙切齒地抬眼看向按摩室房門口——

那裡站著一名和他五分相像且表情冷靜的男人。

駱湛恨恨地說：「把你老婆從我身上拎走。」

男人不為所動：「那是你媽。」

「那也拎走。」

「不是從小教你了，自己的事情自己做。」

駱湛氣得表情空白。

忍了十幾秒，見撲在他身上哭的女人毫無「關閘」徵兆，駱湛忍無可忍，低下頭：「媽，妳能起來哭嗎？」

「嗚嗚嗚，我可憐的兒子啊！」女人不為所動。

駱湛額角跳了跳：「我可憐嗎？」

「都被你那個狠心的爺爺打成這樣了，怎麼會不可憐？嗚嗚嗚，駱清塘你這個狗東西，你兒子都被打成這樣了，你還不告訴我嗚嗚……」

「狗東西」站在門旁，挑了挑眉。

駱湛匆匆投去感謝雖然沒能倖免的一瞥，又壓回視線：「既然我這麼可憐，那您是不是該幫我『報仇』了？」

畢晴顏抬頭：「兒子你說，你想媽媽怎麼幫你報仇！」

駱湛心裡鬆了一口氣，臉上分毫未露。他抬了抬手臂，露出上面的瘀青：「我爺爺打的。」

駱湛接著又說：「他現在應該在書房裡。」

畢晴顏沉默幾秒，直起身。一秒收住的眼淚被她自己擦掉：「懂了。兒子，等媽媽去幫你理論！」

駱湛欣慰地看著女人轉身離開。

等畢晴顏的高跟鞋聲音遠離聽覺範圍，駱湛表情鬆垮下來。

他無精打采地撩起眼皮，望向門旁的男人：「你不準備過去幫她加油助威？」

駱清塘冷靜轉回視線：「她的戰鬥力，你不是很清楚？」

駱湛額角再次跳了跳：「……既然知道，你就該阻止她回來。」

駱清塘眼神淡淡地睨著兒子：「明知道我阻止不了，做這種事情前，是你該考慮清楚一切後果。」

駱清塘在和小兒子的辯論賽裡稍勝一籌，也不驕傲，還是那副冷靜表情走到按摩床邊。

他掀了掀駱湛上衣的衣角，瞥到青年肌肉緊實的腰腹上觸目驚心的瘀血傷痕。

駱清塘難得有了表情，他皺了皺眉，拎著駱湛的衣角抬眼：「你是把駱家的列祖列宗全都問候了一遍，又連夜趕回去把祖墳刨了？」

駱湛說：「我有病嗎？」

「能讓自己被打到這個程度，我看你病得不輕。」駱清塘又道：「既然沒做那麼大逆不道的事情，那怎麼會被打成這樣？」

駱湛不在意地扯回衣角，側過身下了按摩床，懶洋洋地道：「做給唐家看的苦肉計。不這樣的話，我怎麼脫身？」

「從一開始你就沒進套，為什麼會需要脫身？」

「……進過了。」駱湛穿上拖鞋，輕按著發僵的肩往門外走。

駱清塘動作很輕地皺了皺眉：「你？主動進了唐家的套？」

「嗯。」

「為什麼？」

駱湛沒說話。

駱清塘沉默數秒，表情一點點發生某種微妙的變化：「駱修說的是真的？」

「他說什麼了？」駱湛皺眉回頭。想到自己剛剛經歷的尷尬而痛苦的一幕，他現在聽見這個名字就有種咬牙切齒的感覺。

駱清塘說：「他說你大概是談戀愛了。」

駱湛眼神飄了飄，挪開視線。趿著拖鞋往按摩室外走去，語氣頹懶散漫：「聽他胡扯。」

「真的沒有？」身後的聲音跟上來。

「沒有。」

「那你為什麼會進唐家的套，還要挨這樣的家法？」

「……和你們沒關係。你還是等我媽哭完，立刻帶她回去吧。」

駱湛話說完，身後沒了聲音。他走出兩步，心底還是有點不安。

駱湛慢慢停下來，皺眉回頭：「你還不走嗎？」

話剛說完，他就撞進駱清塘那雙洞察力十足的眼眸裡。

那個和他五分相像的男人非常罕見地笑了一下：「是誰家的女孩？」

駱湛不耐地揉亂了頭髮：「我說了沒有——」

「小少爺。」

駱湛身後的樓梯，走上來的傭人停在樓梯中段，驚訝地看著站在樓梯口的駱湛。

駱湛回眸，眼神冷淡：「怎麼了？」

傭人說：「唐家的那位小小姐今天突然來了。小少爺不是提前吩咐過——萬一她來，讓我們一定先來通知你。」

# 第三十九章　家族

聽完傭人的話，駱湛皺起眉。

他側過頭，看了長廊斜對面一眼，琉璃製品的藝術鏡裡模糊淺映著他的身影——寬鬆的按摩衣V字領口下，半邊鎖骨型線凌厲地敞露著，但繞過另一側的頸下肩周，白色的繃帶刺眼地從他肩頸處向領口內延伸，在胸膛和後背上纏過一圈又一圈。

既然唐染專程回了K市，一定是聽到了消息。如果被女孩看到現在這個模樣的他……

駱湛眉頭鬱結蹙起。

在駱湛遲疑不定的時候，走廊裡面的駱清塘已經走出來。

「唐家？是你爺爺想要你婚娶的那個唐家？」

駱湛抬了抬眼，沒說話。

駱清塘說：「來找你的唐家小小姐，就是那個被你寧可受家法也要拒婚的？你既然不喜歡她，怎麼還要單獨囑咐等她來的事情，怕她來找你算帳嗎？」

「這和你們沒什麼關係吧。」駱湛冷淡地接了話。而後轉向傭人，「妳帶她去小廳，我等等下去。」

「是，少爺。」

等傭人走後，駱湛轉回眼，沒什麼表情地插起褲子口袋：「做人要一以貫之，這也是你教我的。我想做父母也一樣。既然一開始選擇放養，那就到最後也別管，這樣我們的相處模式大概能更加父慈子孝一點——爸你覺得呢。」

駱清塘冷靜開口：「我和你媽媽都不會約束你，也不會干預你的選擇。不過作為不太稱職的父母，我想我們至少擁有知情權。」

駱湛皺起眉，眼皮一掀：「你想做什麼？」

駱清塘思索兩秒，示意樓梯：「我陪你一起下去，見見那位唐家的小小姐？」

駱湛定睛看駱清塘。期間駱清塘那張和他四五分相似的臉龐上沒有發生絲毫變化，沉穩如常。

盯了幾秒，駱湛輕嘆聲，眼簾一垂。

駱湛說：「我有拒絕的餘地嗎？」

駱清塘回：「我無所謂。」

駱湛不信任地抬眼。

駱清塘說：「但是你媽媽如果聽說了，而你又不讓她見到，那她大概會想盡辦法達到目的。」

駱湛不知道想到什麼，臉色黑了一點。

駱清塘倒是處之冷靜，語調慢悠悠地轉向駱湛：「她這方面折騰人的能力，你知道的。」

駱湛嘆氣，轉身往長廊另一頭走去。

駱清塘意外地問：「你也不見了？」

「見。」

「那你這是要做什麼？」

「換衣服。」

駱清塘愣在樓梯口，看著小兒子修長挺拔的背影，過了好一陣子才意外地回過神。

駱清塘自言自語地犯起疑惑：「他什麼時候開始在乎別人的眼光或觀感了？」

一邊奇怪，駱清塘一邊回過頭，目光順著樓梯，落向一樓小廳的方向。

唐家，茶廳。

杭老太太緊握著枴杖，震驚抬眼：「你說唐染進了駱家的家門？他們直接讓她進去了？」

唐世新低著頭說：「是這樣。」

「駱家欺人太甚！那老爺子不是家法處置了駱湛，說最近一個月都對外謝客，連你也不肯再見了嗎？」

唐世新遲疑許久，斟酌著開口：「駱家如今確實對外謝客半月有餘，至於小染，她可能是例外。」

「她是例外？憑什麼？」

「駱家，或者說駱湛……可能對小染的感情有些不同。」

「你這話是什麼意思？」

「我懷疑，駱湛可能已經記起當年的事情了。」

「不可能！」

杭老太太臉色大變，攥著枴杖的手驀地收緊，手背上褶皺的皮膚如同枯槁的樹皮，用力握到枴杖發顫都沒有察覺。

唐世新嘆聲：「就算沒有記起來，他對小染的感情也不一般。」

「你是說他是因為唐染，才拒絕珞淺？」杭老太太擰起眉頭，「你有什麼證據？」

唐世新說：「之前唐染住在偏宅時，有幾次外出，家裡的傭人都在院外的路見過駱湛的蹤影。」

「什麼？這種事情你為什麼不早說！」

唐世新表情晦暗：「媽，我只是覺得小輩之間的感情，還是該他們自己考慮選擇。」

「胡說！」

杭老太太毫不猶豫地打斷唐世新的話。她坐在位子上，表情陰晴不定地思索著什麼。

茶廳內寂靜半晌，老太太慢慢吁出一口濁氣：「如果真的是你說的那樣，那駱家之前來談婚約，提出的條件就不奇怪了。」

唐世新一愣：「媽你是說，駱家是為了唐染才故意答應？那他們不怕反悔後——」

話沒說完，唐世新想到什麼，住了口。

杭老太太冷笑一聲：「不知道是那老爺子還是那年輕小子的主意，這一招苦肉計用得可真是夠狠毒的啊。」

唐世新沉默許久，皺著眉開口：「那天我在旁邊，駱老爺子家法處置駱湛沒半點留手。雖然不像外面傳言血流滿地那樣誇張，但畢竟棍棒落得結實，我看多是些血藏在內的硬傷，駱湛也確實是昏過去被抬下去的……如果真是苦肉計，那駱老爺子未免也太狠心。」

「你只看見那老頭狠心了？」杭老太太抬抬皺著好幾層似的眼皮。

唐世新一愣：「您是說，駱湛？」

「我看比起那個最疼小孫子的駱老爺子，這一計更可能是駱湛自己的主意。」老太太冷哼一聲。

「這……」唐世新冷汗都下來了，「不可能吧。他就、就為了小染？」

杭老太太斜眼看他：「這不是你的結論嗎？」

唐世新語塞。

杭老太太慢慢瞇起眼，眼睛縫裡三不五時露出點精光。

她越是思索表情越沉凝。在唐世新擔憂老太太不知道何時要發多大火氣的時候，卻突然聽見杭老太太笑起來。

唐世新嚇了一跳：「媽，您這是笑什麼？」

杭老太太收斂笑意：「我本來還在猜他到底是為了什麼人，寧可被家法處置，死都不娶珞淺……原來是因為唐染。」

唐世新不解：「這有什麼值得高興的嗎？」

杭老太太沒回答，而是說：「到這一步，強求他娶珞淺是不可能的了。」

唐世新點頭，神色沉重：「我更擔心，駱家會直接藉這一次駱湛被家法懲治得重傷，斷了和我們的往來。」

「他們確實會。」

「那現在該怎麼辦？這些年不知道多少人惦記我們唐家這個和駱家結盟的關係，駱家如果硬要壯士斷腕，他們受損傷未必多重，但我們這邊會受到的影響波動恐怕就大了！」

「所以啊。」杭老太太瞇起眼，「我該說，還好是唐染才對。」

唐世新愣住：「還好是唐染？」

「她畢竟姓唐。」

唐世新說：「可是藍景謙那邊的事情他們恐怕也知道了。只怕駱家更樂意拉攏藍景謙，而幫唐染撇開唐家……」

「這是他們想撇就撇得開的嗎？」杭老太太冷笑一聲，站起身，「唐染身體裡流著的一半唐家的血，這一點他們永遠無法否認！」

唐世新說：「但唐染從小到大始終沒有真正被承認是唐家的孩子，所以就算她能嫁給駱湛，我們恐怕也——」

「她還沒成年呢。藍景謙不是要了她的醫學出生證明，想要幫她改生日嗎？」

唐世新下意識點頭。

杭老太太：「不要讓他改，我們先來改。」

杭老太太慢慢笑起來，眼神發冷。

「唐染十八歲的成人禮慶生宴，唐家來辦——就讓所有人見證她在唐家認祖歸宗，做名正言順的唐家女兒。」

唐世新反應過來，震在原地：「您是想，把唐染和唐家綁定在一起？」

「沒錯。駱湛不是鍾情唐染，為了她連家法都可以捱，半條命都能不要嗎？」

杭老太太冷笑著往外走。

「那就讓所有人看著，只要他和唐染好一天，就一天不能動唐家一根毫毛——等他們成婚，在外人眼裡，駱家和唐家也就永遠是最牢不可破的盟友關係！」

唐世新看著老太太背影遠去，僵在原地，久久失語。

唐染坐立不安地等在駱家的偏廳裡。

領她進來的傭人送上茶飲後就關門出去了，放她獨自在這偏廳裡等著，一分一秒過得像一年半載那樣漫長。

在唐染起身踱了幾步，攥緊手指決定要出門去看看時，她的耳朵非常敏感地捕捉到隱約的腳步聲。

唐染驀地停住，抬眸看向偏廳的房門。

在她心底默數三個數後，偏廳的房門被推開，露出來扶在門上的手指白皙且根根分明。

緊隨其後，熟悉的修長身影邁入房內。

唐染屏住的呼吸在看到那人時驀地一鬆，她急抽了口氣，憋了許久的臉脹得微紅起來：

「……駱駱！」

不遠的距離內，女孩跑起來奔向駱湛。

駱湛驚得心裡一跳——

失去的那段記憶不計，他從認識唐染至今，因為女孩眼睛的緣故一次都沒見過她著急忙慌地快走過，更別提跑了。

此時一見女孩跑起來，駱湛的心跳差點嚇停。

他完全本能反應地跨步上前，一把把女孩攔腰抱住，順手撈了起來。

落了駱湛幾步，跟在後面的駱清塘和畢晴顏剛進門。

還沒分辨清楚那聲「駱駱」到底是不是他們想像中的稱呼，他們就愣然地停下來。

門內，一個身形嬌小的女孩紅著臉，小蘋果似的，也不知道嚇得還是急得。

此時她正垂著細白的手臂，茫然又乖巧地被他們小兒子環過腰前，整「隻」提在他身前的半空裡。

女孩的腳尖離地有十公分。

房間內的四個人回過神。

唐染茫然又艱難地在空中轉了轉腦袋：「駱駱？」

駱清塘和畢晴顏愣住了。

「……咳。」

到此時，駱湛這才發現自己有點反應過度了。他沒去看門旁兩位受驚不輕的長輩的表情，先把女孩放回地面。

「別亂跑。」駱湛停頓了一下，微皺起眉，認真補充，「妳的眼睛手術剛拆線才多久？不怕摔著嗎？再磕到碰到怎麼辦！」

唐染被訓得低下頭，聽了幾秒才想起自己的來意，又連忙仰起臉：「你的傷……我聽說駱爺爺打你了，真的嗎？他下手重不重，為什麼店長說你流了很多血……」

女孩越說聲音越低，眼角一點點紅起來。

她小心又著急地在駱湛身上掃視著——然而直到此刻，她才注意到駱湛今天穿的是一件黑色的高領毛衣和咖啡色長褲。

青年從頭到腳遮得嚴嚴實實，除了那張禍害臉，半點都沒露在外面。

這沒讓唐染有半點緩和。

她反而眼睛更紅，著急地抬手去摸駱湛的毛衣衣角，試圖掀起來看下面的傷勢。

駱湛額角一跳，眼疾手快地按住了女孩的爪子。

唐染紅著眼角，緊繃著精緻豔麗的小臉，嚴肅得透著點凶：「駱駱，你鬆手，讓我看看。」

——如果不是眼眶發紅，氣勢上就更完美了。

駱湛極少見唐染這樣一面，愣了兩秒才回過神。

反應過來後，他安撫地握著女孩的手壓回去：「我不是說過了，讓妳少聽譚雲昶胡說八道，他說話什麼時候算話了？我只是做了苦肉計的戲給唐世新看，沒受傷。」

女孩沉默兩秒，眼角澈底憋紅了，眼底汪汪地蓄上瀲灩的水色。

「你、你要是沒事，你今天就不會穿、穿這樣出來了！」

駱湛嘆了聲氣，伸手揉揉女孩的頭：「長得那麼乖，要是再好騙點就好了。」

唐染的眼淚蓄得更足。

駱湛心疼得直皺眉：「不許哭，聽到了嗎？我最討厭看到小女孩哭了，很醜的。」

唐染努力憋著，低下頭固執地要掀駱湛的毛衣衣角：「傷得有多、多厲害……我要看。」

駱湛再次按住唐染的手。

他保證——現在女孩的眼淚還只是蓄著，但如果讓她見了他身上那些自己照鏡子看起來都非常恐怖的傷處，那絕對下一秒就會「洩洪」了。

還得是鬧門衝斷，攔都攔不下來的那種。

「不能看。」想到那一幕，駱湛眉頭擰緊起來。

唐染繃著臉紅著眼抬頭：「為什麼？」

駱湛沉默幾秒，突然想到什麼。

女孩的拳頭被他包回掌心，駱湛握著她的手壓到身側，順勢轉身。

「因為有別人在，所以現在不能看。」

唐染眼前只容得下駱湛一道身影的視野被讓開。偏廳門口，「看戲」的夫婦和她目光相撞。

空氣凝滯幾秒。唐染的眼睛並未恢復到正常狀態，此時偏廳光又不夠明亮，她看了一下就茫然地歪過頭：「駱駱，他們是誰？」

駱湛回答：「這是我爸和我媽。」

唐染毫無防備，呆立當地。

「不用拘束，妳喊一聲就好。」

「喊、喊什麼。」女孩嚇得魂都飄走了似的。

駱湛剛要開口，又停下來。

他壓不住做壞的心思，啞著聲笑著提醒：「就說，爸爸媽媽好吧。」

「爸爸媽媽……」

好字沒出口，唐染回過神，呆呆仰臉。

駱湛再也忍不住，低下眼笑了起來。

唐染從小就很少有同齡朋友，更別說「見」到同齡人的家長了。

打過招呼後，在駱清塘和畢晴顏若有深意的目光和盤問下，女孩手足無措極了。

最後還是駱湛不忍心。在唐染被追問到底之前，出聲攔住了畢晴顏的話音：「你們剛回家，不應該先去陪爺爺閒話家常嗎？」

畢晴顏說：「我去過了。」

駱清塘回：「你爺爺忙。」

駱湛無言以對。

不管怎麼說，這對夫婦顯然是鐵了心要在這裡看著他們了。

駱湛眼神微動。他轉過頭，盯著身旁侷促不安的唐染看了一下便站起身：「不是來看我的嗎？現在確定我沒事，可以安心了？」

唐染猶豫了一下，擔憂地小聲問：「真的不嚴重嗎？」

「嗯，不嚴重，我不是好好地站在妳的眼前？」駱湛勾起唐染的手托到自己手腕上，「——我送妳下樓。」

話剛說完，駱湛就發現被他還沒抽回的右手，握在手掌下的唐染的手指輕輕掙了一下。

他垂眼去看，女孩的臉脹紅著，緊張地仰頭示意他。

駱湛想起什麼，抬眼看向對面。

駱清塘和畢晴顏坐在對面，表情微妙地望著駱湛和唐染非常親密自然地搭在一起的手。

對駱湛而言，唐染失明時，他陪在她身邊也有一年，這已經替他養成了肌肉記憶一樣的習慣。即便女孩的視力開始恢復，他陪她走路時也還是會習慣性主動充當她的人形枴杖。

儘管被父母洞察的眼神盯得不自在，但駱小少爺是什麼人？

這點尷尬情緒持續了不到一秒，駱湛就毫無反悔之心地握緊了女孩的手。

他冷靜自若，朝駱清塘夫婦歪頭說道：「我送她下去，你們自便。」

他轉回身，牽著唐染：「走吧。」

唐染不安地看回去：「叔叔阿姨，再見。」

「嗯，下次再見。」

目送一高一低兩道身影離開。畢晴顏的表情一垮，轉回頭：「老公，我們寶貝兒子不會被什麼髒東西上身了吧？他對這個女孩也太太太太太太反常了！」

駱清塘收回視線，一本正經地點頭：「有可能。」

「不行，等他回來，我一定得好好問問他！」

「問不出來的。」

畢晴顏被這句話說得愣住了。

「沒看到嗎？」駱清塘不甚明顯地笑了一下，「在那個女孩的眼前，他防我們都像防賊一樣。那女孩不在，他更不會透漏什麼消息了。」

「那怎麼辦？」

「問問父親吧。連這次拒婚家法的真相一起問，他應該最清楚情況。」

聽到這句話，畢晴顏沒有直接回覆。

「妳怎麼不說話了？」半天未等到回應，駱清塘意外地回頭。

畢晴顏露出尷尬不失禮貌的笑：「在幾分鐘前，我才剛罵完他老人家呢。」

駱清塘無聲地嘆：「我該知道的。」

畢晴顏尷尬地笑了幾秒，突然想到什麼，收斂表情認真起來：「清塘，你有沒有覺得，這個女孩非常的眼熟啊？」

「嗯。」

「你也這麼覺得？」畢晴顏疑惑，「看來不是我的錯覺啊。我總覺得，在什麼地方見過她，但又想不起來是在哪裡什麼時候見到的。」

駱清塘轉過頭：「你見的不是她。」

畢晴顏疑惑地看過去。

駱清塘說：「她姓唐。」

畢晴顏問：「所以？」

「去年妳在國外參加的那個橋牌俱樂部，有一名牌技很好的華裔女人，妳跟我提過很多次，我去俱樂部接妳的時候還見過一面。」

畢晴顏表情一驚：「啊！我想起來了，你說的是Julian！對對對，她好像提過以前她在國內時候用的姓氏也是唐……難道她和這個女孩有關係？」

駱清塘起身，順手挽起身旁的女人：「有沒有關係，去問問父親就知道了。」

畢晴顏一僵，駱清塘露出一點要笑不笑的無奈情緒：「放心吧，有我在。他不至於和妳計較這件事。」

「那他如果罵我，你記得幫我擋喔。」

「嗯，好。」

與此同時，駱家主樓，樓外正門的階梯前。

「對不起，少爺，您三個月內都不能踏出主樓一步。」保全的手臂攔在駱湛身前，鐵面無私。

唐染就在身旁，駱湛難得耐性極好：「我只是送她到樓外，不會離開你們的視野範圍。」

「抱歉，命令不改，我們就不能放行。」

駱湛耐心告罄，輕瞇起眼：「如果我一定要出去呢？」

主樓外的幾名保全聞言，神色肅然，他們同時微微調轉身形，朝駱湛的方向做出警戒預備。

站在駱湛身前的那人說：「這是老先生的安排，請少爺不要為難我們。」

駱湛還想說什麼，卻被他袖口衣角處傳回來的拉力帶走了注意力。

他低頭看唐染。

唐染輕聲問：「怎麼了？」

「嗯。」駱湛掰著手指數給唐染聽，「你是被駱爺爺禁足了嗎？」「作為給唐家的交代，家法一頓，謝客一月，禁足三月。」

「那我之後還能來看你嗎？」

「最好不要。在這個當下被人發現的話，對妳不好。」

「這樣嗎？」唐染黯下神色。

駱湛笑了笑：「之前不是要我反省騙妳那麼多次的事情嗎？現在這麼輕易就原諒我了？」

「本來就沒有怪你。」女孩皺起眉，「只是怕以後你還會一直騙我，所以裝作生氣的樣子，想說過十天以後我就會生完氣了。結果還不到一週呢，你就被……」

眼見再聊下去又是要紅著眼眶的話題，駱湛連忙叫停：「禁足也只是三個月，很快就過去了。等我出去以後，我一定每天陪在我們小女孩身邊，好嗎？」

唐染點點頭，然後伸出小手指，繃起臉表情嚴肅地說：「一言為定。這次駱駱不能再騙我了。」

駱湛笑著勾上去，然後嘆氣：「我在妳這裡的信任值已經歸零了，對吧？」

「嗯。」唐染認真點頭，「所以駱駱要把它補回來。」

「怎麼補？」

唐染遲疑了。

想了幾秒，她終於想出了主意，抬起頭：「以後駱駱每次答應我的事情做到一件，就加一分；騙我一次或者沒有做到一次，就減一分。」

「等到滿分，就恢復完全信任了？」

「嗯！」

「那滿分多少？」

唐染想了想，猶豫著豎起一根食指。

駱湛挑眉：「一千？」

唐染似乎驚了一下，立刻搖頭：「十分。」

駱湛愣住。等他回過神，低下頭忍不住地笑起來，伸手揉了揉女孩長髮。

「染染啊……妳小心以後被我騙得吃乾抹淨，一點都不剩。」

駱老爺子讓林易找唐世語找了半年多，然而唐世語也夠灑脫，把斷捨離那一套貫徹到底——每個城市居住時間絕不超過三年。三年之內必然毫無留戀也毫無蹤影地離開。

所以這半年多的時間裡，唐世語以前的居住地他們找到不少，本人卻始終沒有痕跡。

林易的人連續翻找過幾個最可能的城市，卻唯獨犯了「燈下黑」的毛病，把駱清塘夫婦定居的地方略了過去。

等到駱清塘主動提起，駱老爺子連忙派人第一時間趕去，想順著橋牌俱樂部的藤摸到最後的「瓜」上。

林易的人費盡力氣，終於拿到唐世語的現居地地址，趕過去後卻被那裡的房東告知——唐世語隨某支野外探險隊深入無人區，一週前剛剛出發，歸期未定。

消息傳回來，駱老爺子氣得鬍子差點翹到天上去。

「唐家那個丫頭、那個丫頭！從小就不讓人放心！古靈精怪的，性格還潑辣，一點都不像個女孩子。我還以為大了能好一些，但這都快四十的人了，到現在還這麼能折騰，去什麼無人區！」

「您這個叫性別歧視。」一個懶洋洋的音調突然在書房沙發後面響起。

駱老爺子一驚，和聽訓話的林易一齊回頭。就見黑色的真皮沙發靠背上搭上一隻冷白修長的手。

藉著扶力，駱湛打著呵欠，坐起身。

駱老爺子臉色一變：「你怎麼在這裡！」

「不然我應該在哪裡？」駱湛闔著眼，懶撐著顴骨靠在扶手上，聲線倦然散漫，「我準備在被禁足的剩下的一個半月裡，把主樓所有房間都睡一遍。反正不能出樓，閒著也是閒著。」

駱老爺子反應過來，冷笑道：「你別想我能提前放你出去。你不是逞強嗎？那就老老實實給我在家裡待滿三個月。」

駱湛輕嘖一聲。想了幾秒，整個人趴到沙發靠背上，懶洋洋地朝駱老爺子笑了笑：「打個商量，要不您再拿家法棍抽我一頓，然後就放我出去吧？」

駱敬遠的臉色瞬間沉下去。

林易見狀，暗自咧嘴，轉過頭朝駱湛使眼色。

他最熟悉老爺子脾氣，更知道一個多月前打在駱湛身上那一頓家法，老爺子表面上沒當回事，實際上心疼得不得了。

駱湛昏過去那晚，老人一晚沒睡，藉著出去溜達的理由，一整夜往駱湛臥室門口跑了好幾回，每次都要趴在門縫上偷聽一陣子，確定小孫子呼吸平穩才敢回去。

駱家家裡家外，現在只要誰提起這件事，老爺子就恨不得拿鞋底抽對方的嘴。

也只有駱湛……

林易嘆了一聲氣，開口：「少爺，老先生也是為了你和唐染小姐好。這件事只有處理得滴水不漏，你們可以沒有後顧之憂啊。禁足三個月，也是為了做給唐家看的。」

駱湛說：「真的不能通融？」

「不行！」駱老爺子硬聲道。

「行吧。」駱湛按著扶手，不見他怎麼吃力，直接翻跳出來。青年搭著長腿倚坐到沙發靠背的背面，朝駱老爺子笑，「那我換一個條件總可以吧？」

駱老爺子掀了掀眼皮：「換什麼？」

駱湛稍稍正色說道：「明天就是唐染的真正的生日了。」

「那你也不能出去。」

「我沒有要出去。」駱湛說：「只是藍景謙在國外的AUTO總部出了點狀況，他下午剛飛過去處理。按時間推算，到那邊也是後半夜了，所以他明天肯定趕不回來幫唐染過生日了。」

駱老爺子一頓：「你想接她來家裡過？」

「嗯。」

駱老爺子沉默兩秒，應允：「這個可以。林易，你去安排吧。」

「是，老先生。」

等林易離開，駱湛仍沒有要走的意思。

可憐的駱老爺子，一把年紀碰上不可靠的兒子和更不可靠的兩個孫子，只能自己處理公事。累了大半個下午，再抬頭時才發現駱湛一直沒走。

想想自己不能準備享受退休生活，就因為這個不肖孫子和他爹，駱老爺子擰著眉看著駱湛：「你怎麼還沒走？」

駱湛說：「我在這裡等我們的女孩被接過來，到時候林易會在第一時間對我彙報的。」

老爺子冷哼一聲。

駱湛沉默了一下，突然問：「唐世語那邊，您準備怎麼辦？」

「守株待兔。她能不回去嗎？」駱老爺子一頓，「我已經吩咐那邊了，聯絡到她以後第一時間讓她回國。你不用急。」

駱湛雙手撐在身後，懶洋洋地仰起臉。

看著天花板沉默幾秒，他輕聲嗤笑：「她回不回來，我不在乎。很多事情重要的從來不是原因和過程，而是結果。改變不了這最重要的十八年，她就算能回來，對已經造成的傷害也不能補救。」

「那你還問她做什麼？」

駱湛沉默兩秒，笑：「我不在乎，但，染染大概還是會在乎的。」

不等駱老爺子再說什麼，書房外傳來一陣急促的敲門聲。

「進。」

「老先生，出事了！」林易快步進來，直奔書桌前，手裡一張燙金白色摺疊卡片放到駱敬遠面前。

駱敬遠皺眉拿起：「這是什麼？」

「這個是……」

林易此時才發現駱湛也在，表情為難起來。

駱湛似笑非笑地等了幾秒，就見駱老爺子看完卡片，眼神複雜地抬頭看向他。

駱湛臉上笑意驀地淡去。

他跳下沙發靠背，邁開長腿直到桌前：「染染出事了？」

駱老爺子捏著卡片沉默數秒，把它放到桌上，慢慢推到駱湛面前。

同時沉聲問林易：「這是怎麼一回事？」

林易得了應允，連忙開口：「我派人去M市療養院接唐染小姐，我們的人到的時候，唐染小姐已經不在那邊了。我讓人追問，護理師說她中午就被接走了。」

駱老爺子擰眉：「唐家的人？」

「是。」林易說：「唐世新親自去接的。」

駱湛手裡的卡片展開。

與此同時，林易沉著聲說：「我剛得到消息要來彙報，唐家明晚幫唐染小姐辦慶生宴的邀請函就送來了。」

「唰——」

那張硬質的燙金摺疊邀請函，被暴怒的駱湛驀地捏成一團廢紙。

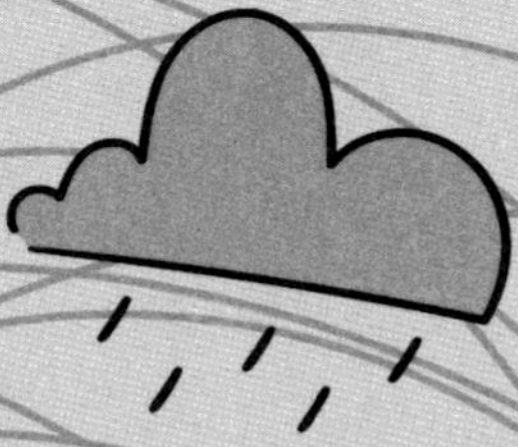

# 第四十章　別哭

將燙金邀請函捏成一團廢紙後，駱湛咬著牙說了一句話：「AUTO總部今天的問題，一定是唐家提前做了手腳。」

書桌前後的駱敬遠和林易同時一愣。

林易驚問：「少爺的意思是，唐家是來了一招調虎離山？」

駱湛沉著眼，不知道在想什麼，沒有回答林易的話。

林易慢慢反應過來，嘆服點頭：「我都沒想到這一招，這個確實很有可能。不然藍景謙前腳才剛出國，怎麼會後腳唐染就被唐世新從療養院接走？如果這是巧合，那時機未免把握得太精準了。」

林易說完，向駱老爺子遞了個敬佩的眼神。

此時書桌後的駱老爺子同樣讚賞地看著駱湛：「那你覺得，唐家現在是想做什麼？」

駱湛沒注意駱敬遠打量的目光，擰著眉想都沒想地答：「那個老太婆還會憋出什麼好主意嗎？無非是見唐珞淺這條路走不通，又不甘心沒了駱家這座靠山，所以藉著在染染成人禮上支走藍景謙的時機，在圈內所有人的眼前把染染和唐家捆在一起。」

駱湛愈說，眼神愈陰沉下去：「那老太婆把染染當成什麼，有用則用無用就棄的工具？」

「這一點你倒是不用生氣，我和杭薇打了幾十年的交道，她是什麼樣的人我再清楚不過。」

駱老爺子靠在暗紅色的實木座椅裡，感慨地撫著被打磨得圓潤的扶手，一邊回憶一邊說道。

「那個女人心狠手辣慣了，在她眼裡只分得出有利用價值和沒有利用價值兩類——別說是血緣至親，就算是她自己，她也能利用得澈底。」

駱湛眉眼冷淡：「她利用自己利用別人我都管不著，但是她不能碰染染。」

駱敬遠一頓，微皺起眉：「你想阻止？」

駱湛沉聲：「難道我不該去？」

駱老爺子沉默幾秒，抬起頭時他先遺憾地看了林易一眼。林易自然懂駱老爺子在想什麼，為難地低下頭。

駱老爺子嘆了一聲氣：「你啊，我本來以為駱家可以放心交給你了，現在來看，你發現問題的關竅挺清楚的，可惜處事上還是太年輕氣盛。」

駱湛皺眉望過去。

駱敬遠說：「我問你，如今藍景謙不在國內，唐家裡所有人實打實是唐染的血脈至親，你們兩個小輩感情再好，現在也只是一個無關的人——在唐染的生日宴會上，你還能從唐家手裡像流氓似的把人搶走不成？」

駱湛說：「我會名正言順地帶走她。」

這話讓駱老爺子露出意外的神情：「名正言順？你能以什麼關係？」

駱湛一字一頓：「訂婚關係。」

書房裡驀地一寂。

幾秒過去，駱老爺子反應過來，氣得拍桌怒斥：「胡鬧！你拒婚唐家，為此受了家法禁足三月的事情還沒過去，外面到處都是和你有關的風言風語，你現在還想往自己身上攬事情？」

「染染的事就是我的事。」駱湛皺眉，「而且我們的事情，輪不到別人來插嘴。」

「嘴長在別人身上，你管得到嗎？這件事如果照著你說的方法解決，那麼不只唐家要遭受非議，你和駱家也會成為別人口中出爾反爾、朝三暮四的笑柄！」

見駱湛沉眸不語，駱老爺子在林易無聲的眼神勸解下，慢慢舒緩語氣。

他竭力溫聲勸：「唐家既然想爭，那就讓他們爭。這些年來，駱家對唐家處處照拂，兩家早就枝葉相連、交錯難分。真要像之前撕破了臉，是能讓唐家傷筋動骨，可駱家也一樣要遭受不小的損失——如今合則兩利，沒什麼不好。」

駱湛慢慢攥起拳：「那染染呢，你們就不管她的感受了？」

「所以我才說你年輕氣盛啊，你以為這件事只對駱家和唐家有利？」

駱湛冷眸：「難道不是？」

「對唐染的利弊也是一樣！唐家既然寄希望於她和你的關係，從今天起必然會對她百依百順。杭薇是一名最現實不過的人，你且看著——用不了多久，最受『疼愛』的唐家大小姐的位子上坐著的人，一定會從唐珞淺換成唐染，這不就夠了嗎？」

見駱湛不再說話，駱老爺子鬆了一口氣，擺擺手：「你先回房間吧，我和林易再商量一下——」

「這怎麼夠。」

駱老爺子一愣，抬頭：「什麼？」

「我說，這怎麼夠。」

駱湛走到書桌前，一字一句，面無表情地抬頭：「如果彌補就能被原諒，那所有道德和法律下的牢籠裡早該空了。這世上也不會有什麼罪人。」

駱敬遠皺眉說：「駱湛，這世界上很多事情不是非黑即白、非此即彼的，你……」

駱湛猛地俯身，修長十指撐到實木書桌上，額角青筋微綻：「我不想聽你們老輩的苟且算計。補償如何，百依百順又如何？她傷了染染一千次，最後一次就算跪地求饒，前事就能都算了？你們未免也太會替別人大度！」

駱老爺子被駱湛的態度激怒，沉下聲說：「你不需要對我冷嘲熱諷，利弊抉擇，這是處世態度。換做對誰，這話我都一樣這麼說。」

「呵。」駱湛像是聽了個笑話，涼薄冷淡地笑起來，朝旁邊轉開臉，「利弊抉擇？」

駱湛從書桌前往後退了一步，再轉回來時，眉眼冰涼冷淡：「我有時候真的是搞不懂你們老一輩這些自詡城府心性的觀念。這算什麼？只要放下屠刀，就能立地成佛？那從未害過別人的想要成佛，怎麼就那麼難呢？」

「這是兩回事。」

「在我看來，這就是一回事！」

駱湛笑容消失，咬牙切齒地望著駱敬遠：「殺人是罪，傷害一樣是罪！被傷害者不願意原諒那就不必原諒！更何況，那麼輕易就原諒的話，過去這些年她在唐家受過的委屈又算什麼？」

駱湛恨極，轉身往外走。

駱老爺子氣得臉色發青，在他背後說：「無論如何，你的禁足時間沒有結束，不要想著邁出駱家的門！」

駱湛腳步驟停。

駱老爺子又說：「你連房門都不要出了，就給我待在臥室裡想清楚！到底是一時的委屈憤懣重要，還是長久的未來重要？駱家遲早是你的，唐家的杭薇又能再活幾年？只要有你在，唐家遲早是姓唐染的唐！到了那時候，再多的委屈和苦處，有哪一件不能肅清不能雪恨的？」

書房裡死寂良久。

半晌後，站在書房門前的少年慢慢鬆開緊握的拳。

他啞聲道：「你說得對。」

駱老爺子一愣。

等他回過神，駱湛已經頭也不回地走出書房了。

駱老爺子連忙示意林易：「跟上去，看住他。」

「是，老先生。」

沒多久，林易回到書房，表情古怪：「小少爺直接回了他三樓的臥室，哪裡都沒去。」

駱敬遠意外地問：「他沒有去唐家找唐染？」

「好像完全沒有這個意思。」

「這……真是長大了，能把我的話聽進去了？」

林易猶豫：「可能，吧？」

駱老爺子想了想：「不行，我還是不放心，你多找幾個人，把他的臥室守好了，明天一天讓他們輪流值班，三餐送進去給他——什麼時候唐家那邊唐染的慶生宴結束，什麼時候再放他出來。」

「是，老先生。」

第二天，唐染的生日到來。

出乎駱敬遠和林易預料，駱湛竟然真的十分配合，連完全被禁足在房間內的事情上都沒有反抗半分。

然而他越是這樣反常，越是讓老爺子非常不安。

於是駱湛臥室門外的保全又多加了一隊——如果被不知情的外人見了，還會以為這是在看守什麼窮凶極惡的重刑犯呢。

等到晚餐送來，駱湛到臥室門外去接，親眼目睹了自己門外的「盛景」。

駱小少爺冷冰冰地笑了一下，接過餐盒往門旁一靠：「隔著門監視不方便，要不然你們都進來，今晚睡我的臥室地板？」

為首的人尷尬地笑：「抱歉，小少爺。老先生的命令，我們也是按吩咐辦事，希望您能體諒。」

「體諒，當然體諒。」

駱湛退開一步，把外門一踢，門靠上後面牆角的磁鐵而止在大敞的位置上。

對著呆住的保全，駱湛懶洋洋地笑：「我今晚睡覺不關門了，外門裡門都不關，夠體諒了吧？」

保全驚慌。

駱湛提著餐盒，無精打采地往回走。

駱湛的臥室風格是他自己設計的，除了衛浴室的外面沒有牆面，只有書架和上面堆滿的厚重書籍作為隔斷。

所以從敞著門的外間一眼望過去，隔著擺滿了書的書架，保全們能隱隱約約地看見駱湛的大床和他的工作桌椅。

進去大書架作隔斷的裡間後，駱湛想到什麼，又從大書架之間走出來，半撐著書架神色懶散：「喔，對了。我今晚準備看一點限制級的電影，你們既然不打算進來監視，那就在外面聽聲音吧。」

保全聽完，沒有放在心上。

他們以為駱湛只是說笑。

他們萬萬沒想到，沒過多久，那沒什麼隔音效果的書架後，隱約坐著一道身影的書桌前，竟然真的開始傳來讓人面紅耳赤、氣血下湧的聲音了。

站在門外，同一小隊的保全人員們一個個面露尷尬，眼神交匯又躲避，完全無心監視。

領隊人被弄得沒辦法，只好硬著頭皮低聲說：「你們先好好看著他。我下去跟林管家說一聲。」

「是，隊長。」

隊長說完，逃難似的下樓了。

林易人在餐廳，陪著駱老爺子剛用過晚餐。

聽見保全隊長支支吾吾的彙報，兩人愣住了。過去好幾秒，林易才不敢置信地轉向駱老爺子：「今天不是……唐染小姐的生日嗎？」

駱老爺子臉黑得像炭。

林易哭笑不得：「我以為小少爺至少會嘗試打個電話給唐染，可他的手機一直被我收著，他連提都沒提，竟然還在屋裡看起電影來了？」

駱老爺子原本一副氣得要罵人的模樣，只是隨著時間一秒一秒的推移，林易沉默下來，他的臉色也一點點歸於沉寂，然後轉作凝重。

須臾後，駱老爺子開口：「太反常了。」

林易說：「反常得像吃錯了藥。」

老爺子問：「他會在緊急時候突然犯傻嗎？」

林易說：「小少爺？他只會讓別人犯傻。」

兩秒後，林易臉色陡變，嗖地一下拔腿跑出去：「我上樓去看！」

駱老爺子臉色脹紅，似乎氣到想說什麼。保全隊長大氣不敢喘地等在一旁，迷茫又不安地看著。

他知道大概小少爺那邊是出問題了，但又不知道是什麼——而且駱老爺子不發話，他更不敢妄動。

餐廳裡的死寂沒持續多久，一側的玫瑰花窗傳回來樓外的騷動聲。

保全隊長心裡一驚。

他的傳聲機很快響起來，接起藍牙耳麥聽了兩秒，臉色頓變：「老先生，小少爺他、他好像不知道什麼時候從三樓後窗跳下去了——後門的人在攔，但可能……攔不住了。」

聽了保全小隊隊長的話，駱老爺子毫不意外。

他慢慢嘆了一聲氣：「一個比一個讓人無法放心的臭小子啊。」

駱老爺子感慨完，林易氣喘吁吁地出現在餐廳外。他大步進來，快速走到駱老爺子身旁，將手裡的東西遞到老爺子眼皮底下。

「老先生，這是小少爺留下的紙條。」

駱敬遠沒說話，垂下眼皮掃了一眼。

上面只有兩句話。

『你說得都對。』

『但就當我鼠目寸光吧——我就是看不得她受一點委屈。』

段清燕跟在唐家管家的身後，一頭霧水地上了唐家主宅的三樓。

管家停在一處房間的門外，上前，對站在門口的人問：「裡面都準備好了嗎？」

「沒有，還在換裝。」那人說完，眺向管家身後的段清燕，眼神微妙地問，「她就是那個幸運兒？」

「是啊。」

「她叫什麼？」

「姓段，段清燕。」

「挺好的名字，聽著就有福氣。」那人半是玩笑地對段清燕說：「選對了主人，站對了隊伍，以後妳就是要一飛衝天的人了啊。」

見段清燕臉上的迷茫不像作假，那人意外地轉回去：「你還沒告訴她，讓她來幹什麼的？」

「老太太那邊催得急，我還沒來得及說。」

「這樣。妳叫段清燕是吧？從今天開始，妳以前在家裡的工作都不用做了。」

段清燕嚇了一跳：「我、我被辭退了嗎？」

「辭退？」那人笑起來，「不是，妳以後就陪在唐染小姐身旁，負責把她逗樂哄她開心就夠了——這能做到吧？」

段清燕愣住。

「唐染小姐在裡面化妝換裝，還要準備今晚她作主角的慶生宴，妳進去陪她說說話吧。」

段清燕沒有動作。

「還傻著幹什麼，進去啊！」

「噢、噢，好。」段清燕呆愣地進了被拉開的房門。

等到段清燕進門，門外這個人立刻將房門關上。

她臉上笑意淡去，回頭問管家：「手機已經拿走了吧。」

「嗯，我監督著她，讓她放下了。」

「那就好。老太太特地囑咐，不讓唐染小姐和外面有任何聯絡的方法——這種事可不能出了差錯。」

「明白。」

段清燕進門以後，在外間被攔下了。唐家的造型師團隊在裡間忙碌著，幫唐染換裝化妝，不讓她進去。

這樣等了大半個下午，等造型師團隊離開後，段清燕才被放進裡間。一進去，按捺了整個下午的段清燕忍不住低呼著跑過去：「小染，妳真的回來了？我可想死妳了！」

「哎——妳等等！」等在房間裡隨時做補妝準備的人不知道從哪裡冒出來，一把把段清燕攔住，皺著眉不悅地說：「怎麼這麼沒規矩？」

坐在鏡子前一直鮮有反應的女孩頓了頓。須臾後，女孩抬眸，望著鏡子裡的人影，輕聲開口：「這是我的朋友，請放她過來吧。」

造型師僵了一下，似乎想說什麼，最後還是為難地放下手臂，囑咐道：「唐染小姐剛做好的造型，不要引得她亂了妝髮。」

段清燕諾諾點頭：「知道了。」

那人也算識趣，說完以後就主動離開裡間，到外面去了。

段清燕這才不那麼拘束，激動地跑到唐染身旁，鄉音都壓不住了：「小染，他們說唐家要幫妳辦慶生宴，這是真的假的？」

「可能是吧。」

「還有人說這裡以後就是妳的房間？我剛剛在外面看了，裡面還真大，一個房間都比得上一間普通房子了，妳以後是不是會一直住在主宅這邊？」

「嗯。」

段清燕又激動地說了好多，這才注意到唐染的情緒不好。

她愣了兩秒，放輕聲音問：「小染，妳怎麼好像不太高興啊？唐家是準備補償妳了吧，妳不喜歡嗎？」

唐染沉默了一下，轉過來：「我沒有不高興。只是，有人跟我說過，這世界上任何人都不會無緣無故對妳好的。」

「啊？」段清燕擔心地問：「妳是說，唐家有什麼目的嗎？」

唐染不語。

她轉過頭，看著鏡子裡那個衣裙妝髮精緻得讓她自己都覺得陌生的女孩，輕嘆一聲：「怎麼會沒有呢。」

段清燕嚇了一跳，警惕地四處看看，搜索無果後她苦惱地轉回來：「我突然想起來，進來前我的手機被管家拿走了，說明天才能還給我。」

唐染不意外：「我的也一樣。」

「他們、他們是想把妳關在家裡嗎？這到底是想要做什麼啊！」

「不知道。」唐染搖了搖頭。遲疑了一下，她又說：「但我猜，是和駱家有關的。」

「欸？和駱家有關？」

「嗯。」唐染微蹙起眉，低著頭思索什麼，沒再解釋。

段清燕擔憂地轉了一圈，突然跑回來問：「要不然、要不然我偷偷跑出去，去找駱湛吧！他一定有辦法幫妳出去的！」

聽見那個名字，唐染心跳驀地亂了一拍。她本能地伸出手，一把拉住段清燕：「別！」

段清燕茫然低頭：「為什麼？」

「奶奶……那個人既然是要正式幫我辦慶生宴，不避諱任何外人，一定做好駱湛會來的準備了。」

「呃，所以？」

「我擔心駱駱來了，反而稱了唐家的意。說不定，還會牽連到他。」

段清燕迷茫地撓了撓頭：「這麼複雜嗎？那怎麼辦，要不然我帶妳偷溜出去？」

唐染看了看窗外：「快到晚上了。」

「嗯？啊，是耶，晚上怎麼了？」

「他們很快會過來接我去辦慶生宴的飯店了。」唐染苦笑了一下，「而且我的眼睛還沒有恢復好，在光線太亮或者太暗的地方都看不清東西。就算想跑，也做不到。」

段清燕跟著發愁：「那我們只能乾等著？」

唐染想了想，仰起頭對段清燕說：「今晚我大概沒什麼機會自由行動了。如果妳能找到空檔，就幫我打個電話給駱駱。」

「嗯？」

段清燕茫然幾秒，眼睛一亮：「我懂了，是告訴他妳所在的位置，然後讓他來救妳嗎？」

「不是，妳告訴他我沒事，今晚不要來。」

「啊？為什麼啊！」

「他身上的傷還沒好。」女孩的聲音低落下去，「不管唐家想做什麼……都不要、不要再牽累到他了。」

是夜，唐家旗下的一間星級飯店被提前清了場，宴會廳專門拿來布置唐染的慶生宴。隨著時間推移，接到邀請函的貴賓們逐漸到場，宴會廳裡漸漸充盈起來。

穿著燕尾服的侍者端著淡金色的托盤，在客人間穿梭往來，像是遊走在叢間的蝴蝶。無數客人的交談聲在他們耳邊流水一般淌過去——

「看這個意思，唐家是真的準備讓那個私生女認祖歸宗了？」

「肯定是吧，都幫她正式辦成人禮了，不是承認是什麼？如果我是林曼玫，看著外面小三生的孩子被光明正大地領回來，氣都要氣死了。」

「那杭老太精明一輩子，到頭來是不是老糊塗了？她瞞那個私生女的存在瞞了這麼多年，結果現在正在駱家拒婚的空檔，竟然把這件事抖出來了，是怕唐家能剩下一些好名聲？」

「誰知道她怎麼想的——服務生，等一下，給我一杯香檳。」

最後開口的人叫住身旁端著托盤走過的侍者，拿到杯子時她的目光隨意地掃過對方。

一兩秒後，香檳杯停在她唇前，女人愣住了。

旁邊的人察覺：「怎麼了？」

「我……」女人驀地回過神，驚愕抬頭，「剛剛那個侍者看起來特別眼熟，我好像在哪裡見過啊。」

「不會吧？一個服務生，妳怎麼會見過？」

「真的。」女人轉頭，但已經看不到對方的蹤跡了。

「喔，我懂了，是不是長得特別帥，妳想跟人家要電話號碼吧？這套搭訕說辭可太老套了。」

「哈哈，討厭，去你的。」

客人們的言笑遠不可聞。

走到角落的年輕人放下手裡的托盤，他微側過身，露出一張五官線條無可挑剔的清雋側臉。

修長的食指輕抵在小型耳機上，青年壓低聲音：「我看過了，她不在宴會廳主廳。」

「咦，怎麼會？」

「你再確定一下飯店其他地方，哪裡還有可能。」

「我看看……」

小型耳機裡的聲音還未結束，兩個年輕的女孩向這個角落走過來。

駱湛眼簾微垂，側回身朝向牆面，讓臉孔避開對方視野所及的區域。

兩個女孩停在自助長桌旁。其中一個拿起桌上的點心，咬了一口後笑了起來。

「這個私生女也太慘了。唐珞淺從小到大多少人捧著，肯定都站在她那邊。更何況圈裡但凡身世正派的，最討厭就是這種外面小三的孩子，不整她才怪。」

「可是聽說那個唐染眼睛不太好耶，他們偷偷在她的飲料裡兌酒也就算了，還把人絆倒了……會不會有點過分了啊？」

「小三的孩子，活該倒——」

一道陰翳投在身前長桌雪白的餐布上。

手裡還叉著小點心的女孩一愣，下意識抬頭，看到一張清雋俊美的臉。

只可惜那冷冰冰的、滿溢著暴躁情緒的眼眸破壞了這張臉無暇的美感。

「人在哪裡。」少年聲音沙啞沉冷。

女孩被嚇得點心掉到桌上：「什……什麼人？」

「唐、染。」

駱湛一把扯掉了白襯衫前的領結，攥緊的白皙指背上繃起淡藍色的血管。

忍耐和理智繃在懸崖前的最後一根髮絲般細弱的弦上，少年聲音字字如顫——

「她現在在哪裡！」

唐染人生裡的第一次，度過這樣一個忙碌卻空乏的生日。

她被唐世新帶著，和那些從未見過面的長輩們問好，然後被祝福，還會接到禮物。

禮物曾經是她在生日裡最期待的東西。她期待的不是它的價值，而是禮物所寄寓的那份祝福——有人在乎妳，在乎妳的生日在乎妳的感受，感到被愛是永遠幸福的、令人嚮往的。

只是在今晚唐染才發現，原來這世上只有來自極少一部分人的禮物才寄寓著她所期望的那些東西。

絕大多數並不是——那些應該工於心計和城府的大人們，遞來禮物時甚至連眼底的譏誚和輕視都遮掩不住。

或者是不屑遮掩吧。

畢竟在如今駱家和唐家以外的人眼裡，她仍然只是個上不了檯面的私生女而已。

唐染微垂下眼，和那些陌生的長輩們問候過後，唐世新讓人送她到了宴廳旁邊的側廳。

這邊的面積稍微小了一些，還有供客人坐下休息的沙發區。側廳裡人少了許多，唐染在這裡才覺得勉強能呼吸了。

只是……

唐染抬頭，看向側廳的另一個方向。

宴廳的燈火非常明亮，幾處水晶吊燈近乎刺目，讓她原本就恢復不足的眼睛視物變得更困難了些。

所以此時即便唐染努力去看了，仍只能看見那邊站著幾道身影。性別都看得模糊，更別提長相面容和那些人的神色目光了。

只是雖然看不清，唐染卻能感覺到他們在討論自己——帶著惡意，還會傳回幾聲嘲弄笑聲的那種。

「小姐。」宴廳的侍者端著托盤走到唐染身旁，躬身，「這是您要的果汁。」

唐染回神，抬手去接：「謝謝。」

水晶玻璃的杯體在燈下晃出虛影，唐染握了個空，調整了一兩次才接到杯子。儘管看不分明，但侍者似乎愣住了。

唐染猶豫了一下：「抱歉，我的眼睛看不太清楚，所以沒有接到。」

侍者一愣。

他下意識看了唐染手裡的杯子一眼。想起剛剛轉進側廳前被那幾個年輕人拉住然後兌進去的酒精飲品，侍者張口想說什麼，卻聽見身後傳來兩聲譏誚的笑。

「既然是個半瞎子，還辦這種場合做什麼？」

「就是，折騰得我被我爸拎著耳朵叫回來，還以為什麼事，結果是參加這麼一個慶生宴。」

「唐珞淺的成人禮都沒這麼隆重吧，一個小三生的孩子……呵呵，真是可笑。」

那些刺耳的話傳過來，唐染不必抬頭也知道是那個角落裡的人走過來了。

她攥著高腳杯的手指繃得微顫。

指腹間的杯壁冰涼，冷得她心裡發抖，但她知道自己此時沒有什麼人可以依靠，只能靠自己。

所以她絕不能露出一丁點怯意，更不能表露一點在乎——否則那些人只會變本加厲。

唐染指尖輕顫著，匆忙地抬起杯子抿了一口果汁，想平復心裡的惶然和不安。

然而——

「咳——咳咳……」

一口辛辣刺激的液體嗆下去，唐染猝不及防地咳嗽起來，臉色發紅。

在她身旁不遠處，惡意的笑聲一窩蜂地響起。

「哎呦，看把人家小女生嗆得多慘啊。你們也太壞了。」

「哼，小三的孩子就應得這個待遇。」

「這還咳嗽得沒完了，裝的吧？壞了啊，小心被這個半瞎子賴上，要你負責，那還了得啊？」

唐染艱難平復咳嗽，拽住侍者：「這個、這是什麼？」

侍者羞愧低頭：「抱、抱歉唐小姐，裡面可能加了一點，酒精飲料……」

唐染一愣，慌忙起身。

——她的角膜移植手術和拆線過去的時間還不夠久，酒精這類刺激性的東西是家俊溪院長嚴禁她碰的。

唐染顧不得和那些人計較，不知道是酒精的作用還是心理作用，這猛一起身她就頭暈得厲害。

眼前本就看不清楚的場景和人變得更加模糊。

她必須盡快離開這裡。

「哎，唐染小姐是吧？別急著走啊，畢竟是妳的慶生宴，我們可是客人，再陪我們喝兩杯啊。」

「就是啊，哈哈哈……」

「嘿，這小妞還不理人啊？」

「別愣著，攔她啊，怎麼能這麼輕易放她走？」

唐染臉色蒼白，咬緊著唇，竭力想要繞開那些模糊的惡鬼一樣的人影。

只是她小腿前突然被什麼東西一攔——

本就眼前眩暈模糊的女孩毫無防備地踉蹌了一下，摔到地上。

後面一陣鬨笑。

唐染摔得太狠，過去好幾秒她才回過神。等想爬起來時，唐染驚覺眼前竟然有些發黑。

「會再次失明」的恐懼一瞬間籠上女孩的心頭。

伴著委屈和磕得火辣辣的膝蓋前不知道流沒流血的痛，驚慌無措的情緒一下子湧了上來。

唐染攥緊衣裙，眼睫和唇輕顫起來：「駱駱……」

她下意識地喊了一聲。

聲音哀哀的，像一隻被陷阱折了翼的雛鳥。

恰逢側廳裡尷尬而寂靜。

旁人站在各處看著這邊，或冷眼或猶豫或嘲笑或同情，只是終究沒一個人上前。

聽見女孩的聲音，那幾個作惡的年輕人面面相覷：「她喊什麼？」

「好像是，落落？」

「我怎麼覺得更像是駱家的駱？你們知道嗎？前段時間錢家那個二世祖說駱家小少爺有一個新外號，就叫駱駱呢。」

「什麼？誰敢那麼喊那位小少爺？」

「你們說，她不會是認識駱家那個小少爺吧？」

「少想那些天方夜譚，人家駱小少爺前段時間剛為拒唐家的婚受了一頓家法呢。」

「就是。而且那位小少爺不是出了名的怪癖，最喜歡美人眼了嗎？他連唐珞淺都看不上，難道還能看上這個半瞎子啊？」

側廳話聲未落，通向正廳的月洞門外，突然傳來一陣騷亂的響動。

站在廳門內外的保全人員同時向正廳裡跑去，所有客人不知狀況地愣在原地，惶然四顧。

直到一聲模糊的低呼：「進側廳了，攔下他啊！」

隨著話聲，一道穿著侍者服裝的清瘦身影狼狽地跑了進來。

那人在側廳的月洞門下停住。那雙漆黑的眸子帶著罕見的焦急和不冷靜四下一掃，然後在這個角落裡驀地滯住。

側廳裡眾人愣住。

「駱——那是駱湛嗎？」

在原地僵了足足四五秒，駱湛猛地回過神。

他想都沒想就朝著那個摔在地上的女孩跑過去，隔著幾步便踉蹌了一下。等到跟前，駱湛慌得直接跪到地上——

眼前的女孩緊闔著眼，滿臉淚痕，表情裡滿是驚慌和害怕。

「駱……駱駱……我看不到你了……」

駱湛心頭猛地一墜。

巨大的空白之後，像是要撕裂開的痛。

駱湛張了張口，聲帶卻顫得沒說出話。他手足無措地僵在哭得滿臉淚水的女孩面前，過了半晌時間，才一點點剝回理智。

他跪在女孩面前，伸出手慢慢抱住她的肩，然後俯下身去虔誠而顫慄地吻女孩微顫的眼睫。

「別哭。」

少年聲音發啞，痛得幾乎也要帶上哭腔。

「別哭了……染染。」

# 第四十一章　唐世語

唐家旗下的這間飯店備有急診室醫生。宴廳側廳的消息一傳出來，接到電話的負責管家急了，以衝刺的速度把還在吃晚餐的急診醫生拉了出來。

醫生被催得鞋都險些跑掉了，這才緊趕慢趕地來到宴廳裡。

側廳的月洞門已經被唐家的保全人員封鎖住了，謝絕任何客人張望或者進入。自然也沒人出得去。

側廳裡原本的客人全僵在各自的位置，表情複雜，但視線都是往同一個方向投——

在側廳正中偏左的休息區，慶生宴的「女主角」坐在一張孤零零的高背椅上，穿著侍者服的青年半蹲半跪在她身前，眼睛一刻不曾從她身上脫離。

那人的模樣在場的所有人再熟知不過。

駱家小少爺，不久前剛拒婚唐家的駱湛。

駱家兩位少爺很少在這類場合露面，他們沒有什麼機會見到這位小少爺。但只根據僅有的幾次遠遠看見或者風聞，也都對他憊懶散漫的秉性耳熟能詳。

然而此時，那人眼角因情緒而發紅，眼眸卻冷得覆了一層冰霜——在場沒人見過駱小少爺這樣緊張又暴躁，像一隻快要發瘋的獅子似的模樣。

這種狀態一直持續到飯店的急診醫生著急忙慌地趕到，幫唐染做了一遍檢查。

等檢查結束，管家受不了駱湛那恐怖眼神，擦著汗問：「孫主任，唐染小姐的眼睛怎麼樣了？」

「沒事，沒什麼大事。」那醫生這才順過這口氣，「應該就是情緒激動導致的，基本的感光等反應狀態都很良好——這是鎮靜用的眼藥水，我幫她滴上去。」

等醫生幫唐染滴過眼藥水，駱湛連忙替代他的位置在女孩面前蹲下身，他握緊了唐染的手，小心地問：「染染，妳現在感覺怎麼樣？」

唐染的指尖冷冰冰的，不知道是嚇得還是怎麼。聽見駱湛的話後，她朝他轉過去，慢慢點頭：「好像，好多了。」

駱湛脹得胸口發痛的那口氣，終於鬆了一下來。

理智回歸。

駱湛站起身，握著唐染的手沒有鬆開。那張清雋臉龐上的溫柔和謹慎在他起身的這幾秒時間裡已經褪掉了，只剩下滿眼的冷若冰霜。

碰到駱湛的目光，已經退回角落裡的那幾個罪魁禍首觸了電似的，一個個臉色發白，心虛地避開臉。

飯店的負責人此時小心翼翼地來到駱湛身旁：「駱少，您……」

他話沒說完，駱湛手一抬：「他們是誰。」

「啊？」負責人愣了一下，順著駱湛的手指看過，看見了那幾個眼神瑟縮的年輕人，「他們……」

「不用現在告訴我。」駱湛沒表情地收回目光，「你只需要把這五個人的名字給駱家的管家林易就好。其餘的事情，我不為難你。」

「好、好。」負責人不敢拒絕，唯唯諾諾地點頭。

駱湛說完已經背向走過負責人身旁，他扶起高背椅前的唐染，聲音恢復低沉的柔和：「我帶妳走，好不好？」

唐染下意識握緊了駱湛的手指。

開口時，她的聲音微微地顫抖，只是被她努力藏住了：「我跟你走……會不會，對你不好？」

駱湛張口要說話。

唐染說：「你答應過我，駱駱，你說你不會再騙我了。」

駱湛一默。然後他垂眼，無奈地笑：「會。」

唐染握著駱湛的手僵了一下。

駱湛心疼地反握緊她的手指：「但是沒關係。我是考慮清楚要怎麼做和所有結果才來這裡的，所以相信我的選擇好不好，染染？」

唐染安靜幾秒，慢慢點下頭：「好。」

唐染下了椅子，駱湛脫下身上的燕尾服外套，將女孩裹進去。幫唐染披好衣服後，駱湛牽著她的手往外走。

飯店的負責人本能地想要攔住他們，可惜話沒出口手沒伸出去，就被駱湛冰冷的壓抑積蓄了一整晚的怒意的眼神鎮了回去。

負責人嚇得連忙收手。轉身到角落打電話去了。

駱湛和唐染走到月洞門下，飯店安排的保全人員為難地攔在門的正中央。

「抱歉，駱少爺，您不能把人帶走。」

月洞門外就是宴廳正廳，所有客人早已安靜下來，除了竊竊私語外，偌大的宴廳內任何聲音清晰可聞。

聽見保全人員的稱呼，客人們紛紛交流著詫異的目光。

「我之前沒看錯，竟然真的是駱湛。他剛剛硬要闖進側廳裡是去做什麼？」

「他穿著的是服務生的衣服耶。偷偷溜進來的？可駱家和唐家就算為拒婚事情鬧得不和，唐家也不至於連發一封邀請函的面子都不給駱家啊。」

「你們看，他身後護著的那個女孩，是不是唐染？」

「真的是。」

「看起來這麼親密——不會吧？」

那些目光和議論明目張膽地落來。

駱湛眉眼愈寒，他改扶住女孩的手腕，把人護藏到身後。

駱湛冷聲問：「這是她的慶生宴，她自己想要離開，我為什麼不能帶她走？」

那保鏢低下頭：「老太太吩咐過，唐染小姐是唐家的女兒，今天也是正式把她介紹給唐家的世交們的重要日子，唐染小姐不能缺席。」

駱湛右手護住唐染，左手慢慢捏緊了拳。他不耐與對方胡扯：「如果我一定要帶她走呢？」

保鏢還未開口，一道慢悠悠的蒼老女聲在月洞門外響起來：「那我就要問駱少爺一句了，你是要以什麼身分、什麼關係帶她走？」

這話一出，宴廳裡外眾人愣了一下。

攔在月洞門前的保鏢們反應過來，立刻讓開身。拄著枴杖的杭老太太的身影露了出來。她不緊不慢地走到兩人面前，停下。

駱湛臉色沉冷地望著她。

杭薇的眼神平如死水：「我問駱少爺的問題你還沒有回答我。我派人到駱家送過邀請函，你卻要喬裝進來，這樣鬧了一番後，又說要把唐家的女兒從唐家的地盤上帶走……」

杭老太太皮笑肉不笑地牽了牽嘴角：「縱然唐家和駱家十年交情，駱少爺這樣行事還是太魯莽也太招人詬病了吧？」

駱湛一字不發，冷冰冰地望著杭薇。直到宴廳裡先靜後動，然後議論又平復下，他終於動了。

駱湛上前半步，垂下眼簾沒情緒地盯著老太太：「我知道妳想要什麼。」

和駱湛對視兩秒，杭老太太臉色微變。

她在這個少年的眼底看見了一點計畫外的情緒——那是憤怒後，有些不管不顧的瘋勁。瘋子是不在乎捅別人一刀後自己要流多少血的，所以他們永遠無法預料無法算計。眼前的駱湛，已經接近那個邊緣了。

駱湛說：「妳想的是對的，我爺爺在乎駱家，也最重那些虛妄的名譽，他會為家門利益和名譽犧牲很多，會趨利避害——但我不一樣，我不是商人，我從來不在乎那些東西。」

杭薇的眼神震盪了一下：「你……」

「染染。」

駱湛突然開口。

他沒回頭，陰沉冰冷地望著杭老太太。

唐染站在駱湛身後，仰了仰臉。她握緊了駱湛的手，聲音很輕，還有些後怕未消的顫慄，但卻堅定：「我在。」

駱湛眼神微緩。

他回過頭，望著女孩的眼睛問：「妳願意和我在一起，然後訂婚、結婚、白頭偕老嗎？」

唐染驀地愣住。

這句話也傳進宴廳裡外無數只耳朵裡。

即便客人們已經有所猜測，但突然在此時聽到這樣的話，他們不免震驚，紛紛議論起來。

在些微的嘈雜裡，唐染回過神。她慢慢點頭。

「當然。」女孩的眼眶微微泛紅，溼潤，「我想永遠、永遠和駱駱在一起。」

「好。」駱湛慢慢俯身，把女孩抱進懷裡。他在她耳邊壓低聲音，「這一次，我再也不會離開、再也不會忘記了，染染。」

這句話裡的深意，讓唐染的眼神輕顫了一下。

駱湛退開，手垂下去緊緊握住唐染的手。他轉頭看向臉色複雜的杭老太太。

「如妳所料，我愛唐染，我可以為她做一切事情。」駱湛冷冰冰地笑了一下，「但就是因為這樣，所以我無法忍受唐家對她做過的一切。」

杭薇的表情澈底變了。

駱湛聲音提高，宴廳裡每個角落清晰可聞：「我會和唐染結婚，但駱家和唐家不會再有半點往來。駱家將從唐家所有產業裡全面撤資。」

杭薇眼神震顫：「你、你瘋了？這樣做對駱家只有巨額的損害而沒有任何益處！你竟然敢這樣說，你有經過駱敬遠的同意嗎？他才是駱家的——」

駱湛低下頭懶洋洋地笑了一聲，打斷杭薇的話。

再抬頭時，他的笑冰冷而嘲弄：「很遺憾，爺爺已經在做了。」

「什麼？」

「所以從今天起，駱家和唐家再無瓜葛——恩、斷、義、絕。」

杭老太太身形一晃，無法站穩。她身旁的人連忙攙扶住她，卻被她狠狠推開。

「駱、湛！」杭老太太聲音嘶啞，帶著恨不得把人剝皮削骨的恨意，瞪向駱湛，「你、你——」

駱湛不慌不忙地上前，單手插進褲子口袋，另一隻手仍護著身後的唐染。

少年微微俯身，笑意恣肆，眼底深處藏著陰沉的瘋勁：「老太婆，在這件事上，妳犯了兩個錯。」

杭薇牙咬得發顫：「什麼？」

「第一個錯誤，妳不知道在當年那起綁架事件裡，我受過多重的傷、住了多久的加護病房。從那時候起，我爺爺就算氣得發瘋，哪怕是一個巴掌，他也沒打過我。」

杭薇眼神一顫。

「看來妳想到了。兩個多月前，我被那場家法打得骨裂，還有輕微內出血——所以妳猜，在這之後我決意要做的事情，我爺爺會不會拒絕？」

「你、你的苦肉計不只是給唐家和外人看……」杭薇又氣又驚，嘴唇哆嗦了一下。

「當然。一頓家法不利用三次，我豈不是白挨？」

「還有第二個錯誤……」

駱湛慢慢直起身，笑意收斂、淡去：「妳低估了染染對我的影響力。別人能為她做到哪一步我不在乎，但在我這裡，我看不得她受一丁點委屈。」

駱湛的聲線繃緊，牙關緊咬而使得顴骨微微地動，那雙漆黑的眸子裡壓抑了一整晚的怒意翻湧起來。

「所以別說是為了她斷駱家一臂，就算要賠上整個駱家和我自己……妳大可試試，看我敢還是不敢。」駱湛冷聲，「此外，我告訴妳——我既然捨得出去，我就拿得回來！」

杭薇臉色刷白。

駱湛說完話，緊握住唐染的手，直身往宴廳大門的方向走去。

幾秒後，杭薇猛回過神，氣得幾乎跳腳：「攔住他、攔住他們！」

「是。」

保鏢立刻圍了上去，擋住駱湛和唐染的去路。

杭老太太推開身旁人的攙扶，哆嗦著手重重地敲著枴杖走過去。

她停到被圍堵的駱湛和唐染眼前，表情有些扭曲：「駱湛，你想發瘋、想毀了唐家，那你也會付出代價。」

不等駱湛開口，她惡狠狠地看向唐染：「唐染是我唐家的女兒，而你現在已經是我唐家的世仇。你想娶她、想帶她走？你作夢！」

杭老太太轉身，對著保鏢凶厲開口：「把你們小姐留下，這個外人趕出去！」

駱湛皺眉，目光警惕四掃，右手護著唐染的同時，他的左手按在耳內的小型耳機上，薄唇微動：「現在進……」

他的話沒說完，宴廳的正門突然「砰」的一聲，被直接推開。

所有人受驚，紛紛回頭。

駱湛也意外低聲：「已經進來了？」

『啊？』耳機裡譚雲昶驚異，『沒啊，我們安排的人還在等你的命令啊。』

駱湛愣了一下，他牽著唐染的手轉身看向正門。

被兩名身形高大的白人保鏢擋住的雙開門間，一名身著豔紅色長款風衣和長褲長靴的女人，氣勢逼人地走進來。

鞋跟喀噠喀噠地敲響在寂靜的宴廳地面上。

走進來兩步，女人慢慢停住，抬起修長的手，摘掉同樣是豔紅色的皮質手套。

白皙如雪的手指不緊不慢地勾下了墨鏡。

女人紅唇一翹，張口：「他不能帶唐染走？那我來。」

看著那張和唐染七八分相似的臉龐，杭老太太驀地驚住。

幾秒後她見了鬼似的瞪大眼睛：「妳、妳怎麼回來了！」

女人微微一笑，對這個問題不做理會。

她深深望向唐染，許久後才回眸。

那聲音也帶著和本人一樣，驕矜恣肆、無所顧忌的凌厲感。

「我要帶走我自己的女兒，難道也需要妳的同意嗎？母、親。」

女人的話擲地有聲。宴廳裡安靜幾秒，客人們一片嘩然。

「她、她難道是唐世語？」

「唐世語？啊，就是唐家那個嫁出國十幾年，再也沒回來露一面的女兒？」

「你們聽見了嗎？她剛剛說唐染是她的女兒耶。」

「怎麼可能？唐染不是唐世新的私生女嗎？」

「等等。按照唐染的年齡還有唐世語出國的時間，好像真的有可能！」

「所以唐染不是什麼私生女，而是唐世語出國前生下的女兒？天啊……」

議論聲裡，杭老太太臉色鐵青。

踩著那些話聲和視線，一身豔紅的唐世語目不斜視地走到他們眼前，然後停下。

「將近二十年沒見了，母親。」唐世語露出透著凌厲的淡笑，「在威嚇小輩方面，您的氣勢還真是不減當年。」

杭薇臉色幾變，最後定格時仍舊複雜：「所以妳今天回來，就是專程來找我雪恨的？」

「哈哈，那怎麼會？我如果要浪費這種時間，就不會這麼多年沒回國看您一眼了。」

「那妳一定要挑現在這個場合——」

「我從小就不識禮數不分場合，您該知道的。」唐世語淡淡打斷，「更何況，您為了家族利益無所顧忌不擇手段，不惜做出用死嬰換走我親生女兒，騙我心灰意冷遠渡國外的事情，現在卻跟我要求場合分寸。您不覺得自己的嘴臉有些無恥嗎？」

「唐世語！」杭老太太聲音一沉，「注意妳跟我說話的態度，妳還記得我是妳的母親嗎？」

「母親？哈哈哈……」唐世語笑起來，「這可是我今年聽過最好笑的笑話了。」

「妳放肆！」

杭薇手裡的枴杖重重一敲。

宴廳裡驀地安靜。

唐世語斂去笑意。她淡淡垂眼，望著眼前已經蒼老得不復當年的老太太。這樣盯了許久，她垂眼，嗤笑了一聲。

「剛剛進來時那樣喊，是怕我太久不在，他們已經忘了我是什麼人了。但事實上，我們母女的情分——假如有過的話，也在十幾年前就已經斷了。」

杭老太太身形一僵，握著枴杖的手用力到微微發顫。

說完那句話，唐世語沒了聊下去的興致。她施施然地偏了偏頭，瞥向旁邊被唐家的保鏢隊團團圍住的駱湛和唐染。

停了兩秒，唐世語擺擺手：「麻煩讓讓路，把我女兒和我準女婿放出來。」

保鏢們為難地看向僵著身影的杭薇。

唐世語笑了一下：「看她也沒用，你們圍著的是我女兒，再不放人，我要報警了。我們這裡的出警速度可不是鬧著玩的。」

保鏢被女人笑裡藏刀的眼神一震，紛紛遲疑地讓出出路。

包圍圈裡的駱湛此時從意外裡鎮定回神，他沒有多言，第一時間護著唐染快速向門外走。

唐染愣然地看著那個和自己相像，氣勢強大的女人，有點想停下來說什麼。駱湛察覺，猶豫之後還是一邊走一邊揉了揉女孩頭髮，然後低下頭靠近她耳邊：「這裡不合適，先出去再說，好不好？」

「……嗯。」唐染回神，輕點頭。

見唐染和駱湛從身旁快步走過，杭薇回過神，她緊攥著枴杖，聲音帶上些嘶啞：「唐世語，妳現在這樣帶走她，唐家要付出多可怕的代價，妳考慮過嗎？」

唐世語笑，輕飄飄地問：「我為什麼要考慮那種事情？」

杭薇一僵。

唐世語慵懶掃過這偌大宴會廳和那些表情複雜的客人們：「我當然知道，用不了多久，所有和唐家有關的負面消息都會傳出去，鬧得沸沸揚揚。駱家撤資，他們的依附勢力不會留下；船要沉了，中立者也會跟著離場；暗地裡覬覦唐家占著的這塊蛋糕的敵人更不少……」

「妳明知道這一切，還要這樣做！」杭薇咬牙切齒地問：「唐家可是生妳養妳的地方，妳就沒有半點惻隱之心？」

唐世語的臉上，最後一點笑意在這句話後被徹底冰封。

她冷冷地望著杭薇：「當年逼走藍景謙、拿死嬰騙我時，妳但凡有半點惻隱之心，也不會落到今天田地。」

「妳到底還是記恨那件事。」

「我不該記恨？還是說杭女士妳期待所有受妳傷害的人，都能成為輕易原諒的聖人？」

「就算妳恨我，真的要把事情做得這麼絕、把唐家逼到死路上？」

唐世語驀然輕笑：「這就算做得絕了？但我還沒做到最絕呢。」

杭薇皺眉：「妳什麼意思？」

唐世語扣起墨鏡，慵懶地往前傾身。

到杭薇耳邊花白的髮旁時，唐世語停下，紅唇微啟，不緊不慢地說了一句話。

杭薇身影狠狠地顫了一下。

下一秒，她驚恐抬眼，不可置信地看向唐世語，嘴唇都按捺不住哆嗦起來：「妳、妳什麼時候知道的？」

「太久了。」唐世語施施然將墨鏡扣回臉上，聲音清涼，「母親。」

唐世語轉身，摘了皮手套的那隻手懶抬了一下：「不用送，也不要再打擾我的女兒。不然……這個祕密我未必還能再守這麼多年喔。」

望著那道高挑凌厲的豔紅背影，杭薇臉上最後一點血色盡數褪去。

在「有心人士」的幫助下，駱、唐兩家多年糾葛和當年真相的相關傳聞不脛而走。

唐家醜聞盡出，駱家和附屬勢力從唐家所有企業全面撤資，拋售股份。

一夜之間，唐氏集團股價暴跌。

遠在國外的藍景謙儘管在聽聞國內變動消息的第一時間連夜往回趕，但囿於長途航程，等他到國內時，最高的那一波浪潮儼然已經過去了。

藍景謙在唐染的療養院裡撲了空，只得乘上去往K市駱家的專車。

他留在國內的生活助理第一次見他們性子清冷溫潤的藍總露出一副像被觸了逆鱗的冷臉，戰戰兢兢地彙報這兩天國內天翻地覆的變化。

藍景謙不耐煩聽下去，皺著眉打斷：「來龍去脈以後再說，你先告訴我，小染現在確實已經在駱家了是嗎？」

「是，藍總。」

「她如何從唐家出來的？」

「駱家小少爺去唐家為小染辦的慶生宴上鬧了一場……」

「杭薇那個性格，肯這樣輕易放人？」

「唐家沒放。」助理猶豫了一下，小心翼翼地抬眼看藍景謙，「但是，唐家的唐世語突然露面，自稱、自稱是小染的母親，把人接走了。」

藍景謙猛地一僵。

不知道過去多久，男人震驚而複雜地回過頭：「你說，誰？」

「唐世語。」助理聲音更輕。

藍景謙放在西褲膝上的手指慢慢捏緊：「那她呢。」

「什麼？」

「她現在在什麼地方。」

小助理猶豫了一下，搔搔脖子：「也在駱家。」

藍景謙僵了幾秒，眼神裡露出從未有過的複雜頹然，他倚進座椅裡，垂下眼，沒再說話。

四個小時後，駱家。

主樓餐廳內的氣氛異常詭異。

長桌主位上是空的——駱敬遠說要逼自己那個好不容易回國一趟的不孝子盡孝，不顧兒媳對與準親家會面的強烈渴望，拉著駱清塘和畢晴顏去隔壁城市的駱家度假區了。

駱小少爺作為招致所有「麻煩」的罪魁禍首，自然是被孤零零一個人扔在駱家。

但駱湛自己顯然對這個結果樂見其成。

長餐桌旁，藍景謙和唐世語隔空對視。已經和母親熟悉了一整天的唐染就坐在唐世語手邊，她第一次和父母兩人同桌吃飯，還是有點拘謹不安，切牛排的動作格外小心。

她的另一側，駱湛倒是絲毫不受那邊眼神交戰的影響。

他俐落地將自己這邊的牛排切成丁塊，便端起餐盤替換掉唐染眼前的那一份。

唐染原本正豎耳聽著身側的動靜，順便魂游天外，此時見面前餐盤調換，她順著本能茫然抬眼。

「妳再這樣心不在焉地切下去，就要切成牛肉醬了。」駱湛懶洋洋地將唐染原本的牛排盤放到自己面前，然後抬眼，似笑非笑，「先好好吃飯，別三心二意的，小心噎著。」

唐染被駱湛逗紅了臉，乖巧點頭：「好。」

被話聲拉過注意力，唐世語托著臉頰側過眼睛看這一幕。

盯了兩秒，她撐著臉，眼神慵懶地落到對面藍景謙身上：「喂。」

藍景謙手裡的刀叉一停。

一兩秒後，他無聲抬眼。

唐世語朝身側歪了歪頭：「小染的性格跟我一點都不像，這麼安靜聽話還容易臉紅——難道是像你嗎？」

唐世語遺憾地瞧著唐染：「像那個悶葫蘆有什麼好的，妳可別再像他了。以後媽媽陪著妳。」

唐染抬頭，不好意思地看了藍景謙一眼，還是輕聲答應了：「好。」

唐世語眼睛一亮，忍不住伸手想去捏女孩的臉頰：「我們小染真可愛。」

可惜還沒得逞，她眼前的女孩突然連人帶椅子往遠離她的方向挪走了五公分。

唐世語不爽地抬頭，對上椅子後面一雙更不爽的少年漆黑的眼眸。

對視一兩秒後，唐世語開口：「不要以為我那時候承認你是我的準女婿，你就真的是了。」

駱湛垂著眼，把餐盤重新挪到唐染面前，刀叉放回女孩手中：「我不需要妳或者他承認。」

唐世語輕瞇起眼。

「還有。」駱湛懶洋洋地掀起眼皮，「你們要打一架都沒關係，但別耽誤她吃晚餐。」

唐世語沉默幾秒，氣笑了。

她轉回臉，看向對面的藍景謙：「回國的飛機上，我聽駱家那位姓林的管家說了不少事情——這個小少爺好像還是你的朋友？」

藍景謙一默。

唐世語：「那你們現在到底是什麼關係？」

藍景謙繼續沉默。

唐世語等了一下就皺起眉，不耐地咕噥：「十句等不到你一句話，果然還是那個悶葫蘆的性子。」

唐世語話說完，她收在旁邊小儲物架上的手機震動起來。唐世語瞥了一眼，眼神停留兩秒後，直接抬手掛斷了。

唐世語轉回身。安靜幾秒後，突然想到什麼，回頭看向唐染問：「小染，不如媽媽帶妳去環遊世界吧，每個國家住一兩年，看不同的風景認識不同的人——怎麼樣？」

「不可以。」

「不行。」

兩個男聲同時開口，一個清冷一個懶散。

唐世語不爽地看兩個男人：「為什麼不行？」

藍景謙說完就沉默了。

駱湛倒是沒在乎什麼，遞上牛排旁的冰鎮小飲品給唐染：「染染要讀大學，沒時間。」

唐染認同地點點頭。

唐世語意外地問：「妳明年準備考大學？我聽說過國內的大學入學考很難，妳沒問題嗎？」

唐染輕聲說：「失明的時候我也每天都有上盲文課，那些落下的知識，駱駱會幫我補習的。」

唐世語不信任地看向駱湛：「他？他幫妳補習沒問題嗎？」

唐染連忙開口：「駱駱很厲害的，他十四歲就進K大資優班了。店長他們都說他是天才，特別特別聰明！」

唐世語愣了一下。

唐染以為她不相信：「我說的是真的！」

「……知道了。」唐世語回過神，莞爾一笑，「妳怎麼那麼維護他？女孩子要矜持一點才行。」

這話剛落，駱湛狐疑抬眸。

桌對面的藍景謙更像是被噎了一下，眼神複雜地看向唐世語。

唐世語被兩個男人盯得心虛兩秒，抬手蹭了蹭鼻尖：「不矜持也行。」

紅了臉的唐染忍不住彎下眼。

眼見氣氛難得和諧，唐世語的手機突然又震動起來。

唐世語瞥過去，沉默兩秒，臉上笑意淡去。

氣氛再次陷入詭異的安靜。

長桌對面，藍景謙拿起餐巾擦了擦嘴角，放下後似乎無意地問：「催這麼急，這是妳丈夫的電話？」

唐世語嘴角微動，幾秒後她輕嗤一聲：「姐姐單身。」

藍景謙搭在桌布上的手指驀地抽動了一下。臉上平靜的面具碎裂開，愕然抬眼。

唐世語卻沒看他，她伸手一滑，接通了電話。她本來想到拿到耳邊，只是猶豫之後，還是按了擴音。

手機裡很快響起一個另外三人都不陌生的男聲：『小語。』

「我記得我說過。」唐世語語氣慵懶地打斷，「不希望唐家的任何人聯絡我了。」

電話裡沉默許久，唐世新輕嘆一聲：『我知道，妳還是怪我。』

「別亂扣帽子啊，哥哥。」唐世語涼涼地笑，「我可沒說過要怪你。」

『那妳為什麼連我都不肯見了呢？』

「不怪你和肯見你，有什麼必然的關聯嗎？我只是覺得我們沒有什麼見面的必要罷了。畢竟前面十幾年沒見，你和我不都活得好好的？」

唐世新再次沉默。

這一次，唐世語沒耐心等他了：「如果沒有別的事情，那我就掛電話了。」

『等等。』唐世新喊住她，『母親病了，病得很重……這件事妳知道了嗎？』

唐世語眼神動了動。

須臾後，她輕笑起來：「現在知道了，又如何？」

『妳，不準備回來看看她嗎？』

「我為什麼要看她？」

『不管她做過什麼，她畢竟養了我們二十多年，也照顧這個家照顧了這麼多年。』

唐世語沉默兩秒，驀地輕嗤：「原來你早就知道了。既然這樣，你還能把她當親生母親一樣啊……你還真是個大孝子。」

這話一出，餐廳裡另外三人震住，露出不同程度的驚訝和意外的神情。

唐世語卻好像絲毫不在乎自己剛剛扔了個炸彈，她倚回椅子柔軟的真皮靠背上：「我和唐家情分已斷，十多年前我就說過這句話。事到如今你們也沒必要再找我了。」

唐世新嘆氣：『她這次怒火攻心，醫生說未必熬得過去，這樣妳也不肯再見她一面？』

「再見一面做什麼？加快她怒火攻心的速度？」

這嘲弄讓唐世新微沉下聲：『小語。』

「你不用再勸我了。」唐世語也冷下語氣，「我不是聖人，我的女兒病了十多年我都沒能見到，全是拜她所賜。我不落井下石已經是仁至義盡。」

「還有，如果你這樣反覆打電話給我的目的，是想順著我和小染的關係向藍景謙或者駱湛求助，那大可不必。唐家這種腐到根裡的樹，早該倒了。我想沒人比他們更迫切地看到這一幕。」

久久的沉默以後，唐世新再次嘆聲：『我知道了。』

「嗯，那就掛電話吧。」

『那天晚上我恰巧離開，沒能見到妳，我很遺憾啊，小語。妳是我唯一的妹妹，唐染是我唯一的外甥女，這些年雖然迫於母親強勢，但我從沒為難過她。所以帶她出來再見我一面，好嗎？』

唐世語第一次露出遲疑。

她和唐世新兄妹至親，曾經有過多深厚的感情沒人能懂。聽見唐世新這樣低聲下氣地對她說話，她很難反駁或者再冷嘲熱諷。

但她又知道，如果答應下來對唐染太不公平。

就在唐世語難得猶豫的時候，一個腳步聲響在安靜的餐廳裡——

駱湛陪唐染安安靜靜地吃完晚餐，此時起身，不疾不徐地繞過桌椅，停到唐世語身旁。

他垂手，修長的指節勾起唐世語的手機。

聽見了動靜，唐世新疑惑道：『小語，妳現在是在駱家吧，這是開了擴音嗎？聲音有點空。』

「唐叔叔好算計。」駱湛冷淡開口。

對面一愣：『駱湛？』

駱湛輕嗤：「嗯。」

「你怎麼……」

『你是知道染染最心軟吧，知道她會體諒母親夾在中間的為難。只要攻克了她，我和我背後的駱家只聽她的話——所以你才故意提出這樣的要求。』

唐世語驀地回神，表情一緊。

手機裡的聲音在沉默之後有些惱怒：『你怎麼能這樣猜疑我呢，駱湛，這些年我對唐染——』

「你確實沒有主動對染染做出什麼傷害，這我知道。」

駱湛懶洋洋地打斷他。

「你只是旁觀而已，對吧？」

唐世新辯解：『我在唐家沒有那樣大的權力質疑我母親的話，有些事情我也想幫她，但我力不從心。』

駱湛笑起來，眼神寒涼：「是嗎？可我聽著，怎麼那麼虛偽呢。」

「既然當初力不從心，那現在也不要勉力而行了，唐叔叔。」

『駱湛，你——』

「看在你沒傷害過染染的分上，這是我最後一次這樣稱呼你。以後有任何事情，不要找唐世……」駱湛一頓，猶豫地看了下唐染，改口，「不要找唐阿姨，更別打擾染染。」

駱湛說完，抬手揉了揉肩頸。

順勢低下頭時，他眼底藏住一點冰冷至極的情緒：「駱家現在只是離場而已，別逼它站到你們對面去。」

唐世新僵住，過了半晌，不甘地問：『兩家將近二十年的情分，你們真的不管不顧？』

「從最開始就不是情分，是債。」駱湛垂眸沉聲，「你們唐家，才剛開始還給她而已。」

駱湛再無興趣，擱下手機，懶洋洋地垂著眼皮轉身，準備回到唐染身邊。

只是走出去一兩步，他又停住，反身回來。單手撐在長桌桌沿上，駱湛看著手機畫面，俯低了身。

「差點忘了說。這些年染染經歷的一切，杭薇罪無可恕，所以她不配被原諒或者被同情。至於你。」

少年側顏凌厲，眼神薄涼冷淡——

「旁觀者或許無罪，但絕不無辜。」

# 第四十二章　新生入學

九月，在驕陽似火的炎夏裡，K大開學了。

工科研究生沒有假期，每年暑假時能放一兩週回一次家，已經是導師們的大仁大義了。而int實驗室裡雖然多半都是資優班直升進來的，但他們秉承學長學姐們的研究精神——準確說是被帶課題的無良學長們「壓迫」，更是一個暑假蹲在實驗室裡沒怎麼挪窩了。

等各自手裡的專案分段進度搞完，對著日曆一抬頭，他們才驚覺新的學期已經拉開帷幕。

「不公平！為什麼我們都泡在實驗室，隊長卻經常消失？這實驗室的考績制度是誰定的啊！」

一大早，實驗室裡就有人哀號了。

譚雲昶被吵醒，打著呵欠頂著雞窩頭從實驗室裡間爬出來。

他去年就升了自動化系的博士研究生，開始跟著導師做專案，最近那個專案終於告一段落，他昨天半夜才回到K市。

此時烏青著眼圈，譚雲昶面無表情地揪過路過倒水的實驗室學弟：「你等等。」

學弟回頭，嚇了一跳：「譚學長，你這個黑眼圈是什麼情形，一個月沒睡啊？」

「一個月沒睡我早橫著出去了。」譚雲昶哼笑，「這叫煙燻妝，跟我們祖宗學的時尚。」

學弟笑了笑：「別，湛哥那張臉畫成調色盤也是時尚，我等凡人還是算了。您這就更跟鬧鬼似的。」

譚雲昶佯裝抬手抽他，然後朝那個還在嘟囔的男生抬了抬下巴：「這個人是誰啊？」

「喔，上學期剛升進來的新生，不懂規矩。聽說是他們組那個課題被湛哥罵了，趁湛哥不在發火呢。」

「朝駱湛發火？」譚雲昶氣笑了，「我聽說駱湛最近脾氣好，這是好到天翻地覆還是吃齋念佛了，鬧得團隊裡的新人敢這麼跟隊長說話？還真是時代變了啊。」

「可不是，比起以前，湛哥最近兩年的脾氣太好了。實驗室裡很多事他確實不再親自管，全都交給千華了。千華那脾氣哪能壓得住這幫臭小子？新來的都快上天——咦？譚學長，你幹什麼呢？」

譚雲昶已經擼袖子走出去了，聞言哼了一聲，沒回頭。

「幫你們湛哥盡盡學長義務。」

「什麼？」

九點整，駱湛跨進ｉｎｔ實驗室正門。

門一開，實驗室內迎面就是安靜異常、落針可聞的詭異氣氛。

駱湛腳步一頓，停了兩秒，他退回去，仰頭看了看門外的牌子——確實是ｉｎｔ沒錯。

駱湛微挑眉，正在此時，他身後走廊裡，林千華甩著手上的水珠走到實驗室門口，剛抬頭就愣住了：「湛哥，你今天怎麼來這麼早？」

「有點事。」駱湛朝門內示意了一下，「裡面怎麼了？」

「啊，這個啊。」林千華笑了笑，「譚學長昨晚回實驗室了，今天早上好像跟上個學期末過來的那幾個菜鳥吵起來了。」

「嗯，然後呢。」

「有一個不滿你定下的考績制度，一直抱怨，結果一起被譚學長拎到裡間，在你那幾箱一直收著都落灰了的獎杯獎牌獲獎證書前訓了一個小時——他被打擊得那麼厲害，現在一個個都灰頭土臉的，十分可憐。」

駱湛聽完，點點頭：「真閒。」

林千華失笑：「這句話被譚學長聽到，他會氣死的。」

「我已經聽見了。」門內一個聲音悠悠響起。

駱湛和林千華抬頭，就見譚雲昶扒在門框上，眼神哀怨地看著駱湛：「祖宗，我快一年沒見到你了，剛回來就幫你出氣，你就這麼挖苦我啊？」

駱湛不在意地往裡走：「這不是實話嗎？」

駱湛走回電腦桌前，拉開電腦椅：「到了新地方，連多學多看少說少問都不知道，只會一味抱怨又拿不出過人的成績。這樣的遲早要被ｉｎｔ篩出去，你額外管這些，不是閒的嗎？」

他的聲音沒遮掩，在安靜的實驗室內更是人人聽得到。坐得遠的幾個新人面紅耳赤，恨不能把頭埋進桌子裡。

放在今天上午之前他們的確是不服氣，即便不敢當面罵過去，至少背地裡也少不了閒話。但在譚雲昶那裡經歷了一番打擊教育，現在幾人眼裡的駱湛，連髮絲都快鑲上金邊了。

見那幾人確實服氣了，譚雲昶滿意地收回視線。他拉過駱湛身旁的椅子，橫著一跨坐下。

林千華嫌棄：「我的。」

「我們之間什麼你的我的，生不生疏？」譚雲昶說完，嬉皮笑臉地轉向駱湛，「你老實說，你今天怎麼這麼早來？」

駱湛沒說話，懶洋洋地撩起眼皮睨他。

「是不是為了唐……」譚雲昶故意拖長了語調。

駱湛還沒什麼反應，林千華卻猛地拍桌。沒防備的譚雲昶被嚇得哆嗦，轉過頭：「你大爺的！嚇死我了！」

林千華沒顧得了他，驚喜地看向駱湛：「我就說我今天起來總覺得自己忘了什麼事——唐染妹妹是不是今天要來這裡新生報到？」

實驗室裡本就一片闃然，此時被譚雲昶和林千華這兩位「老人」難得的大驚小怪吸足了注意力，紛紛好奇地探頭。

譚雲昶驚魂未定，此時沒好氣地翻了個白眼：「你問他，他能捨得告訴你嗎？你得問我啊。」

「譚學長，你就別賣關子了。湛哥藏得可嚴實了，連唐染妹妹讀哪個科系都沒跟我說。」

譚雲昶得意昂頭：「這我還真的知道，自動化系的。」

林千華驚訝：「那不是有機會跟我們的方向相近。」

「那就不知道了。控制領域是我男神的地盤，有這麼一位大神爸爸，我看駱湛還真不一定能把人拐來。」

駱湛終於有了點反應，涼颼颼地瞥了譚雲昶一眼。

譚雲昶嘿嘿地笑：「千華，你就不好奇我怎麼知道的？」

「嗯？對喔，你不是在外地……」

「我跟你說，我們實驗室的指導老師今年嚇壞了——上半年的時候天天打電話給我。」

「他找你幹什麼？」

「他聽說我和駱湛熟啊，天天問我駱湛是不是打算離開ｉｎｔ了——不然怎麼三天兩頭拿著高中的化學生物課本到處走呢？」

「……噗。」林千華忍不住笑出聲，「這我知道，唐染妹妹偏科，化學生物不太好，那段時間湛哥幫她輔導功課。」

「是啊，這不，昨天他又打電話給我了。」

「嗯？這次說什麼？」

「說什麼……」譚雲昶笑得促狹，回過頭看懶洋洋垂著眼的駱湛，「祖宗，我們可是Ｋ大資優班出身，ｉｎｔ團隊專研，全校一枝獨秀啊。結果團隊 Leader 非要去人家自動化系，冒充本科學長參加什麼迎新——是不是太沒下限了點？」

林千華愕然回頭：「迎新？真的假的啊，湛哥？」

駱湛全程聽得波瀾不驚，此時眼皮都沒抬一下，輕哼一聲：「我樂意。」

說完，那人收回長腿，起身。

譚雲昶笑著往回倚：「幹什麼，惱羞成怒準備遁了？」

駱湛長腿一停，側回身。

他抬起手腕敲了敲手錶錶盤。那張沒什麼表情的禍害臉上，薄薄的唇角突然冷淡一勾：「新生報到開始了。」

「自動化系裡一貫男女比例失調，群狼環伺。我可不能讓女孩自己一個人進去。」

「呸呸呸，我剛回來你就在我眼前秀恩愛！」

駱湛輕嗤一聲，轉身就要走。

「湛、湛哥……」

角落裡突然響起個聲音。

駱湛慢悠悠停下，譚雲昶和林千華疑惑抬眼。

就見不久前剛被訓了的小學弟露出尷尬的笑：「湛哥，你是要去接人嗎？」

駱湛還沒說話，譚雲昶壞心眼地插嘴：「可不是嗎？他要去接你們的小嫂子。」

那人不好意思地起身：「新生帶的東西忙的事情應該挺多的，要不然，我們幾個一起去吧。需要的話還能幫點忙，不需要我們就回來。」

譚雲昶意外，連駱湛都微微揚眉。

實驗室裡安靜兩秒，在眾人期盼的目光下，駱湛慢慢點了點頭。

「行。」他揉了揉肩頸，懶洋洋地往外走，「沒有軟禁你們。想看熱鬧就去吧。」

「好！」

嘩啦一下，全屋子的人站起來了。

剛往外走的駱湛身影一僵。

他回頭：「……都去？」

譚雲昶見狀，笑得差點從椅子上滑下來：「都去都去！祖宗你自己答應的，不准抵賴啊！」

K大的校內廣場，不同的科系撐著統一的尖頂小帳篷，在空地四周繞了半圈。帳篷前全都拉著橫幅，上面書著「熱烈歡迎XX系二〇XX年新生入校」之類的字樣。

自動化系也不例外。

在門口揮別司機，唐染一個人拖著行李箱進了校園。在校門處領了校內導覽地圖，唐染便拉著小行李箱往自動化系的報到帳篷走。

早在開學之前，唐染就提前跟唐世語和藍景謙商量好，自己一個人來學校報到的事情——K大就在K市當地，大學學區稍遠離市區，但距離唐染現在的家不過一個小時左右的車程。

這樣近的距離下，唐染實在不好意思要父母親自接送。

曾經的失明讓唐染練就的基本技能之一就是極佳的方向感。她沒花費多少力氣，就很輕鬆地在亂成雞窩似的校園裡找到了自動化系的迎新帳篷。

帳篷下的最前面擺著幾張拼起來的長桌，一個值班助教和兩個系學會的學姐坐在桌後，在做報到登記。

再往帳篷兩旁，還有學生會安排的專門負責幫新生「導遊」的大二學長學姐們。

早在唐染來到自動化系的帳篷前時，周圍幾頂帳篷旁的學長學姐們就已經注意到她了。

女孩今年已經十九歲。個子稍微高了起來，一身樣式簡單的淺杏色掐腰連衣裙，勾勒出女孩纖細的腰身和微隆的小胸脯，裙下一雙白生生的細長筆直的腿。

那張精緻的瓜子臉上，五官脫了之前的稚嫩，生出幾分豔麗模樣。

在今天這樣耀眼的豔陽下，旁人多站兩分鐘都曬得快要黑上一個色調似的，她卻不同，露在外面的膚色透著種不輸冰雪的冷淡的白。

扔在人群裡，更是顯眼得很。

所以一見唐染走到自動化系的帳篷前，其他系的學長們表情一垮，自動化系的學長們則紛紛亮了眼睛。

有幾個已經摩拳擦掌、躍躍欲試了。

不過長桌後那兩位學姐一直忙著記錄翻找，並沒抬頭。唐染拖著行李箱走過去時，正聽見兩人的對話。

「……不可能吧，你從哪裡聽到的消息？」

「錢老師親口說的，應該不會有假。」

「錢老師說的？這麼說竟然是真的啊？但他這位大校草，又是老師們捧心尖尖上的資優班天才，幹麼突然要來幫我們自動化系迎新？」

「不知道。我聽錢老師說，系主任一聽到，樂得直要錢老師藉著這次迎新多宣傳、好把人留在系裡，別再往回放了呢。」

「噗，那ｉｎｔ那邊恐怕要來跟我們系主任幹架了哈哈哈……」

迎新學姐笑得抬了頭，這才發現眼前已經走過來了一名新生。

她連忙收斂笑容：「抱歉抱歉，沒看見——哇！這是什麼陣仗？」

「啊？」

唐染被這轉折弄得愣了一下。

她下意識抬頭，順著眼前那位迎新學姐驚訝的目光，轉向身後。

從廣場旁的教學大樓後，一群年紀參差不齊的學生模樣的男生們，像是一整個團隊一樣，直接走過來，等到所有人回過神時，他們已經近在眼前。

為首走著三個人。

左邊那個高高壯壯，嬉皮笑臉，一副油滑的模樣。右邊那個稍微瘦了一些，看起來挺安靜，被這麼多人瞧著還有點不好意思。

唯獨走在最前面那個，頭上扣著頂黑色的棒球帽，帽簷壓得低低的。可惜他個子最高，還是藏不住臉——棒球帽下的五官清雋俊美，此時正沒什麼表情地垂著眼皮，一副曬蔫了的模樣。

但唐染最熟悉他。

所以她感覺得出來，那人現在嫌棄得想跟身後這一群劃清界限。

唐染也想，她甚至有種扔下行李箱，拔腿就跑的衝動。

可惜唐染很有自知之明——論體力，駱湛能甩她十八條街。

所以唐染只能眼睜睜地看著駱湛停到她面前。

男生低頭，女孩抬頭。

一高一低地對上視線。

對視兩秒，原本還眼神煩躁的駱湛忍不住勾起唇角。

他伸手摸摸女孩的頭：「好久不見啊，小女孩。」

唐染抿了抿唇，誠實戳破：「才不到兩天。」

「我是相思病，度日如年。」駱湛不要臉地說。

唐染沉默，過了兩秒還是忍不住紅了耳朵。

駱湛很順手就拉過唐染的拉桿箱，剛轉過身，看見身後這群人。

駱湛額角跳了跳，又轉回來。

唐染正仰起頭要開口，就見面前那人伸手摘了棒球帽，然後反手扣到了她頭上，還順勢往下一拉，把她的臉藏住。

唐染仰頭，眸中滿是困惑。

翹起來兩撮呆毛的駱湛懶洋洋地示意一下身後：「好好擋住臉，他們太蠢了，丟臉。」

唐染輕笑起來。

譚雲昶離得近，聽見這話冷笑一聲，他回過頭，擠眉弄眼地示意ｉｎｔ實驗室的學弟們：「走之前我怎麼說的，你們還記得吧？」

「記得。」

「那我說的，看見這位怎麼稱呼？」

駱湛眼神一動，心頭驀地跳出點不好的預感。

他轉過身，邁出一步想上前攔住。

——可惜已經晚了。

「小嫂子好！」

十幾個大男生憋足力氣的音量，中氣十足，叫得聲震K大廣場。

各系迎新帳篷頓時一靜，鴉雀無聲。

自動化系的迎新學姐離得最近，目瞪口呆地看了三秒，她抽了一口涼氣：「媽的，黑社會啊。」

唐染前十九年的人生裡，第一次這樣「丟臉」，還是在她剛進大學的第一天——這場來自int實驗室的別開生面的歡迎儀式讓她完全呆住，愣在原地好幾秒，不知道該作何反應。

所幸旁觀者也是第一次見，同樣沒一個回過神來。

駱湛在聽見譚雲昶的話時就已經有所預料，此時也是第一個反應過來。他左手拎起唐染的小行李箱，右手握住她的手：「走。」

唐染跟著走出去幾步，才想起什麼，倉促回頭：「我還沒、沒報到呢。」

「可以之後補。」駱湛說：「再不走，就來不及了。」

不等唐染追問原因，兩人身後傳來譚雲昶幸災樂禍的聲音：「學弟們，別讓你們湛哥和小嫂子累著。來，幫他們拎東西啊！」

「好的！」

雜亂的笑聲和腳步聲，追命似的黏上來了。

這下子唐染不必再問，回頭看那十幾個大男生如狼似虎地撲上來的場面就夠了——女孩嚇得小臉發白，幾步就反過去跑到了前面，拉著駱湛往教學大樓裡躲。

很多年後唐染回憶起自己的大學生活，印象最深刻莫過於開學第一天。以這場驚心動魄的「校園大逃亡」為標誌，就這樣拉開序幕。

半個小時後，換了一身衣服的唐染站到她被分配到的女生宿舍前，駱湛那頂刺著瑞典名家 Evelina Gunnarsson 暗紋刺繡的黑色棒球帽還戴在她的頭頂。

進樓之前，唐染心有餘悸地往身後看了看——沒什麼人跟著。

唐染鬆了一口氣。

幾分鐘前在教學大樓裡，唐染被譚雲昶等人追得精疲力盡。駱湛趁著帶那群人繞彎的工夫，把她藏進教學大樓的女用洗手間裡，然後自己引走火力。

唐染在洗手間的隔間內換下那套淺杏色的連衣裙後，這才成功脫離「戰場」，站到了這裡。

經過這場鬧劇，唐染太珍惜此刻的安靜和自由了，確定沒人跟著，她便拉著小行李箱進到女生宿舍內。

乘著電梯到七樓，唐染來到了七一六號寢室門外。

這一樓顯然大多是新生，一路過來的走廊裡還三不五時能見到家長們的身影。不過唐染來得本就不算早，又被譚雲昶等人鬧得耽擱了好一陣子，此時的宿舍內已經度過高峰期，冷清了不少。

七一六號房間的門敞著一條縫，和想像中的沉默不同，裡面正傳出來輕鬆歡笑的動靜。

唐染輕敲了兩下房門，然後推門進去：「妳們好，我是……」

唐染的話還沒說完，眼前突然一道影子撲上來——

「小染！我就知道是妳！」

唐染被熊抱住，行李箱都撞開了。愣愣之後，唐染驚喜地側過臉：「萱情？」

「是我！」

「妳也在這個寢室？」

「對啊，我一來就看見我旁邊鋪位的床上貼著妳的名字，我就知道那個人肯定是妳！哈哈哈我說什麼，就憑我們兩人的緣分，既然都考上了K大同科系肯定是會分到同個班的！」

唐染笑得眼睛彎成了月牙。

抱住她的不是別人，正是當初她和駱湛在int店裡相遇那天，好心主動提出送她過去的女生許萱情。

當時許萱情告訴她自己在K大附中讀書，後來唐染通過學力考試進入K大附中以參加大學入學考，便在學校裡和許萱情重新認識了。

這樣的緣分下，兩人很快成了好朋友，還約好一起考進了K大的自動化科系。

房間裡面的兩個女生坐在各自上床下桌的椅子上，正好奇地往外瞧。

「許萱情，她就是妳說的唐染啊，果然很漂亮耶。」

「真的，我看我們這一屆的系花非她莫屬，校花也有可能喔。」

許萱情笑著把唐染拉進去：「好啦，妳們別這樣誇小染了，她很容易臉紅的。」

「不會吧，唐染長得這麼好看，應該從小到大很多人誇才對。」

「我們小染天生臉皮薄嘛。」許萱情打了個哈哈，把話題帶過去，「小染，妳來之前我們已經認識了。來，我跟妳介紹一下，她們兩個……」

忙碌的開學第一天很快就過去大半。

到了晚上，按照K大一貫的傳統，以院系為單位的新生典禮開始了。

自動化系是K大的重點院系，學生數量也格外多。自動化系的新生典禮安排在校內最大的那個室內體育館裡。

準備階段，系內發言的長官和老師都還沒到場，學生們按班級為單位坐在學校發下來的小板凳上，三五成群地聊著天。

大家都還不熟，多數是以寢室為單位聚在一起的。

唐染她們也是如此。

七一六寢室裡除了唐染以外的三個女生都是比較活潑的那種，再加上有許萱情這個格外自來熟的在，這一天時間過去，她們就像認識已久，聊得火熱了。

聊著聊著，話題還跑到了唐染身上。

「唐染妳太內向了。明明長得這麼漂亮，不說話多可惜？」

「哎呀，妳懂什麼，這才是小女神形象嘛。唐染妳聽我的，以後保持住這個形象，我們系裡的男生肯定會被妳迷得不要不要的——我們寢室以後早餐供應的後勤保障就交給妳了！」

「啊，我怎麼沒想到，妳太機智了！」

「哈哈哈，妳們夠了，我們小染才剛進來，妳們都惦記著拿她換食物了是吧？」

「哎呀，美麗是一種資源，要好好利用嘛。就憑這個小女神形象——我都想像得到，唐染以後在我們學校會有多風光了。」

唐染在旁邊無奈又好笑地聽著。

直到她旁邊那個女生話鋒一轉：「不過說起風光，今年我們系裡會有一個比唐染還出風頭的。」

許萱情立刻機警：「誰？誰會比我們小染還漂亮？」

「哈哈，漂亮不一定，長什麼樣都不知道呢。」

「嗯？」

「啊啊，我知道妳說誰了。」許萱情旁邊的女生激動起來，「我們K大校草，那個駱湛的神祕女友——聽說她在我們系今年的新生裡，對吧？」

唐染聽見這句話，驀地一僵。

——八卦吃到自己身上，大概就是她此刻的感覺了。

「K大校草？」許萱情沒察覺唐染表情變化，好奇地問，「很帥嗎？」

「豈止是很帥……喂，妳不是附中的嗎？竟然不知道駱湛？我從外地考來，之前在校內論壇還有新生群組等各種地方聽過他的大名呢。」

「聽說過，沒見過。」許萱情搖了搖頭。

「唔，我也沒見過正面照片，不過都說長得非常禍害的一張明星臉了，應該沒錯。」

「他是資優班的吧？既然那麼帥，又是天才，他的女朋友確實挺風光的。」

「豈止啊！」

最先提起這個話題的女生來了興致，拖著自己的小板凳往中間靠了靠，還朝唐染三人招手。

「我跟妳們說，他十四歲就進K大資優班了，依照他的生日，好像破了K大的最低年齡紀錄吧？然後進去第二年被選為K大校草，就再也沒換過人了。他們那個ｉｎｔ實驗室好像也非常厲害，詳細的比較專業我也不太懂。不過最值得八卦的一點，他今年都二十二歲了，聽說這位還是他的初戀呢！」

許萱情驚得脫口而出：「這麼純情嗎？」

「哈哈哈哈，他是脾氣傲，都說他男的女的沒一個放眼裡的。所以在今天之前，傳聞裡的K大校草一直是無性戀呢哈哈哈……」

「那女朋友會是真的嗎？」

「是真的。今天上午，在我們系裡的新生報到帳篷前，ｉｎｔ實驗室全體出動，朝系裡新來的一個女生喊『嫂子好』！」

「噗。」

「那陣仗鬧得氣震山河啊，不知道的恐怕會以為是黑社會出動了。」

「這我也聽說了哈哈哈……新生群組裡都炸了，有人拍到他們走的背影了，只是有點模糊，只能看見那個女孩穿著淺粉色的裙子。」

唐染不安地捏了捏自己身上休閒襯衫的袖口。

就在此時，她的手機突然震動起來，唐染低頭瞄過去。

來電顯示：「駱駱」。

眼疾手快，一把把自己的手機抓過來，慌忙接通。

她張口想喊駱駱，不過在話音出口以前，她及時收住，猶豫地看向三人。

許萱情她們也在看她：「電話？」

「嗯。」唐染點頭，「我接一下。」

「我們說話不會打擾妳吧？」
「不，不會。我戴上耳機，妳們聊妳們的就好。」
「嗯。」
唐染拿起藍牙耳機戴上，往後縮了縮。
耳機裡，那人的聲音壓得低啞磁性，帶一點氤氳的笑意：『妳們系的新生典禮開始了？』
「還沒，要等老師們到。」
『現在在做什麼？』
「聽……室友聊天。」
『嗯，在聊什麼。』
想起幾秒前的話題，唐染噎住。
通話裡這安靜的幾秒內，那邊三人剛巧重啟話題。
許萱情說：「那現在知道他那位神祕女友是誰了嗎？」
「這個真的不知道。」
「不管是誰，這可是剛進校門就成了全校女生的公敵了啊。」
「這也太慘了。」
「慘？別這樣，這算慘的話，我也想這麼慘。」
「妳不想啊？駱湛耶，那可是傳聞裡頭腦、能力、長相、家世，沒一方面挑得出毛病來的人。」

「沒錯。都不用說太長遠的，能當他女朋友，天天睡他就已經賺翻了好嗎？」

「哈哈哈……」

三個女孩笑得歡樂，唐染旁邊那個不經意一抬頭：「許萱情說，我還不信呢。唐染臉皮也太薄了吧，哈哈哈。」

許萱情疑惑：「嗯？」

「妳看，我們開個玩笑，唐染臉紅成什麼樣了——都快自燃了。」

「哎喲，還真的。」

許萱情連忙擺手：「我們小染還是個純潔的小女生，可不能把她帶壞——喂，小染！妳要去哪裡啊！」

「我我我先去接個電話，很快回來！」

唐染已然起身，落荒而逃。

她一路跑進體育館內的茶水間，這才停下來。在窗外混著夜色湧進來的熱風裡，唐染靠到冷冰冰的瓷磚牆上，慌得直換氣。

過去幾十秒，等心跳慢慢平復，唐染紅著臉低頭看手裡。

手機還亮著，顯示在通話畫面上。

那人耐性十足地等著她。

聽出唐染的氣息勻稱下來，耳機裡聲音重新作響，藏著低啞戲謔的笑意：『妳們剛剛，就在聊這個？』

唐染裝傻：「聊、聊什麼……」

『難道是我聽錯了？』駱湛一停，在耳機裡低聲笑起來，『不是在聊妳怎麼睡我嗎？』

女孩緊攥著手機的手指尖一抖，髮絲都要被電起來了。

她不說話，駱湛也就耐心又壞心眼地等著。

好半晌，唐染終於回神，紅著臉結結巴巴地張口：「我我我沒聊……她們都、都是在開玩笑。」

『只是在開玩笑？』

「嗯。」

『別啊。』駱湛啞下聲，似笑似嘆的，『那我多遺憾，我還在苦等染染來睡我。』

女孩的神智徹底被炸上天，化成蕈狀雲了。

等她魂游天外了好一陣子，耳機裡的聲音再次開口：『別靠在牆上，瓷磚太涼了。』

唐染慢半拍地回過神：「你怎麼知道我……」

「篤篤。」

開水間外，有人抬手，在木質的門上敲響。

唐染受驚抬頭，落入一雙似笑非笑的眼裡。

「小女孩，晚安。」

「……晚安。」唐染臉上餘暈未消，淺粉色一直蔓延到小巧的耳廓上，「駱駱。」

駱湛走進來：「我不太好。」

「聽說我們染染要睡我，我滿懷期待地來了。結果妳跟我說是開玩笑的。」

唐染再次憋紅了臉。

這次多鍛鍊幾秒，女孩終於能反駁了：「我、我沒說過。」

「那我怎麼聽見了？」駱湛停到唐染身前，俯低聲音，壞笑著說。

唐染撇開臉，小聲咕噥：「你，幻聽。」

駱湛啞然失笑：「是嗎？」

「嗯！」

「說謊可不好，染染。」

唐染被他慢慢迫近，緊張到把眼睛睜得圓圓的：「我我我我沒說謊。」

駱湛停在距離女孩只有幾公分的地方，很不是人地笑起來：「我明明都聽到了，妳是說謊了沒錯。」

唐染聽見心跳快得像得病似的。不知道是腿軟還是想跑，她順著背後的瓷磚牆面慢慢往下溜。

可惜剛溜到一半，駱湛在她後腰一托，把女孩壓到身前。

唐染的手臂之前貼著牆面，此時冷冰冰的，被駱湛察覺。他微皺起眉，想了想便托著女孩轉了一百八十度。

唐染原本就愣愣的，這一圈轉完腦袋裡更暈了。方向感原地消失，她自己也沒穩住身，壓著一聲悶響，把駱湛推靠到牆壁前。

她撞進駱湛懷裡。

安靜幾秒，唐染慢吞吞抬頭：「我，不是故意的。」

駱湛垂眸，笑：「嗯，我信了。」

按現在兩人的姿勢，唐染活動的空間比剛剛大多了。她小心地試圖往後溜，可惜還沒挪出去一寸，就先被駱湛察覺了意圖。

放在女孩後腰的手再次把人按住。駱湛低下頭，漆黑的眸子裡寫滿認真的建議：「天時地利人和，真的不睡我嗎？」

「駱……駱湛！」

駱湛笑得更彎下腰來，幾乎靠到女孩肩上：「嗯，我在。」

惱羞成怒的女孩聽見這句話，愣住了。

駱湛等了許久不聞動靜，有些奇怪。他斂去笑意微直起身，然後就見身前那顆低垂著的小腦袋揚起來。

女孩表情糾結又嚴肅地問：「我是不是，讓駱駱忍得很辛苦？」

駱湛一愣。

唐染說：「從駱駱當機器人的時候就是了，好像一直都是駱駱在遷就我的。駱駱自己想要什麼，從來不說。」

論思辨論邏輯，駱小少爺從來都是秒殺旁人的，這還是第一次有這樣大腦空白完全不知道該怎麼開口的失語時刻。

把駱湛這個沉默反應當作承認，唐染更自責了。

女孩低下頭，沉默了好久似乎才鼓足勇氣。她仰起頭，臉頰紅彤彤的，表情卻繃得認真：「駱駱是希望我能更主動一點的，是嗎？」

「但是我不知道應該怎麼做。」唐染聲音輕下去，帶著不安和赧然的遲疑，「先親、親一下可以嗎？」

「駱駱？」

駱湛慢慢嘆出一聲氣，然後笑起來，聲音啞得厲害：「可以。」

駱湛托著女孩後腰的手慢慢收緊，只是在他俯身以前，唐染仰頭，認真地說：「駱駱不能動。」

「嗯？」

「不能總是駱駱主動、靠近我。」唐染臉紅得厲害，但還是堅持著說：「我也要主動靠近駱駱。」

駱湛望著她，然後笑著垂下眸子：「好。那我不動。」

「嗯！」

空氣裡響起衣料摩擦的窸窣聲。

幾秒又幾秒，踮腳又踮腳……

半分鐘後，無事發生。

駱湛忍笑忍得艱難。

扒著他肩膀的女孩委屈得要哭了：「我摸不到。」

駱湛終於按不住，悶聲笑起來：「是妳不讓我動的。」

被女孩仰著臉無助又委屈地看了兩秒，駱湛就繳械投降了。

順著冷冰冰的瓷磚牆面，駱湛滑低了身，半蹲半跪下來。從唐染仰視他，變成了他仰視唐染。

抬頭看著女孩，駱湛莞爾：「這樣好嗎？」

唐染臉蛋通紅，點頭：「好。」

駱湛倚在牆上，似笑非笑地望她：「嗯，現在開始我不動了。」

「好、好的。」

幾分鐘後——

「典禮都開始了，小染跑去哪裡啊。」

「妳別急，體育館門關著，肯定在館內。這層只有茶水間和洗手間，既然洗手間沒人，肯定是在那邊了。」

「黑忽忽的，也沒開燈……她真的會在那裡面嗎？」

「我陪妳過去看看不就知道了。」

「嗯，小心點啊。」

許萱情和陪她過來的室友手牽著手，謹慎不安地挪著步子。黑暗裡，她們無意識地將自己的步伐放到了最輕。

直至走到茶水間前，門沒有關，她們很輕鬆就能看見裡面。

今夜月光如水，大片灑在茶水間的地上，清晰地勾勒出牆角的兩道身影——

身材頎長的青年坐在牆角前，倚著牆面。他一條長腿平伸著，另一條腿單膝屈起，勒著俐落的褲線撐在地面上。

而身影嬌小的女孩坐在他平伸的腿上，攀靠著屈起的那條。

她正側著身，雙手不安地攥緊了青年的襯衫。眼睛也闔著，動作稚拙地親吻青年的唇。

她吻得細碎，有時候還會因為緊張偏離地吻到下頷去。但這種時候，只會格外讓靠在牆上的青年喉結滾動得更明顯。

這一場吻小心翼翼，更緊張惶然。唐染只聽得到自己胸脯裡擂鼓似的心跳，完全聽不到旁的聲音。

所以連茶水間外面的說話聲和腳步聲她也沒有注意。

駱湛一直有所防備，此時餘光瞥及。他始終垂在身側自我壓抑的手抬起，扶著女孩細白的後頸，慢慢加深這個吻，同時擁著她轉過身去。

再停住時，女孩的模樣已經被完全遮蔽到陰翳裡。

駱湛鬆開指節的力度，重新放任身前的女孩稚拙地落到下頜上的親吻。柔情壓下，再抬眼，他冷冰冰地望向門外。

僵持數秒，門後兩道身影倉皇而逃。

這一次的動靜終於惹得唐染察覺。女孩雲裡霧裡地抬了抬頭，聲音微微暗啞：「駱駱，怎麼了？」

「沒事。」駱湛回眸，唇角勾起，「不過，典禮已經開始了。」

「……啊！」唐染驚呼一聲，慌忙起身，「我忘了。」

「等等。」

「啊？」

駱湛隨唐染一併起身，俯向前在女孩唇上輕吻了一下，然後偏過頭笑：「剛偷過腥，不該擦擦嘴嗎？」

唐染憋住呼吸。

等駱湛眼底帶笑地直起身，她才不好意思地問：「我剛剛是不是，表現得特別差？」

駱湛沒說話。

唐染聲音放輕了：「我不知道要怎麼做，但是下次我會努力——」

一點低啞無奈的笑打斷她的自我反省，唐染茫然仰臉。

駱湛正抬手，揉過她頭頂：「妳不知道該怎麼做都這樣了，如果等妳知道，那我不是要『死』在妳的手裡？」

唐染慢吞吞地紅了臉，眼底熠熠。

「走吧，典禮開始了。」

「嗯！」

唐染回到位子以後，發現許萱情三人看向自己的眼神十分詭異。

唐染心虛兩秒，問：「怎麼了？」

「妳剛剛去哪裡了？」

「茶水間。我……去接電話了。」

「接電話為什麼會臉紅成這樣？」許萱情表情更加複雜，「小染妳不會就是——」

臨時搭起的舞臺上，突然響起典禮主持人的聲音：「接下來發言的是校內優秀學生代表，駱湛學長。」

臺下角落，唐染和許萱情四人同時心頭一驚。

唐染抬起頭，舞臺前，將襯衫鈕釦扣到最上一顆的駱湛沒什麼表情地走上臺。

「你們好。」駱湛扶正麥克風，「我是駱湛。」

話音未落，已經被淹沒進館內轟然掀起的雷鳴般的掌聲裡。

在與ＡＩ高度相關的自動化系，就像藍景謙之於譚雲昶，駱湛絕對擁有著數量不菲的同性粉絲。

甚至可以說，有許多對ＡＩ感興趣的學生是奔著駱湛和他的ｉｎｔ實驗室報名Ｋ大的。

這雷聲般轟鳴的掌聲裡，站在鎂光燈下的青年眉眼如舊。

他不急不躁，未露意外，只等著掌聲過去後便按著腹稿開口。偌大的館內，那人的聲音平靜冷淡地在上空盤旋迴響，和一兩分鐘前在茶水間裡將唐染耳邊那動情的沙啞完全不同。

想起不久前她還把他此時穿著的襯衫攥得褶皺，把這個人抵在茶水間冷冰冰的瓷磚前親吻，唐染臉上就一陣發燙。

那個如慣常倦懶的聲音說了什麼，她幾乎完全沒聽到。

等她再次回神，已經是駱湛下臺，而館內掌聲更勝之前。

在駱湛演講結束後，學生們情緒大起之後回落，有些人還按捺不住興奮地低聲討論，也有些躁動起來，四處搜尋著下臺後某人的身影了。

最後兩場發言匆匆收尾。

自動化系的典禮結束，發完言的校長和老師們自然要先行離開，駱湛也在其中。

吵鬧的新生們被各班的命令站在原位，想上前和這位「優秀學長」搭話的學弟學妹只能眼睜睜地看著那道身影隨著老師們走向館外。

一個，兩個，三個……

校長和老師們的身影消失在館門後，駱湛不知道什麼時候落在了這支隊伍的最後。

等和最後一位離開的老師說完什麼，而對方出門後，駱湛停在館內門前。

幾秒後，那人轉身，往回走來。

館內死寂幾秒，倏地嘩然。

各班班長幾乎安撫不住快要衝上前的駱湛的粉絲們。

系裡尤以與ＡＩ交集最大的自動化科系為重災區，騷動裡有個粗獷的男聲叫了起來——

「學長我也想進ｉｎｔ，我可以！我愛你！」

館內爆發出一陣鬨笑。

然後新生們自發地安靜了一些，期盼地看向走回來的駱湛。

駱湛步伐停頓了一下，撩起眼簾瞥過去：「誰愛我？」

粉絲說：「我！」

「要臉嗎？」

「要！」

駱湛輕嗤：「那我們無緣了——ｉｎｔ實驗室宗旨，不收要臉的。」

館內安靜幾秒，再次陷入鬨笑聲裡。

而這短短幾十步的距離，終於被駱湛走完，他走進坐著小板凳的新生群裡。

他從兩排學生之間走過，然後停住。

笑鬧完的新生們終於不約而同地想起，上午在校內流傳開的那個「駱湛的神祕女友就在自動化系」的傳聞。

圍觀群眾們的眼睛頓時亮了，恨不得變成雷射燈，直勾勾地往駱湛身旁掃。

站在眾人視線的焦點裡，駱湛卻誰都沒看，半垂著眼，似笑非笑地望那個躲在自己腿邊一動不動裝鴕鳥的女孩。

他嘴角輕勾了一下，蹲下身。

「呼。」

駱湛在女孩耳邊吹了一下。

唐染沒能壓住這本能的一抖。

頂著那些如芒刺在背的目光，女孩哀怨地抬起頭。

駱湛忍著笑：「去吃消夜嗎？」

「不吃。」女孩在藏不住的議論聲和視線裡縮了縮，小聲咕噥，「我都快被吃了。」

駱湛繼續忍笑：「我在，不怕。」

「就是有你在才怕的。」

駱湛想了想：「妳如果怕麻煩不想承認，可以裝作只是被我騷擾。」

唐染愣了一下，抬頭。

駱湛拉起她的手，勾起她的手指慢慢展平，然後低下頭在她掌心烙下一吻。吻時他猶在不正經地笑：「妳還可以甩我一巴掌，然後跑掉。」

唐染被噎著了。

駱湛慢慢吻過她掌心，然後抬眼，笑：「妳知道無論妳做什麼我都不會怪妳的，染染。」

唐染沉默兩秒，乖乖低頭：「我錯了。」

駱湛微愣。

「我不是不想承認，只是……」唐染停頓一下，糾結地皺起眉頭，「我覺得自己還不夠好，我怕他們發現你喜歡的只是我，會因為討厭我，對你也失望。」

駱湛沉默須臾，啞然失笑：「我比任何人知道我想要的是誰，而這個答案和除了我們以外的任何人都無關。我不在乎別人怎麼看，染染也不要在乎。」

唐染猶豫了一下，輕點頭。

「那我們走吧？」

「好。」

駱湛握住唐染的手，牽著女孩向外走去。兩人的身影很快消失在體育館門口。

外面長夜如墨，只有校園路旁的盈盈燈火和天上的星河綴在這塊深藍的布幕裡。

駱湛牽著唐染，快步繞過體育館正門，躲進側旁那片藏在夜色裡的樹林下。

唐染不解地仰頭：「駱駱？」

「本來打算過一段時間再給妳的，但好像不能再忍了。」

唐染疑惑之際，就看見駱湛從外套口袋裡拿出一個盒子。她呆了一下，下意識把被駱湛握著的手往回拉：「我我我還沒到結婚年齡。」

駱湛微愣，他忍不住低聲笑起來：「妳怎麼比我還急啊，小女孩。」

知道自己誤會了，唐染的臉不由得紅了。

駱湛笑著打開盒子，將裡面那條訂製的項鍊取了出來。

「不過，意義也差不多。」

唐染好奇地看著項鍊。

這條鍊子上有兩個掛墜。一個是圓圓扁扁的形狀，正面刻著三九〇，背面刻著一個「染」字；另一個掛墜稍立體些，好像是……

「這是三九〇號硬幣，還有染染一個人的許願池。」

駱湛俯身向前，幫愣住的唐染戴上項鍊，然後在頸後繫好。

他直回身，眼神溫柔。

「許願池再也不會離開了，染染。過去，現在和未來，答應妳的每一件事，他都會做到。」

忍了數秒，唐染還是沒忍住，眼眶微微泛起紅。

她伸手抱住眼前的人，聲音也再藏不住哽咽：「駱駱。」

「別哭。」駱湛無奈垂眼，抬手擦掉唐染臉上的眼淚，「妳的許願池最大的願望，就是希望他的女孩永遠不要再哭了。」

「嗯，……我沒哭。」

唐染憋著哽咽點頭，然後沒憋住，打了個哭嗝。

駱湛心疼又好笑。

唐染沮喪著臉：「那，駱駱你還有別的心願嗎？換一個吧，我一定能實現的。」

駱湛想了想：「有。」

「是什麼？」

「等妳畢業以後，我們就結婚吧。」駱湛笑起來，低頭吻了下女孩的唇，玩笑道，「求妳依法睡我。」

如果命運以苦難的名義降臨，而後饋贈我的禮物是妳。

那麼無論它在暗地裡標好怎樣的價格，無論記憶被推翻重來多少次——我永遠選擇有妳的結局。

『三九〇號，染。』

『從今天起，我就叫妳染染。』

——《別哭》正文完——

# 番外一　校草的新生女友

為了避開開學高峰期，K大大二到大四的大學生，都是在大一開學後第一個禮拜才正式到校報到的。

於是，當新學期開學，除了混跡在各種論壇裡的老油條們已經提前得知，多數學生是到校以後才驚聞最新噩耗——

他們K大校草駱湛，竟然名草有主了！

消息一經傳開，校內頓時「哀鴻遍野」。

哪個院系都有那麼幾個要為突然失戀痛哭失聲的，而這其中尤以自動化系為重災區。本系女生宿舍，七一六室。

許萱情抓著唐染的手，又哀怨又語重心長地囑咐著：「小染，妳最近別一個人在學校裡走啊，小心路上被人套麻袋。」

唐染哭笑不得：「也不用這麼誇張？」

「哪裡誇張了，這可是實話！妳都不知道駱湛對自動化系的學生來說意味著什麼！」

「意味著什麼？」

「意味著、意味著……哎呀，妳想像一下就行了！他今年才什麼年紀，已經參與過多少重點課題專案、發表過多少篇核心期刊了？更別說從他十四歲開始參加的大大小小國內國外的比賽競賽，拿到的數一天一夜都數不完的獎項榮譽……」

「這些我都知道。」唐染安靜地點頭，「而且我都記得，能幫妳數完，不需要想像。」

許萱情一噎：「我的意思是，讓妳想像一個科系裡有這樣一個集各種榮譽光環於一身的人，這個科系裡無論男女哪個不嚮往和他站在一起的？」

「駱駱在專業領域確實優秀得無可挑剔。店長他們也很認可甚至崇拜他。」

被某個專屬稱呼又噎了一下，許萱情艱難地把被這個無形的恩愛吞下去：「是啊，這就是偶像的力量。」

「偶像？」

許萱情聳了聳肩：「嗯，這就跟娛樂圈一樣。不知道自動化系有多少人把他當成夢想，無論是想成為他還是想得到他，可以說那些人就是為了駱湛和他的int才來的。」

唐染若有所思。

許萱情又說：「拋開科系不談，駱湛還是一名十四歲入學至今，讓K大校草寶座再也沒換過人的禍害，家世背景更不用說了。除了一副愛理不理的臭脾氣，他這人完美得有瑕疵嗎？」

這個問題唐染想都沒想：「沒有。」

許萱情咬牙：「妳也不用這麼護妳男朋友。」

唐染臉上一紅，但還是誠實且耿直，還認真：「真的沒有。」

許萱情舉手投降：「行行行，沒有沒有。」

「嗯。」唐染心滿意足地往下聽。

許萱情又說：「所以啊，妳說這樣的人，他永遠高高在上誰都別想摸得著的時候，大家自然平均仰慕就好了。但現在，竟然有人不但爬上去、還把他從那雲端上拉下來了。」

許萱情的眼神飄到唐染身上去：「妳說，大家能放過這個把他們共同信仰獨占的人嗎？」

唐染下意識順著她的話往下走：「不能。」

「那妳說那個人是誰？」

「是——」唐染一頓，回神，「我？」

「Bingo。所以唐染小姐，妳現在知道妳在我們系面臨的，可能是怎樣如狼似虎、孤立無援的場面了吧？」

「會很可怕嗎？」

「很可怕？」許萱情冷笑一聲，「祈禱他們能留點骨頭給妳吧。」

唐染慢吞吞地抖了一下。

幾秒後，女孩掏出手機，傳了一則十分主動的訊息給駱湛。

『我今晚八點三十分晚自習下課，你能來接我嗎？』

許萱情餘光瞥見了，剛準備笑話唐染的小膽子，就聽唐染手機咕嚕一聲。

她低頭去看。

訊息秒回——

『遵命，我的主人。』

許萱情一臉，我彷彿看到了什麼不該看到的東西。

這天晚上，晚自習下課後，在駱湛察覺她這次反常的追問下，唐染只得把實話說了出來。

駱湛聽了忍俊不禁：「那真是辛苦我們小女孩了。跟我談戀愛，都要冒著一個人下晚自習被套麻袋的風險？」

女孩輕聲嘆氣，看起來非常贊同地點了點頭。

駱湛說：「如果真的被套了麻袋，妳會怎麼辦？」

唐染茫然抬頭：「什麼怎麼辦？」

駱湛單手接過女孩的淺色背包，斜挎到肩側。

他也不在意這和自己格格不入的少女款式，壞心眼地彎下腰，低著聲嚇唬女孩：「比如他們威脅妳，要妳跟我分開，那妳會怎麼辦？」

唐染思索兩秒，認真又小心地問：「他們會打人嗎？」

「可能會。」

「這樣啊。」唐染微微蹙眉，有點苦惱。

駱湛等了片刻，慢慢瞇起眼，語氣逐漸危險：「妳真的開始考慮了？」

唐染回神，側仰起頭朝向駱湛：「那我就堅持到，他們打我之前吧。」

須臾後，駱湛挫敗地笑：「果然還是那個小沒良心的。」

他伸手發洩地揉亂了女孩的長髮：「雖然這個是正確答案——但妳不該騙一騙我嗎？這麼誠實又沒人發獎狀給妳。」

唐染試圖躲開駱湛的魔爪未果，沮喪地被揉，然後皺著臉開口：「駱駱不騙我，我也不騙駱駱，我們是說好的。不過……」

「不過什麼？」

女孩仰了仰頭，路燈下那雙烏黑的眼瞳裡情緒散開，透出一點藏得很深的晶亮的狡黠：「我答應不騙駱駱，沒有說不騙別人。」

駱湛愣了一下。

唐染說：「他們如果要打我，我當然要說和駱駱分開了。然後等回來以後，我就……」

女孩沉默下來。

駱湛這次被吊足了胃口，主動拉著唐染停下腳步，問：「就什麼？」

這片已經走過路燈的照明區，繞進了K大校園裡有點暗的大楊樹下，女孩藏在陰翳裡的臉蛋朦朧地浮起一點赧然。

「回來以後，我就賴在駱駱身邊再也不走，哪裡都不要一個人去了。這樣……就沒人能逼迫我再和駱駱分開了。」

駱湛愣了一下。

錯身的間隙，他看見樹葉間漏下混著星光的路燈光，照在低著頭的女孩紅透的耳尖上，粉糯糯的，像柔軟而飽浸汁液的花瓣。

讓人想在那花瓣上輕咬一口，看它透紅，看它烙上他一個人的印痕。

掛在樹梢上的安靜的月亮下，樹叢裡一陣窸窣，女孩慌亂而低悶的輕呼響起來：「……駱駱！」

粗糲的樹皮蹭痛了女孩的後背，黑暗裡熾熱的呼吸糾葛著。低沉的呼吸壓著悶啞的笑，在許久後鑽進女孩的耳朵裡：「這是懲罰。」

被咬痛了又被纏著廝磨到站不穩身，唐染此時才慢慢拉回理智，委屈地問：「我做錯什麼了嗎？」

「嗯。」

駱湛壞心眼地俯身，吻了吻被自己肆虐到紅彤彤還印著咬痕的小「花瓣」。

「我沒聽到後面，只聽見前面——誰叫妳說要和我分開了？」

K大開學沒多久，繼「駱湛名草有主」的消息後，又一波言論在學校裡傳了個沸沸揚揚。

各種版本層出不窮，但總結起來核心只有一個——

唐染之所以能和駱湛在一起，是因為她臉皮夠厚，努力倒追，死纏爛打，硬是把駱湛磨到手的。

更有「知情人士」透露，在兩人在一起後，唐染仍舊努力在做駱湛的追求者。

這些話很快就傳進七一六寢室女生們的耳朵裡。唐染不太在意，許萱情倒是氣得不行。

自動化系大一新生的《大學物理》課前，教室裡喧鬧一片。

坐在前排，許萱情突然把顯示著論壇畫面的手機往桌上一拍，怒道：「她們就是吃不到葡萄說葡萄酸！這是忌妒、是抹黑、是惡意造謠！」

旁邊正在溫習書本的唐染被嚇了一跳，茫然抬頭：「出了什麼事？」

「小染妳看看論壇那些人……算了妳別看了，就是有一堆惡意中傷妳的小人，說妳死纏爛打倒追駱湛，還說駱湛是忍受不了妳的騷擾，才和妳在一起的——這什麼屁話嘛！」

唐染聽得愣了兩秒，莞爾一笑。

許萱情氣鼓鼓地問：「妳居然還笑得出來啊？」

「只是想像了一下我追駱駱的場面，覺得挺有意思的。」唐染垂著眼笑，「不過他們不瞭解駱駱。他不是那種別人靠死纏爛打就能追到的性格。」

許萱情撇嘴：「肯定的啊。要是死纏爛打管用，這群造謠的都不知道衝上去多少回了。」

許萱情一邊說著一邊瞥了手機一眼。

結果這一看，她剛壓下去的火再次冒了上來，手機再次被她重重地拍在桌上：「靠！」

唐染呆了兩秒，確定過手機和許萱情的手都沒事，她笑得眼角彎下來：「萱情妳的脾氣怎麼像是個小鞭炮，一點就炸……這次又怎麼了？」

許萱情指著手機，咬牙切齒：「有智障一副幸災樂禍的嘴臉，嘲笑妳已經『失寵』，說妳很快就要被駱湛甩了！」

唐染好奇地問：「為什麼？」

「因為他們好久沒見到駱湛和妳一起出現了。」許萱情咬牙切齒地說完，擰著眉轉過來，「雖然他們的結論很智障，但行為沒說錯。駱湛他人呢？他有將近一個禮拜的時間，沒在妳這裡露面了吧？」

唐染無奈：「int實驗室平常還好，一遇上課題專案的死線就會很忙。駱駱是int的Leader，這種時候更離不開了。」

許萱情狐疑：「確定只是因為實驗室的事情嗎？」

唐染眨眨眼：「不然呢。」

「……他要是敢在外面有別的人，我們七一六寢室一定幫妳廢了他！」

「噫，真恐怖。這都二十一世紀了，談戀愛還有人搞威脅那一套呢。」

在突然安靜的教室裡，唐染還沒開口，一個聲音就從走道旁邊傳了回來。

唐染和許萱情的交流一停，回頭看向走道對面。

那邊三個坐在一起的女生，顯然也沒想到這階梯教室裡的安靜來得這麼突然，最旁邊開口的那個露出了尷尬的神情。

許萱情反應過來，眉毛一豎：「妳剛剛說什麼？」

「……沒、沒什麼啊。」女生被許萱情的表情嚇住，本能地往回縮了縮。

她身旁的朋友卻罵了她一下：「妳怕什麼，我們又沒說錯。」

那人說著就抬起頭：「怎麼啦，還不讓人說實話了？現在都是自由戀愛，看不上自然就一拍兩散，怎麼就不准人提分手了……動不動就要廢了誰，一副大姐大的模樣裝給誰看？真搞笑。」

「砰！」

許萱情的脾氣也很差，桌子一拍就站起來，瞪著那女生：「別人分不分手關妳屁事，妳是太平洋第一八婆啊？」

臨近課前，教室裡的聲音本來就不高，許萱情這一嗓子頓時把所有人的注意力拉過來。

那三個女生臉色微變。

左右兩個拉著中間那個小聲地勸了幾句。但中間那個女生在這麼多人的視線下顯然有點下不了臺，硬挺著脖子也瞪回去了：「我就是看不慣妳們死纏著校草，還揚言分手就廢了他的耍狠模樣！」

這話一出，教室裡安靜幾秒，很快就驚訝地低聲議論起來。

許萱情臉色脹紅：「妳──妳說誰死纏著校草了！誰、誰說分手就要廢了他的，我是說他要是敢在外面胡來！他、他──」

眼見著越抹越黑，許萱情都要氣死了。

唐染回神，忙起身安撫：「萱情，妳先冷靜點，不要和她們置氣……妳要是氣昏過去，那兩個已經蹺了課，我自己一個人可沒辦法揹妳去保健室。」

許萱情氣到一半，又被唐染一本正經的表情和語氣差點逗笑，她最後懊惱地瞪唐染：「我是替妳出氣的，妳不鼓勵我也就算了，還給我洩氣。」

「不要為這種事生氣，不值得。」

「那就聽她們這樣造謠啊！」

「《荀子》不是說了，謠言止於智者。」唐染仍是一本正經的，表情安然又認真，「頭腦瘀塞到連這種沒根據的謠言都相信，還要再去傳播的人，不值得妳為她們生氣和浪費時間。」

許萱情一頓，若有所思地點頭：「妳說得對。」

這兩方吵架就像蹺蹺板，唐染成功按下這一邊，另一邊卻翹起來了。

「謠言？」走道對面，坐在中間的那個女生不顧身旁的兩人阻攔，氣極地站起身，「怎麼，死纏爛打追到了駱湛，妳現在又想裝清高、不認了啊？」

唐染平靜地看向那個女生：「是我追駱湛的嗎？」

女生冷笑：「學校裡現在有誰不知道這件事，妳還想裝什麼啊？前幾天還有人看見妳特別殷勤地跑去實驗樓送早餐給駱湛呢。也是辛苦妳了，談戀愛沒男朋友送早餐也就算了，還反過來要自己跑腿去買，ｉｎｔ實驗室那邊是不是跟請了一個免費保姆差不多？還說我們造謠，明明是妳為了能一直纏著駱湛，完全一點面子都不要了吧！」

「是嗎？我怎麼不知道。」

嘈雜的教室裡，不知哪個角落響起冷淡的聲音。

「當然是了。我聽說不只送早餐這樣，連平常在一起偶爾去餐廳都是她花錢呢。」女生抱起手臂，鄙夷地看了唐染一眼，「為了跟駱湛談戀愛就卑微到這分上，還反過來說我們造謠，真丟女生的臉！」

女生被激得頭腦發熱，說完話冷靜下來，才發現原本議論聲嘈雜的教室不知道什麼時候變得落針可聞。

甚至她目之所及，原本散亂地站在走道裡，靠著桌子的學生們，也都一個個安靜乖巧地坐回位子。

女生身影一僵。

她突然想起來，剛剛問她的那個聲音，好像有一點……熟悉？

她猜到了什麼，卻不敢回頭去看。

「除此之外，妳還聽說什麼了。」

那個熟悉的冷淡聲音不疾不徐地走下階梯教室的走道，停在唐染的桌旁。

來人半靠坐到唐染身後的空桌子上，停了兩秒俯下身，一副要找人麻煩的節奏。

唐染嚇了一跳，連忙微紅著臉把那張禍害臉推開：「駱駱！」

駱湛不滿地把女孩的手壓下：「我都被壓迫得待實驗室裡三天沒見太陽了，剛出來連飯還沒吃就來找妳……」

唐染如今再熟悉駱湛脾氣不過，知道他還有後半句，不說話地等著。

果然就見青年一改那副懶懶神態，熠熠著漆黑的眸子往近處：「就親一下好不好？」

「不行。」女孩紅著臉，但拒絕得十分冷酷十分無情。

生活不易，駱湛嘆氣。

等坐直身，三天沒見太陽的駱小少爺又恢復了那副大爺模樣，支著眼皮看那個臉色難看的女生。

頓了兩秒，他嗤笑一聲，佯作掏了掏耳朵：「妳剛剛說什麼？」

見了本人，女生緊張又難堪地語塞了。

許萱情正覺得快意，在旁邊添柴：「她們說小染對你死纏爛打，窮追不捨，又送早餐給你又請你吃飯的，還說全校都知道了。」

「真的？」駱湛側回頭，「那我怎麼一點都不知道？」

許萱情哼了一聲，冷颼颼地望著那邊笑起來：「是吧？我也奇怪，當事人自己都不知道的事情，怎麼有些人跟開了天眼似的——造謠還理直氣壯的呢？」

唐染有點頭痛地看了教室內的鐘一眼，伸手拉了拉駱湛：「我們快上課了，你……」

「我太難過了，染染。妳都沒替我辯解兩句嗎？」

唐染更加茫然：「替你辯解？」

「嗯。」駱湛冷靜點頭，「人是我死纏爛打才追到手的，表白是我來的，示愛是我先的，牽手擁抱親吻就更是我——」

最後一句話沒出口，聽不下去的唐染紅著臉一把捂住。

駱湛順勢親了下女孩的手心。

唐染嗖地一下縮回手，驚愕又控訴地望著駱湛。

駱湛懶洋洋地笑著，起身：「所以啊。」

側身望向對面的一兩秒裡，他的視線和聲音一點點低冷下去：「明明是我離不開她，怎麼會有她糾纏我的謠言？」

那個女生站在眾人的焦點裡，臉上一陣紅一陣白，難堪極了。

到此時聽見駱湛這樣說，她終於忍不住反駁：「但、但學校裡確實有人看見唐染刷你的學生證……」

駱湛輕聲嗤笑，打斷了女生的話：「學生證是我樂意主動交出去的，這種事情妳們也要管？」

「哇。」許萱情驚訝地湊到唐染身旁，小聲問：「駱湛的學生證在妳那裡啊？相當於以後家裡的財政大權主動上繳啊，這也太聽話了吧？快給我瞧瞧駱小少爺學生證裡存了多少錢，是不是數零要數好久？」

唐染哭笑不得地把人推遠了一點。

見那女生語塞，駱湛懶洋洋地追問：「還有什麼謠言我沒說到，妳一起問了，省得再來麻煩她。」

說完他似乎察覺到什麼，回過頭看了看教室後面。

有幾個男生女生飛快地收起偷拍的手機。

駱湛嘴角輕扯了一下：「別收，繼續拍，錄下來記得上傳到你們那個論壇裡。我回去找版主，幫你們置頂三個月。」

「嗯？今天什麼日子，教室裡怎麼這麼熱鬧？」

《大學物理》的老師提著公事包走進來，茫然地掃視著教室內。

然後他的目光在站在前排的駱湛身上一頓，隨即笑了。

「駱湛？你怎麼在這裡？」

駱湛冷靜地回：「來聽課。」

老師更樂了：「你還用得著上課嗎？你這個小子在資優班上教學課那兩年，出勤率連百分之十都不到，在學校裡出名了——現在跑來上什麼課啊？」

駱湛面不改色心不跳：「基礎欠缺，回來補補。」

「行行行。」老師好笑地擺手，「那你坐著聽吧。先說好，不准挑毛病。早知道你要來聽課，我這堂課的備課得打起十二分精神才對……」

駱湛得了應允，轉到唐染身旁，一副冷靜正經的模樣低了低身：「小同學，妳旁邊這的位子有人嗎？」

唐染紅著臉對他使眼色，讓他先走。

駱湛忍住笑，一本正經地開口：「雖然小同學妳長得確實很漂亮，但我聽說妳已經有男朋友了，怎麼能這樣勾引學長呢？」

唐染鬥不過這禍害，委屈又不安地把書本往許萱情那邊挪了挪。

駱湛心滿意足地坐到女孩身旁。仗著唐染在上課不好意思掙扎亂動，他還把唐染的左手攥到桌下，一根手指一根手指地親暱把玩著。

唐染起初還被鬧得臉紅，等精神投入進去，右手單手做筆記也能寫出順暢漂亮的字跡。

階梯教室從前往後是由低到高，最前面有什麼動作，後排不花多少力氣就能看到。

就這樣，一堂課下來，最前排那冒著粉泡泡似的角落裡，這恩愛秀得全教室學生都快要看不下去。

下課時已經是中午，四散也不忘投來目光的學生們之間，駱湛打著呵欠起身，對許萱情說：「我家小女孩，我抱走了。」

許萱情不平：「小染午餐我先預約的。」

「我家的。」

許萱情說：「我不介意看你們秀恩愛。」

駱湛懶洋洋地支了支眼皮，同時把唐染摟到自己身後先占著：「我介意。燈泡太亮，晃眼。」

駱湛拉著唐染想要離開了，他們眼前突然從後面飛來了一隻紙飛機。

三人同時愣了一下。

駱湛垂手拿起，展開。

掃了一眼，他微皺起眉。

唐染好奇地問：「上面寫什麼？」

駱湛頓了頓，抬眸：「讓我想清楚要不要這麼維護妳——說妳們之前在教室裡放話，我敢分手就廢了我。」

許萱情驚怒：「我靠哪個賤人這時候還要挑撥離間！」

她轉頭去看，可惜教室裡人來人往，早就看不出誰扔的了。

唐染慢慢眨了下眼。

駱湛回眸望她，沒表情地問：「真的？」

許萱情這才想起來，慌神回頭：「妳別誤會小染，那話是我說的！而且我不是說分手，是說如果你劈腿，我們七一六就、就……」

許萱情沒說下去，生怕自己越抹越黑。不敢耽擱兩人解釋，她猶豫了一下，找了一個藉口跑了。

等許萱情離開，唐染遲疑地輕聲問：「駱駱，你生氣了嗎？」

「妳覺得我生氣嗎？」

唐染想了想，誠實搖頭。

駱湛嘴角一勾，偽裝嚴肅的眼神鬆了一下來。他伸手揉了揉女孩頭頂：「生氣其實有一點——第一次知道這麼多人想把我的小女孩從我身邊撬走，當然生氣。」

唐染猶豫了一下：「說反了，是想把你從我身邊……」

「一樣。不管哪種目的，都是敵人。」

唐染說：「嗯。你也別怕，萱情喜歡開玩笑，只是說說的。」

「我不需要怕。」

「啊？」

「她之前說的是什麼，分手還是劈腿？……算了，都一樣。」駱湛回眸，笑起來，「不可能發生的事情，我為什麼要怕？」

唐染遲疑，不知道該怎麼解釋自己剛剛說這句話的出發點。

駱湛想了想：「看來只交這些東西還不太夠。」

唐染茫然抬頭。

駱湛拿出錢包，把身分證抽出來放到女孩被他牽起的手裡。

唐染低頭，看了看證件照上仍舊禍害得很的那張俊臉，更加茫然了。她仰起臉望向駱湛：「你把身分證給我做什麼？」

駱小少爺知道女孩還不知道這種「兩性常識」問題上，一本正經地開口：「這是做某些『壞事』的必備物品。」

唐染陷入迷茫。

駱湛良心還在，不再繼續耍著唐染玩。他笑著敲了敲女孩的手心：「在古代，這就相當於賣身契了。」

「賣、賣身契？」

「嗯。」駱湛握住女孩的手，笑著說：「賣身契，不都是交給主人的嗎？」

唐染臉一紅。

幾秒後，女孩的手慢吞吞地挪回自己的背包裡：「嗯。那，我就收下了。」

駱湛垂眸失笑。

後來的某一天。

駱湛突然收到唐染打來的電話。

女孩在電話另一頭聽起來開心極了：「駱駱，我知道你說的做壞事是什麼了！」

駱湛一驚，回過神來，駱家的醋王小少爺立刻警覺：「誰告訴妳的？」

「萱情啊！」

駱湛陰沉下眼：「她──」

唐染不好意思地輕聲說：「我也想去看看。今、今晚我帶你一起去吧。」

駱小少爺愣住了。

晚上八點，唐染把心情複雜得魂游天外的駱湛帶到了學校門口。

然後停在一家──網咖前。

唐染轉頭，小臉興奮得紅通通的：「我一次都沒來過。我們進去吧！」

駱湛無語，他就該知道會變成這樣。

# 番外二　永遠的許願池

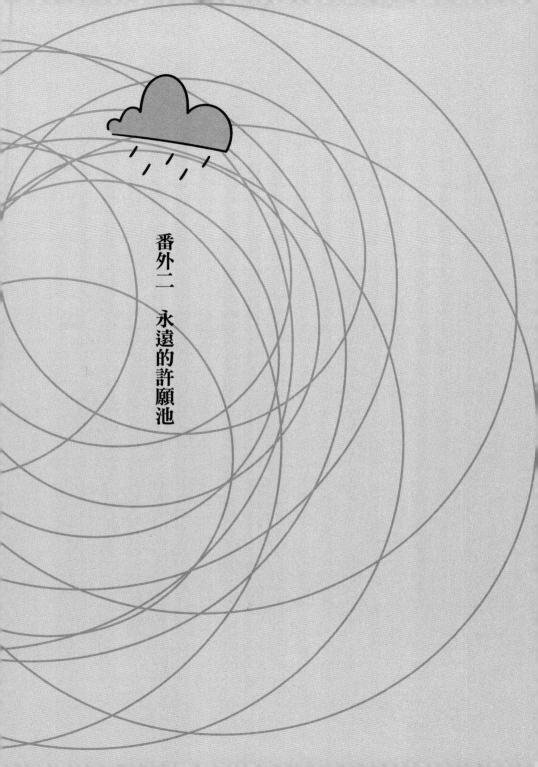

比起已經成為老油條的老生們，每一屆的大一新生在剛開始永遠是最乖巧的——從忙碌且管理嚴苛的高中生活裡解放出來，新生們適應大學的自由和開放環境總需要一個過程。而等他們瞭解了大學校園裡的「生存規則」，就會逐漸躁動起來、暴露本性。

每年隨著開學時間推移，新生們逐日遞減的出勤率就是這一點上再明顯不過的證明。年年如此，各院系的老師已經習慣這一點，每到新學期過半就會開始採取各種措施嚴抓出缺勤……

但偏偏今年的自動化系成了一個例外。

週五上午九點三十分的第二節課，也是自動化系每週《高等數學》的上課時間。

七一六寢室四個女生分成了兩批，唐染和許萱情先起來了，另外兩個還在賴床。她們兩人作為先遣部隊，提前來教室「占位」。

一到教室門口，許萱情就被門內的景象震住了。

過去好幾秒，許萱情僵硬地轉頭看向唐染：「我們不是提前十五分鐘來的嗎？」

「嗯。」

「那裡面人頭竄動的景象，難道是我的錯覺？」

「應該，不是。」

「學姐不是說期中考試過後教室裡想坐滿一半都難嗎？那我們這屆是怎麼回事——大家

都這麼積極好學的嗎？」

許萱情深吸一口氣，剛要繼續宣洩自己此刻的震驚情緒，她突然想到什麼。

教室門口安靜兩秒，許萱情緩慢而狐疑地將目光落到唐染的身上：「今天是……週五？」

「嗯。」

「駱湛學長是不是今天又會來跟妳一起上課？」

「嗯。」唐染這一次應聲的動靜明顯要比之前輕多了。

這裡面的情緒歸結起來，簡稱心虛。

許萱情磨了磨牙：「我、就、該、記、住、的！上週五的課前占位就是因為他才成了地獄模式的！」

唐染心虛不語。

許萱情不敢再耽擱，拉著唐染進去，好不容易找到兩處分開的位子。拿書本占了五個座位後，她鬆了口氣，拉著唐染坐下。

「小染，我們商量一件事好不好？」

「嗯？」

「妳跟妳那個個人魅力有點超標的男朋友商量一下，讓他別再每週五都來找妳上課了。雖然在別的情侶那裡這事沒什麼，但你們、你們畢竟不一樣啊！」

許萱情一邊說著，一邊抬頭往前張望：「妳瞧瞧這場面，陪女朋友上個課鬧得這麼興師動眾的，妳說他就不會有一點良心不安嗎？」

唐染張了張口。

「不好意思，我沒有良心這種東西。」一個似笑非笑的話聲懶洋洋地攔住唐染，先一步在許萱情身後響起來。

許萱情一噎。

兩三秒後，她尷尬地轉頭，哂笑：「學、學長好。」

「學長不太好。」駱湛抬了抬下巴，「妳把我的小女孩身旁的位子還給我，我就好了。」

許萱情委委屈屈地看了唐染一眼，抱著書本起身，自覺挪去了後排她占好的三個位子上。

駱湛心安理得地坐到唐染身旁。調整好位置，這人還絲毫不顧忌半點作為校內知名學長的形象，側倚到他身旁小女孩的肩頭上。

唐染停了一下，轉了轉頭，臉頰被身旁那顆帶著淡淡香薰氣息的毛茸茸的腦袋蹭得微微發癢：「駱駱？」

「嗯……」

那人從鼻腔裡發出一聲低低的微啞的應聲。

唐染放輕聲音：「你昨天沒休息好嗎？」

「在實驗室睡的……沙發太短，彎了半個晚上。」

「怎麼沒回家休息呢。」

「有一個演算法最佳化沒做完，不能拖到今天。」

「為什麼不能……」

唐染沒說完，駱湛打著呵欠直起身：「拖到今天，不就沒辦法陪我們染染上課了嗎？」

唐染回頭，看見駱湛眼瞼下淡淡的烏青，不由心疼地皺起眉：「你們實驗室那麼忙，不用每個週五和週末都抽時間陪我的。」

「那可不行。」駱湛單手撐到桌前，歪過頭懶洋洋地望著女孩，眼神雖然有點倦然發懶，但柔軟帶笑，「我可不想再聽見有人造謠說我們分手了。而且譚雲昶說了，一週忙到只有兩三天見得到面——我應該謝妳不甩之恩。實在不能再少了。」

聽駱湛這樣說，唐染抿了抿唇，沒有再說什麼。

不多時，高數老師拿著課本教案走了進來。上到講臺後，他並不意外地看到了滿教室熙熙攘攘的場面。

男老師的目光在教室裡轉了一圈，輕鬆找到了「罪魁禍首」的位子，他無奈地笑：「你們再這樣下去，我就該跟學校申請幫我增加鐘點費了啊。不然一樣的鐘點費，怎麼別的老師都只帶半個系，我卻要幫兩個系的學生人數上課似的？」

學生們哄鬧地笑。

在目光紛紛落去的角落裡，模樣俊美神態鬆懶的青年不以為意地打了個呵欠，他身旁的女孩赧然得快要找個地洞鑽進去了。

坐在他們後一排，許萱情搖頭，小聲跟另外兩個室友苦嘆：「這就是臉皮厚度和做人底線的強烈對比啊。」

前面懶洋洋的靠著椅背：「學長還沒聾。亂說話會倒楣的，學妹。」

許萱情往後一縮，和另外兩個對視一眼後，她小心翼翼地賠著笑開口：「我們得算是小染的娘家人了吧，開個玩笑，玩笑。」

「娘家人？」駱湛嘴角勾了勾，側眸看向身旁還紅著臉的女孩，「她們算嗎？」

唐染在許萱情求救的目光下，只能無奈點頭。

見女孩耳尖都快紅了，駱湛逗人的心思更壓不住，他往那邊靠了靠，聲音壓得低低啞啞的：「點頭不能算，女孩，要讓我聽到才行的。」

唐染難得有點惱地看向駱湛。

駱湛似笑非笑地回望著她。

對視數秒，還是唐染臉皮扛不住，沒辦法地低下頭去，聲音隱約：「……算。」

「算什麼？」

女孩臉都要紅透了，嚴肅地繃起來：「駱駱，你不能得、得寸進尺。」

駱湛失笑：「既然我們染染都這樣說了。好啊，算。那娘家人準備什麼時候把女孩嫁過來？」

剛得罪完駱湛的許萱情求生欲極強，一秒鐘沒猶豫就把唐染「賣」了：「隨時隨地！隨便你！」

駱湛啞然地笑：「那我就不客氣了？」

唐染憋住氣，不說話了。

駱湛坐在旁邊，撐著臉笑著看：「我們女孩到現在還臉皮這麼薄，以後怎麼辦呢。」

唐染低頭看書，裝聾作啞。

只是更鍍了一層紅暈的耳朵還是出賣了她。

第二節課結束已經是中午十二點，駱湛被諮詢科系課程問題的學弟絆住了，一直到教室裡人都走得差不多，他這邊才結束。

等學弟激動得臉色通紅地離開，教室裡已經只剩下駱湛和等他的唐染，以及講臺上還沒離開的年輕男老師。

駱湛和唐染走下教室裡的階梯走道，經過講臺時駱湛停了停，跟講桌後的男老師打招呼：「錢老師。」

「駱湛，你這麼纏著我們系的小資優生可不好。」男老師闔上多媒體，打趣道。

「小資優生？」駱湛回頭看唐染。

「嗯，這次期中考試，高數和大物雙料滿分的只有你這個小女朋友一位啊。」

駱湛不由笑起來：「真的？怎麼沒跟我說。」

唐染有點不好意思，但還怪認真：「只是期中考試。」

男老師玩笑道：「妳這話被別人聽到，可要氣死了。」

唐染臉上微熱。

三人聊著，並肩往外走。

在教學大樓下要分開前，男老師的表情遲疑了一下，然後若有深意地對駱湛說：「大學裡聽課挺常見的，不過，每週五自動化科系無論在系裡的共同課程還是科系的必修課，人有點太多了。雖然這不是你們的錯，但想解決難免要影響到你們。」

駱湛抬頭：「打擾到錢老師上課了？」

「我是沒事。」男老師打了個哈哈，「但難免別的學生有意見嘛。」

駱湛眼神微動，須臾後他點頭：「我知道了，謝謝錢老師提醒。」

「嗯，那就這樣。我去教務處還鑰匙，你們先走吧。」

「老師再見。」

這件事唐染沒有太放在心上。直到這天晚上，最後一節晚課結束後，七一六的四名女生回到寢室。

坐聊環節，她們的手機卻不約而同地震動了一下。

許萱情離得最近，拿起手機一看：「是班級群組裡的訊息，我看看說了什……嗯？」

「怎麼了？」寢室裡另外兩人問。

唐染也好奇抬頭。

然後就見許萱情表情複雜地糾結了幾秒後，忍著笑開口：「學校為我們自控系下了最新規定。」

「啊？只給我們系？」

「對。」

「什麼新規定啊？」

「從今天起——自動化系嚴禁旁聽。」

「……噗。」

「哈哈哈哈哈哈……」

許萱情憋了好幾秒，還是笑出聲，她朝旁邊鋪位呆住的唐染豎起拇指：「姐妹厲害，妳的男朋友以後就是改變了校規的男人了——你們絕對得載入我們K大自控系歷史啊哈哈哈哈！」

新的一個週五。

七一六寢室四人到齊，教室裡人數比往常少了一小部分。而新規之下，駱湛果然沒有露面。

又一個週五，駱湛依然沒出現……

這情況持續了一個月後，每週五自動化系的上課人數果然恢復了正常數字，教室裡也只有一半的位子坐滿。

「唉，駱湛學長不來，還真是少了好多樂趣啊。」許萱情嘆氣。

「可不是。」七一六另一個女生哀怨道，「本來週五的老師上課從來不點名的，蹺課都毫無後顧之憂——現在倒好。」

許萱情樂了：「妳就知道蹺課！點名分數還要不要了？」

「不蹺了不蹺了，駱湛學長不來陪小染上課，我哪還敢蹺課啊？」

「對了小染，駱湛學長之後真的不來了啊？」

被點名的唐染從她已經開始預習的高數下冊的課本裡抽回意識。想了兩秒，唐染不確定地點頭：「應該，吧？」

「嗯？什麼叫『應該吧』？」

唐染說：「我也不確定。」

許萱情湊過頭來：「難不成這樣他都敢來？那可真是跟系裡對著幹了啊。」

「駱駱不會主動惹事。」唐染一頓，眼角微彎，「但他的性格，也不是很輕易就會被規定折服的人。」

「什麼意思，我怎麼沒聽懂？妳們聽懂了嗎？」

「沒。」

唐染無奈地淺笑解釋：「他應該會鑽個空子……但是要怎麼鑽，我也想不到。」

「可這規定很死啊，哪有空子可鑽？」

「敲鐘了。」

「上課上課，下課再說……唉，錢老師今天怎麼還沒來？」許萱情慢半拍地反應過來，不解地望著空蕩的講臺。

正在教室裡的學生們茫然的時候，教室前門被推開，一道修長的身影懶洋洋地走了進來。看著那再熟悉不過的人走上講臺，教室裡陷入呆滯的死寂中。

「錢老師這兩週去X市開學術研討會了，我是他這學期的臨時助教，會幫他代兩節課……嗯，差點忘了。」

那人放下書本，撩起眼簾。

「自我介紹一下，我叫駱湛，雙控及模式識別雙碩士學位，目前人工智能博士學位在讀生——接下來的學期裡，請多指教。」

陷入死寂的教室內，半晌才響起掌聲。從零碎鬆散，再到班內一些男生乾脆起鬨拍桌的笑鬧。

這動靜裡，從震驚中回神的許萱情轉過來，朝唐染豎起拇指：「騷還是妳男人騷。」

唐染無語了。

「不過，助教都是自己人了，我們這學期的高數應該會很幸福吧？」

「有道理有道理。」

然而一節課後，自動化科系的學生們集體掛上了兩條眼淚。

「媽的讓這個魔鬼走！把我們溫柔慈祥和藹善良的錢老師還回來啊啊啊啊啊！」

講臺上，駱助教露出「和善」的笑：「晚了。」

那些無憂無慮的日子總是過得飛快。一晃眼，唐染的大學四年只剩下一截小小的尾巴。

進了六月，急劇升高的氣溫使校園裡的所有人脫下外套，換上了最涼爽單薄的夏裝。

各類運動場裡的身影逐漸增多，尤其是K大的籃球場裡，已經隨處可見打球打得汗流浹背而赤膊秀肌肉的男生們了。

而相比熱愛透過流汗感受自我魅力的男性，多數女孩子在這樣酷烈的夏日陽光下更願意選擇溫度舒爽適宜的冷氣房——比如K大的宿舍。

「啊啊啊還有不到一個月我們就要離校了！捨不得啊，嗚嗚嗚……」

七一六女生寢室，仰在床上的許萱情伸展手臂，發出哀號：「本姑娘還沒談戀愛、沒好好學習、沒認真玩遍所有想去的地方呢，怎麼大學就這麼過去了啊！」

對床的女生笑了笑：「還剩一個月，就別想那麼多了，越想越遺憾。不過妳也還行，至少學生會工作參與得不錯啊。早上我不是還見你們學生會的小學弟們跟妳打招呼嗎？」

許萱情翻了身，哀怨地趴到床上：「那有什麼用，又不能當飯吃。」

「哈哈那可是你們體育部的小學弟，論身材論模樣都是秀色可餐，怎麼不能當飯吃啦？」

「去妳的！思想能不能純潔點！」許萱情惱羞成怒，一個枕頭飛了過去。

「哈哈哈哈……」

兩邊很快隔空打鬧起來。

唐染坐在鄰床的床下桌前。她對這種場面已經再習慣不過，此時也只是無奈地笑著搖了搖頭。

直到寢室門外傳來一陣敲門聲。

床上隔空打鬧的兩人一停。

窗下的唐染也摘了耳機，茫然地抬了抬頭：「找妳們的？」

「不知道啊，我沒約人。」

「我也沒。」

「嗯，那我去看看。」作為唯一一個在地面上的，唐染自覺起身，過去開門。

門外站著一個面容陌生的女生。

唐染扶著門，露出清淺的疑惑情緒：「妳好？」

「啊，唐、唐染學姐好！」女生沒想到開門的是唐染，一副驚了一下的模樣，紅著臉打了招呼。

唐染愣了兩秒，眼角微彎：「妳好。妳是來找人嗎？」

「對、對，我我我是學生會體育部的，我來找許萱情學姐，她她她在這個寢室吧？」

「嗯。」唐染回眸，「萱情，找妳的。」

說完以後，唐染轉回來，朝那個不好意思的女生淡淡一笑：「外面熱，妳進來說吧。」

走廊裡也逃不過的燥熱暑氣裡，這聲音輕和柔軟，猶如一陣打心間浮掠而過的浸著清涼意的風，吹得門外的小學妹愣了好幾秒才回過神。

「好、好的！」她連忙應下，然後有點慌亂地跟著唐染走進七一六寢室。

她們兩人進來時，許萱情正好奇地從床上探頭：「啊？找我的？」

「體育部的小學妹。」唐染在她床下一停，放輕聲音，「注意學姐形象。」

「喔喔喔，妳說得對。」許萱情連忙端正姿態，「學妹有什麼事嗎？」

「學姐好，我是體育部的大一幹部，我、我們體育部想趁畢業季舉辦一場籃球友誼賽，邀請大學生和研究生學長們參加。但是目前參賽成員上出了點問題，研究生部那邊組、組不起來，部長就讓我來問問學姐您，他說您在這方面有經驗有人脈，想讓我問問您有沒有什麼辦法……」

這個大一學妹顯然有點內向，一長串話說得有點結巴，但總算成功傳達了要旨。

許萱情聽完皺了皺眉：「往年辦過友誼賽，但也沒有跨系學生和研究生啊。這兩個完全沒關係的，許青放怎麼想的？」

許青放就是體育部現任部長，也是許萱情這個前任體育部長一手帶起來的親學弟，此時叫起名字來自然不含糊。

學妹聽得心裡抖，小聲解釋：「部長說，他已經在、在主席團那邊誇下海口了，這次請學姐您一定要幫、幫幫他。」

許萱情表情更差：「我都是個快畢業的退休『老人』了，他辦個活動還得麻煩我幫他跑腿啊？」

小學妹臉色發白。

「唉，行了，我跟他電話裡說，妳先回去吧。」

「好、好的，謝謝學姐……」

小學妹得了赦令，連忙轉身往外走。

快到門口的時候，她慢下腳步。到某一秒，鼓足了勇氣，轉回頭對著站在自己桌前的唐染，紅著臉開口：「唐、唐染學姐。」

「嗯？」唐染意外地抬眸。

「我……我聽說過妳和駱湛學長的故事，祝你們一、一定要幸福喔！」

唐染愣住。

不等她反應，小學妹已經轉身紅著臉跑出去了。

床上，繃著臉的許萱情破了功，笑著調戲唐染：「你們這一對的粉絲發展得可以啊？都禍害到大一的小學妹身上了——說吧，這是你們誰的粉絲轉化過來的？」

唐染無奈，仰了仰臉看向上位的床：「我什麼時候有過粉絲了？」

「喲，千萬別謙虛啊，我的唐染小姐。妳這四年在自動化系，那成績那履歷，再加上這臉蛋這氣質，都攢下多少粉絲了？」

論口舌之爭，唐染從來沒想能贏許萱情。此時只能示意一下許萱情的手機：「妳還是打電話給妳的學弟吧。」

「喔對，正事要緊。」

許萱情本就嘴上工夫厲害著，這四年在學生會更是沒少鍛鍊。一通電話下來，把對面的親學弟奚落了好一頓。

等她這邊臭著臉掛斷電話，她對面的室友忍不住笑她：「也就許青放學弟出了名的縱容妳——換了旁人，聽妳這一頓奚落，還不得上門掄妳啊？」

「他敢！我借他三個膽子了？再說了，他自己辦事不力還有臉了啊？我早就跟他說，我都快畢業了別再拿學生會的事情煩我，他就是不聽——自己誇了海口還得我幫他收拾爛攤子，妳說他這是不是慣出來的毛病？」

「那妳答應了嗎？答應了嗎？許大前部長？」

許萱情哼了一聲，不自在地轉開臉：「最後一次了，幫一幫就幫一幫吧。」

「所以啊，妳自己寵的毛病，還說什麼？」室友不留情地嘲笑完，抬頭，「不過我們院裡研究生部和大學生部，一向是井水不犯河水，我記得妳和研究生那邊沒什麼往來吧？妳準備怎麼解決這事啊？」

「解決辦法嗎……」

許萱情的目光慢悠悠地落下來，飄到唐染身上。

唐染一頓，抬眸。

許萱情咧嘴燦爛一笑：「唐染小姐，妳這兩年沒少往int跑，和不少自動化系的研究生學長都混熟了吧？」

唐染無奈：「妳學弟坑妳，妳就來坑我嗎？」

「嘿，朋友之間的事情，那哪能叫坑呢，對不對？」

「我幫妳問問千華他們吧，不保證結果喔。」

「好的！有妳這句話我就放心了！我們唐染小女神出馬——哪還有解決不了的事情！」

「少來。」唐染笑著睨她，起身去外面打電話了。

幾分鐘後，唐染推門回到寢室：「林千華那邊沒什麼問題，我讓他直接聯絡體育部的許青放，可以嗎？」

「可以可以，完全沒問題！」

唐染走回來：「嗯，那沒事了？」

「呃，其實還有一點點，小小的事情。就是，這次友誼賽比較匆忙，安排觀眾恐怕不夠熱場子的，需要一點宣傳名頭……」

許萱情諂媚地笑：「小染妳看，我們駱大校草，能有時間賞臉參加一下嗎？」

「沒時間。不去。」

「你也太絕情了，湛哥。體育部那邊的學弟學妹可是很努力地懇求你務必露面，哪怕只是小小地秀上一手行——」

「學弟學妹，你的嗎？反正不是我的。」

「……湛哥，你真的這麼狠心？」

電腦桌前一直眼皮都沒抬的人冷淡地哼笑一聲：「這就算狠心了？看來最近ｉｎｔ果然清閒得太厲害。」

林千華一噎：「我收回，收回。」

駱湛回眸瞥他。

「但是湛哥，你真不去啊？這可是難得的我們研究生院和大學學弟學妹的互動——」

「需要我提醒你一下嗎？」

「啊？」

「從去年開始，我已經拿到博士學位，現在屬於博士後在校研修階段——和你們研究生沒關係了。」

林千華說：「你這個冷酷的男人，那那那，萬一唐染妹妹去看比賽呢，你也不去參加嗎？室外籃球場上可是最不缺學弟們年輕的肉體了！」

駱湛不以為意：「染染不會去。」

「萬一、萬一呢！」

「萬一？」駱湛冷淡地笑，「那群小孩的肉體有什麼好看的。再說，我是那種連這種小醋都要吃的人嗎？」

一週後，K大室外籃球場。

烈日炎炎，場地彷彿被炙烤出滾燙的塑膠的味道。

林千華領著他帶來的一行人走進籃球場，第一眼就看見還沒開場的籃球架下白得刺眼的女孩。

林千華呆了兩秒，甩開幾人快步過去：「唐染妹妹，妳——妳怎麼來了？」

唐染聽見聲音抬頭，剛想解釋，就聽自己身旁許萱情哈哈一笑：「意外吧？驚喜吧？哈哈哈，當然是我把小染強行拐來的——準備匆忙，必須有人為我們畢業季的比賽撐場面啊。」

許萱情說著，手臂大大剌剌搭到唐染肩上，歪過頭笑得像個女流氓：「是吧，小染？」

唐染無奈地看向林千華：「大概就是這樣了。」

林千華表情微妙：「妳來這裡看比賽的事情，和湛哥說過了嗎？」

唐染說：「駱駱最近一段時間好像在忙什麼事情，我沒打擾他。」

「唔，這樣啊……那妳們先聊，我去那邊熱身。」

「好，比賽加油啊。」

「嗯嗯。」

林千華轉身走到準備區，卻沒著急熱身，而是拿出手機打了電話給駱湛。

「喂，湛哥？你在忙啊？喔，我沒事，就是今天來籃球友誼賽的比賽場地，你猜我在場邊見到誰了？」

四十分鐘後，駱小少爺「殺」到了現場。

他這邊剛進籃球場，就收到了站在場邊的林千華的「熱烈歡迎」：「湛哥，你不是在校外嗎？怎麼回來了。瞧這呼吸喘得，從停車場跑來的吧？」

駱湛沒理林千華的打趣。他的目光在場內掃過半圈，最快速度鎖定了唐染的位置。駱湛鬆下呼吸，繞過林千華直接往那裡走。

場外，唐染坐在觀眾區，正新奇地望著場內揮汗奮戰的學弟學長們的比賽，突然感覺頭頂罩下一片陰影。

唐染茫然地側抬起頭，然後愣了一下：「駱駱？你怎麼來了？」

駱湛垂著眼，神態懶懶的：「好看嗎？那麼聚精會神的，我過來妳都沒察覺。」

唐染點頭：「確實很有意思，你要不要也坐下來看……」

目光轉了半圈，唐染才發現四周不知道什麼時候已經坐滿了人，沒有空位了。

駱湛彎下腰，提了提膝處線條筆直俐落的西裝褲，也不避諱地坐到唐染座位旁的走道臺階上。

唐染下意識問：「地上不髒嗎？」

「還好。坐一下我就起來。」

「嗯。」跳過這件事，唐染又想起來，「你今天不是有什麼事情在校外忙著嗎？怎麼突然回來了？」

「林千華叫的。」

「千華叫你來做什麼？」

「他說站在我家牆外面，一抬頭就看見一朵小杏花快要探出來了。」

「啊？」

唐染愣了好幾秒，驀地反應過來。女孩白皙的臉頰暈染上淺紅，也不知道是被逗得還是冤得：「我哪有？」

「沒有的話，怎麼看得那麼聚精會神，連我過來都沒注意？」

「明明是你走路太輕……」唐染小聲嘀咕。

「什麼？」

「沒。」唐染抬頭，眼神真誠，「沒什麼。」

駱湛嘆氣：「我的小女孩也學會騙人了。」

「我沒有。」唐染安靜兩秒，放輕聲音，「明明是駱駱吃飛醋了，在惡人先告狀。」

駱湛一頓。

幾秒後，他撐著下頜轉向身旁比自己坐得高了十幾公分的女孩。

盯了好幾秒後，駱湛垂眸一笑：「好吧，是我吃飛醋——學弟們比我好看嗎？」

唐染聽見問題，本能地抬頭看場中的學弟們。

駱湛瞇起眼：「這個問題看來還需要認真比較和思考一下？」

唐染收回視線，落到眼前穿著沒來得及換下的白襯衫和長西裝褲的男人身上。她莞爾一笑：「駱駱最好看。」

駱湛眼神稍鬆，但醋意未消：「看著年輕的小學弟們，沒有覺得妳最好看的男朋友有點老了？」

唐染愣了兩秒，忍不住笑起來：「駱駱，沒有你這樣自誇的。」

「有，我。」駱湛勾過女孩涼涼的手，托在臉側。他自己坐在臺階上，側身半仰頭望著女孩，「不許逃避問題。」

唐染笑：「沒有。」

「真的沒有？」

「完全沒有，而且……」唐染笑彎了眼，「你明明是越活越幼稚了，一點都不會老。」

站在一群十八九歲的年輕人中間，已經二十五六的「老男人」頓時感覺危機消散，欣慰許多。

他們兩人的安靜裡，笑聲在駱湛身後響起。

「湛哥，上週是誰說得大義凜然——『我是那種連這種小醋都要吃的人嗎』？」

駱湛懶洋洋地一回頭，果然就見林千華從他身後的臺階上走下來，然後繞過去，停在他下面的臺階前。

駱湛握著唐染的手沒鬆開，此時撐著臉，神態倦懶地半瞇著眼：「我說過嗎？」

林千華說：「說了。」

駱湛冷靜地答：「那就當我沒說吧。攸關我家染染，沒有小醋，都是大的。」

林千華忍不住嘖了一聲：「湛哥，你以前可不是這樣的。」

「哪個以前？」

「還能哪個，當然是兩年前，不對，四年——六年前？」

林千華頓住，幾秒後他忍不住揉著後腦勺笑起來：「不知不覺的，你們已經認識這麼久，在一起這麼長時間了？」

「很久了嗎？」駱湛不以為意地笑了笑，他低頭，無意識地在女孩的手背上輕吻了一下，「明明都像昨天。」

林千華心裡湧起複雜的感慨，正在他不知道從哪說起的時候，一個歡樂的調子插進他們的談話裡。

「啊，駱湛學長真來了啊！我還以為體育部那群小子看走了眼呢！」

許萱情跳到唐染身邊，隔著唐染窺望駱湛：「駱大校草，你今年陪小染一起離校對吧？你說你從十四歲入校，這些年這麼多屆學妹們，還沒一個有機會看你打場籃球賽呢。你就不想在離開之前，為我們解決一下這個遺憾，也算對得起好些為你碎了又碎的少女心？」

駱湛似笑非笑地瞥過去：「不想。」

許萱情悲憤地轉向唐染，控訴道：「這個冷血無情的男人我們是解決不了了，姐妹們最後的希望寄託在妳身上了，小染。」

唐染哭笑不得：「妳只會為難我。」

「我可沒有。」許萱情眼珠子轉了轉，計用心頭，「這樣，我也不要妳跟駱湛學長說什麼，妳就當著我們的面實話實說。」

「說什麼？」

「妳看過駱湛學長打籃球嗎？」

「沒有。」

「那妳想看嗎？看著這群學長學弟在場中跑跳投籃，妳就沒一點想像過駱湛學長上場是什麼樣子？」

唐染遲疑地停住。

許萱情露出奸計得逞的表情：「不許說謊喔，小染。」

唐染回過神，無奈地說：「雖然想過，但是──」

「不需要但是。」許萱情笑著歪下頭，望向駱湛，「駱大校草，你真的不上場？」

唐染反應過來，轉頭看向駱湛：「我只是想過，你不想去就不要去。」

「想過？」駱湛問。

唐染沒回答。

「想過沒？」

唐染慢慢點下頭：「想了。」

駱湛眼角微垂，他抬手摸了摸女孩的頭，笑：「既然真的想過，那許願池就該去工作了。」

他停頓了一下，對許萱情說：「我知道妳是要為體育部準備拍攝和宣傳用的素材──妳利用染染，所以我只投一次。」

許萱情樂了：「沒問題！」

目送駱湛的背影走下臺階，唐染遲疑地轉向許萱情：「他還穿著襯衫長褲呢，可以投球嗎？」

「只投一次籃而已，有什麼問題。」許萱情咧著嘴笑，「更何況，駱湛可是K大多少年的校草了。妳見過有哪個校草不具備在籃球場上要帥的技能的——這可是他們的魅力利器！」

「喔。」

唐染轉回頭。

幾十秒後，駱湛站在籃球場的中央，雙手抬起，籃球托過頭頂，修長有力的指節完美地把控著籃球的弧度。

從手腕向下，被半透明的白襯衫包裹著，俐落的肌肉線條若隱若現。

這幾屆大學生進K大的時間太晚，這兩年已經鮮少能在校內見到這位神龍見首不見尾的大校草。此時見了，自然一個比一個移不開眼。

場外大半的目光焦點集中在駱湛身上。

看著那隻藝術品似的手略略發力，籃球在空中劃過一條優美的弧線——

隨著籃球拋出，學妹們發出花痴的歡呼：「哇……喔？」

——啪，嗒，嗒，嗒……

連籃球框都沒能摸到的籃球，寂寞地滾出了籃球場的界線。

站在眾人呆滯的目光焦點裡，場中的駱小少爺冷靜地收回手，往回走向唐染身邊。

坐在唐染身旁的許萱情還沒回過神，目瞪口呆地喃喃著：「原來……籃球不是校草們的必修技啊……」

唐染倒是沒有多少意外。

在駱湛走過來之前，她已經主動起身，上前拉住駱湛伸來的手。

他們並肩往外走。

駱湛露出笑意：「看到了？」

「嗯。」唐染也笑，「不錯。」

「哪裡不錯？」

唐染想了想，歪了一下頭，輕笑：「人不錯。」

「沒有損害我在妳心目中的形象？」

「在我心裡，駱駱永遠無所不能。」

「唔，那比學弟們怎麼樣？」

唐染失笑：「你夠了，駱駱。一點飛醋吃這麼久了。」

「不夠。我有一種預感。」

「嗯？」

「再過幾年，幾十年，等我到了八九十歲，老到連這籃球都拿不起來的時候，我還是會吃我家染染的醋。」

「會……一起走到那時候嗎？」

「當然。」

灼目的陽光下，駱湛慢慢握緊唐染的手，啞然地笑：「畢竟在妳心裡無所不能的那個駱駱，餘下的這輩子都會只為實現這一個願望活著。」

# 番外三　諾言

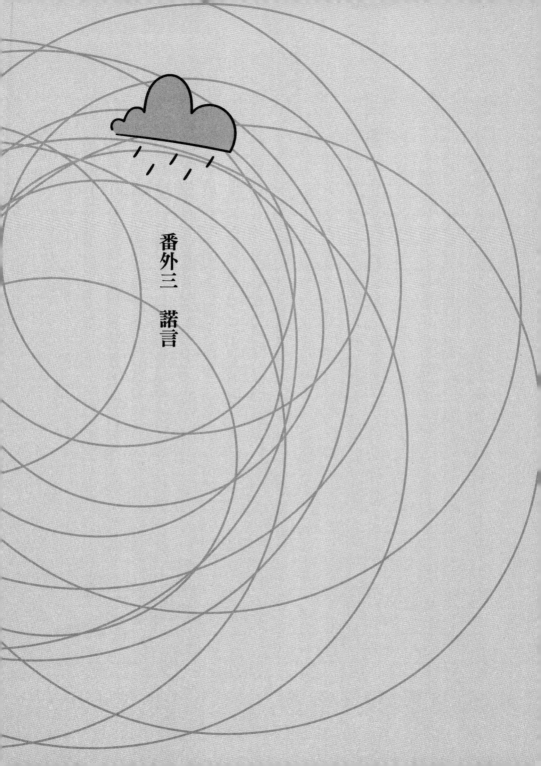

唐染和許萱情都是K市本地人，六月底的畢業季尾聲裡，她們成了最後一批離開K大的學生。

許萱情走的那天晚上，七一六寢室只剩下唐染還在。

她們宿舍對著K大校內的二號足球場，場地裡開了最大的幾層樓高的探照燈，學生會在那裡辦了畢業慶典，歌舞聲在廣袤如幕的夜空裡迴旋。

空氣裡每一個因子歡喜而躁動，而這棟離最近的畢業生的宿舍裡，卻透著莫名的安靜和傷感。

許萱情哭得眼睛通紅。

她站在七一六寢室敞開的門下，雙手死死地抱著唐染，不肯鬆開：「我不、不想走了小染，我後悔了，嗚嗚嗚……我不想一個人到那麼遠的地方工作，我想和妳們大家在一起……我們回大一重讀吧，嗚嗚嗚……」

唐染的眼睛也溼潤了，只是聽到許萱情這樣幼稚得孩子一樣的說法又想笑，她最後輕輕拍了拍許萱情的肩：「我們已經待在一起足夠久的時間了，萱情，足夠我們一直一直記得這四年。」

「但我捨不得妳們……」

「再捨不得，生活總要繼續的。」唐染輕聲安慰，「不是有人說過嗎？生活就是一場旅行。不同的人在不同的站上車下車，我們遇見，相識，然後分開。在這些要告別的站，我們唯一能做的就是把這一站的記憶妥貼地收好，珍藏起來。再出發去下一站，和新的朋友認識相見。這樣到很久以後再翻開收藏，那些記憶依舊如新，就像昨天剛發生過的事情——這樣不好嗎？」

許萱情哭著臉紅著鼻頭想了一遍，眼角一擠，眼淚再次潰堤：「不好，一點都不好，妳這樣說我覺得更捨不得更難受了！」

唐染被哭得無措，一時不知道該怎麼辦，她抬頭看向許萱情身後的走廊——兩個男生站在外面。

駱湛從方才就一直強忍著了，此時收到唐染求助的目光，他索性不再克制，黑著臉上前，把唐染從章魚似抱著她抹淚的許萱情那裡扒出來。

「染染的眼睛不宜情緒激動和流淚，妳難過自己的，別帶著她一起。」

許萱情頓時睜大了眼，哭訴：「駱湛你太沒人情味了！」

走廊裡另一個男生許青放，也就是許萱情在體育部的親學弟見狀，上前兩步拍了拍許萱情的肩：「學姐，駱湛學長也是擔心小染。而且，妳再不跟我下樓，飛機就要趕不上了。」

「趕不上就趕不上，趕不上我就不走了！」

「別啊，學姐，這機票貴著呢，作廢一張可是要很多錢的……」

許青放這樣緩聲勸著，總算把許萱情的情緒安撫下去。

再三告別後，許萱情還是在許青放的陪同下，拎著行李箱離開了。

看著那道背影在長廊裡一點點縮小，最後消失在樓梯間，唐染一直忍著沒哭的眼睛還是慢慢紅了。

駱湛輕嘆了一聲，把她抱進懷裡：「剛剛我的話不是玩笑。不許難過，更不許哭。」

唐染聲音哽咽：「你這樣太嚴格了，駱駱。情緒又不是我自己控制得住的。」

「我知道。」駱湛隱忍著，用最輕的力度撫過女孩的長髮，「但妳一哭我就什麼辦法都沒了，所以只能這樣『威脅』妳。」

「你還說萱情。」唐染憋著淚，低著聲音躲在駱湛的懷裡宣洩自己的難過，「這種時候，她那麼難受，你那樣說，真的有點過分。」

「只有一點嗎？」駱湛垂眼，無奈笑問。

「不……不只。」

「嗯，我知道。」

「你知道還那樣說她的。」

「因為知道，所以她那樣直呼我的名字我都沒跟她計較。」

「……她直呼你的名字了？」唐染回憶了一下，慢半拍地想起來，破涕為笑，「萱情平常可怕你了，她一定是被你氣得太厲害，才連學長都忘了喊。」

駱湛低了低頭，聲音啞啞的，溫柔帶笑：「確定不是因為妳嗎？」

「應該，不是吧。」女孩心虛地沒抬眼。

見唐染情緒稍稍平復，駱湛心裡鬆了一口氣。他看了已經變得空空蕩蕩的七一六寢室一眼：「學校裡不要住了。今晚先去我那裡吧，離學校更近一點，過去比較方便，好不好？」

唐染設想一下自己一個人待在寢室裡的感覺，心裡一冷，她立刻點頭：「好。」

「那妳簡單收拾一點換洗衣物，我開車到樓下等妳。」

「嗯。」

駱湛在K大校外那戶私人住處，名義上是單身公寓，裡面卻是一個有兩百坪的大樓層。裝潢風格和駱湛在駱家的臥室一樣。進玄關開始便不見牆壁，除了必要的承重柱外，只以書架或者吧檯作為隔斷，分離房間。

而唯一算得上有門有窗的，分別坐落在大平層兩個角落，以磨砂玻璃封住的兩間浴室並洗手間了。

唐染之前也來過駱湛這處住處，但從未久留，更別說過夜了。

進來以後她坐到沙發上，對著完全藏不住任何聲音或者場景的吧檯、書架，還有在後面若隱若現的房間，唐染莫名生出點緊張。

「我今晚……」唐染回身，問幫她拉行李箱進來的駱湛，「我今晚睡在哪裡？」

駱湛將行李箱貼著「主臥室」的書架角落放好，聞言回眸：「我這裡有三張床，妳隨便挑。」

他一頓，不正經地笑了笑：「如果妳想，也可以選和我同一張。」

唐染偷偷覷了他一眼，在被發現前收回目光，掃視了一圈：「這樣看起來，好像都在同一個房間裡。」

駱湛走過來：「嗯，之前基本是一個人住，沒有不方便。」

唐染默然。

駱湛倒水給她，才察覺女孩詭異的安靜。他一頓，坐到唐染身旁：「怎麼了？」

唐染抬了抬頭，嚴肅認真地問：「基本是什麼意思？」

駱湛愣了一下。

須臾後，他垂眸失笑：「我們染染這是吃醋了？」

唐染憋了憋氣：「你之前說，你沒、沒有過女朋友的。」

「嗯。」

「那為什麼是基……基本？」唐染攥緊手指，緊張地盯著駱湛的眼睛。

駱湛不忍心再逗她。

他傾身過來，笑著揉了揉女孩長髮：「妳在胡思亂想什麼？基本上是一個人，是因為偶爾譚雲昶他們會過來借住一兩天。」

「……啊。」

唐染愣了兩秒，恍然應聲。

駱湛摸完以後沒收回手，爪子擱在女孩的腦袋上，把人往自己這裡勾了勾：「所以我們女孩剛剛到底想到什麼了？」

唐染臉一紅：「沒，沒想什麼。」

「真的沒有？」

唐染放在膝前的手慢慢攥緊起來，到某一刻，她鼓足了勇氣，突然沒什麼徵兆地抬頭。湊近到女孩身前逗她的駱湛沒防備，唇上拂過女孩柔軟的呼吸和淡淡的清香。

他身影僵住。

而女孩紅著臉停在離他極近的位置，烏黑的眼睛盯著他：「那駱駱覺得，我想什麼了？」

駱湛僵了好幾秒，回過神他的喉結滾動了一下，自己退開幾公分，狼狽地掠下目光。

不等駱湛開口，唐染忍不住輕笑起來，語氣難得帶上點捉弄之後的俏皮：「果然。」

「……果然什麼。」駱湛抬起一雙漆黑的眼，聲音無奈而低啞地問。

「有人跟我說，駱駱是一隻紙老虎，我不需要怕，招架不住的時候，有樣學樣地『反擊』回去就好了。」

駱湛停了兩秒，目光不善地輕睇起眼：「誰跟妳說的。」

唐染乖巧地看著他，沒說話。

駱湛把僵澀的思緒從方才的「泥沼」裡拉出來，思索幾秒他就露出瞭然的情緒：「唐世……妳媽媽說的。」

唐染笑著點了點頭。

駱湛嘆氣：「妳跟她屬性不同，按照妳自己的方式生活，不用一味聽她的。」

「我知道。」唐染笑了笑，「但在這件事上，媽媽沒說錯。」

「是嗎？」

駱湛手肘撐到唐染身後的沙發上，朝前壓了壓身，很輕易就把女孩逼進沙發角落裡。

唐染紅著臉：「駱駱你不能惱羞成怒。」

「我為什麼不能？」駱湛刻意壓低一下頜，微灼的氣息輕拂過女孩的唇。他像是要吻上去，但又只是勾起嘴角，「剛剛不還說我是紙老虎，怎麼現在又怕了？」

「知道我為什麼是紙老虎嗎？」

唐染原本白皙的臉此時幾乎要紅到頸上去，思考能力早就不在了，只艱難地最小幅度地搖了搖頭。

駱湛低笑，氣息拂在她的唇上：「因為……」

最後一點距離被泯滅。

駱湛輕吻在女孩柔軟的唇上，以最淺的力道摩挲過她的唇線，最後起身。

「因為捨不得。」

已經闔上眼的唐染茫然地睜開眸子，只來得及看見那人把她的行李箱拉向書架後的大床。

那聲低啞的笑還縈在耳邊：「總覺得我們染染還小，碰一下都要捏出一點瘀青來，所以捨不得。」

唐染垂回眼，咬著唇輕聲咕噥了句：「我才不小。」

「什麼？」幫唐染歸置行李的駱湛回身問。

「沒什麼……」唐染抬頭，「我想淋浴，那個是客用浴室嗎？」

駱湛說：「是。但妳用另一個吧。」

「啊？」已經起身的唐染不解地轉回頭。

「客用那個有別人用過，主臥旁邊那個，只有我自己用。」駱湛說完，自己皺了皺眉，「不過家政每天來做清潔，這個理由好像沒什麼道理……還是隨妳喜歡。」

唐染足足呆了十秒，才去行李裡抱起自己的浴袍和換洗衣物之類的，然後慢吞吞地挪向了主臥旁那個浴室。

站在主臥的床邊，駱湛嘴角無聲地勾起來。

可惜，十分鐘後駱湛就笑不出來了。

在浴室的燈光下，又經過飄在空中的水氣的反射折射，磨砂玻璃根本無法藏住女孩的身影和曲線。

甚至連那抹白皙的體色都無法遮掩。

經歷了無數種轉移注意力的方法並且一一宣告失敗以後，駱小少爺狼狽地「逃」進了另外一間客用浴室內。

所以不久後，換好睡袍的唐染從浴室裡走出來時，驚訝地發現駱湛已經不在外面了。

透過水聲和燈光判斷出某人在客用浴室裡，唐染表現出完全不同於某人的老實，乖巧地窩進沙發裡，打電話給許萱情。

已經到達機場的許萱情平靜許多，兩人閒聊沒幾句，唐染就被套出自己在駱湛住處的事實。

許萱情還記仇走之前的事，不地滿嘀咕：『剛畢業就把妳接去家裡，我看駱湛是沒安好心。小染妳可要小心點，別一不小心就被他騙進盤子裡，當晚餐給吃囉。』

「駱駱不會的。」

『怎麼不會，男人不都是那樣嗎？』

唐染遲疑好幾秒，還是紅著臉把剛剛發生的事情說給許萱情聽。

許萱情聽完卻更加狐疑：『這麼違反本性，他不會有什麼問題吧？』

唐染一呆：「問題？」

『喔，我不是說那方面的問題，我只是突然想起來，我們不是從籃球賽前那時候就奇怪，駱湛這個學期總有事在校外？』

唐染愣了一下：「他應該是在忙……」

『忙什麼，他從來沒告訴過妳吧？』

「嗯。」

『我還記得妳說過，今年夏天開始，他不管在室內還是在外面一直都是穿長袖襯衫，釦子也扣到最上面……就好像怕被妳看見什麼似的……』

許萱情越說心裡越嘀咕，語氣也從原本的玩笑變得嚴肅：『這學期他變得忙起來以後，妳有見過他的身體嗎？』

唐染被這問題問得一瞬紅了臉，好半晌才支支吾吾地出聲：「我我我本來也沒、沒見過他……」

『唉唷，不是說別的，就是比如鎖骨上啊，脖子下啊，這之類的地方。』

「好、好像沒有。」

『靠！』許萱情在電話對面跳了腳，『我就說男人能忍得住本身就很奇怪，更別說還是忍了四年。這個男人不會真的在外面幹了什麼齷齪事吧！』

唐染哭笑不得：「駱駱不會那樣。」

『妳就是太相信他了，我還沒見過像妳這麼聽話的小女朋友，完完全全不過問男朋友的私人交友情況！這這這縱容最容易滋生罪行了！』

『他現在人在哪裡呢！』

唐染轉了轉頭：「浴室裡。」

『那再好不過了。』

「為什麼？」

『妳裝作去洗手間，等他淋浴完，從蓮蓬頭下離開到旁邊穿浴袍的時候，妳就衝進去。』

「啊？」

『沒讓妳幹別的，妳進去看一眼就出來嘛。』

「看、看什麼？」

『還能看什麼，當然是看被他藏住的地方了。今天K市天天高溫將近四十度，妳男朋友連最上面一顆釦子都要扣著，說沒問題妳自己相信嗎？』

『而且就算是我誤會他了，妳進去看一眼，也不會出什麼問題嘛。』

唐染糾結地捏起睡袍的邊角：「這、這會不會不太好？」

『妳不去看，就不會覺得奇怪？就不會懷疑他到底做了什麼事情？』

「會、會的。」

『對嘛，這種懷疑對情侶之間才是最不好的。沒什麼比日漸增長的猜忌更破壞感情的了，所以妳才更該進去看一眼！』

幾分鐘後，在許萱情的成功洗腦下，唐染艱難地攥緊手機，轉頭看向客用浴室的方向。

同樣是磨砂玻璃的材質，儘管裡面似乎有意地關了浴室的燈，只留著更內一側的洗手間的壁燈，但駱湛的身影還是影影綽綽地拓在玻璃上。

唐染深吸了口氣，慢慢起身。

手機裡許萱情還在義憤填膺：『妳大膽地去看，如果沒事就算了，但如果真的在他身上看見一點痕跡，妳立刻打電話給我。本姑娘飛機可以不坐，一定回去幫妳搥爆這個男人！』

唐染聲音壓得輕而微顫：「他、他好像到旁邊了，我……去看一眼。」

『好！重點就看有沒有吻痕抓痕之類的，我跟妳說的妳記得了吧？』

「嗯……」

手機被唐染倉皇地扔在沙發上。

她交扣著手指收緊，慢慢朝那昏暗的角落走過去。

浴室裡的人影離開了蓮蓬頭，到了更近門的角落，窸窣地穿上浴袍。但不知道為什麼，蓮蓬頭並沒有被關上，淅淅瀝瀝的水聲依舊從隔音不錯的浴室內傳出來，在安靜空蕩的房間裡迴響。

唐染停在浴室門前。

她抬了抬手，指尖冰涼地握上浴室門的把手。色澤冷淡的金屬傳回更冷的溫度，涼得她心裡一顫。

唐染下意識想退縮。

但想起電話裡許萱情說的那些可能性，和此時已經被駱湛的那些反常埋進心底的懷疑的種子，唐染咬住唇，逼著自己攥緊了門的把手。

唐染抬眼，看著浴室的磨砂玻璃門內的身影。

無聲地深吸了口氣，唐染手下一用力，將浴室的玻璃門猛地推開：「對不起，我——」

被水聲掩蓋過去的深重的呼吸聲，帶著被這朦朧曖昧的水氣發酵過的再無法掩藏的欲望的氣息，撲入了唐染的耳中。

女孩的身影僵在浴室門前。

同樣僵住的，還有散敞著浴袍坐在浴室一角，靠在冰涼雪白的瓷面上的一身線條瘦削俐落的男人。

沙沙的水聲下，無聲僵持數秒。

駱湛輕吸了口氣，低下頭，他冷白的額角上淡藍色的血管都微微綻起，但那隻修長的手慢慢克制地拉攏浴袍衣襟。

「染染……妳先出去。」

男人的聲音是唐染前所未聞的低沉沙啞。

那僵住的幾秒裡，本能已經足夠唐染確定駱湛的頸前並沒有許萱情說可能會有的痕跡。

她知道自己現在最該做的就是當做什麼都沒發生，關門出去。

但是……

「我……」唐染艱難地擠出一個字音。臉紅得欲滴，手腳因為方才看到的、聽到的而有些發軟，但她仍是慢慢向這個潮熱的浴室裡踏了一步，「我可以幫、幫駱駱。」

浴室的玻璃門被關上。

女孩的身影疊著男人的身影，被掩進那片朦朧如沉靄的水氣中。

唐染是第二天臨近中午的時候才醒來的，從駱湛那張柔軟寬闊的大床上。

她的體質從來算不得好，比駱湛說的捏一下都要留下瘀青的情況好不到哪裡去。

某人不知道隱忍克制了多久，昨晚被她撩得理智全無的情況下，自然沒少作孽。等今早醒來看見懷裡那個身上紅得深一塊淺一塊的女孩，心疼得只差找兩顆榴槤揹著跪在床邊了。

所以唐染一睜開眼，最先看到的就是重新披上人皮的某個禽獸自責地黑沉著臉坐在床邊的模樣。

唐染張了張口：「駱……駱？」

女孩的聲音啞得厲害，張口把自己嚇了一跳。

等想起這聲音被折騰成這樣的緣由，又勾起昨晚被眼前的人壓在床角怎麼推也只是被索取更多的記憶，唐染慢吞吞地紅了臉。

駱湛猛回過神，緊張地低下頭：「醒了？」

「我餓了。」唐染紅著臉小聲說。

本以為女孩被他折騰得那樣，醒來以後怎麼也該鬧脾氣的，此時駱湛有點反應不過來。

「駱駱？」

駱湛眼神一震，連忙起身：「我熬了粥，去盛給妳。」

「好。」

駱湛走回來時，唐染已經自己套好床頭的衣服，乖巧地縮著手腳等在床邊了。

她身上是件粉色的大連帽衫，領口有點鬆垮，細白的頸子上還拓著紅痕。

駱湛的眼睛像被刺痛了一下，下意識縮回目光。他皺著眉將準備好的小桌擱到床上，幫唐染布置好粥飯碗盤。

最後把筷子勺子遞進女孩手裡，駱湛開口：「我做的，妳嚐嚐。」

「好。」唐染低頭舀了一勺，然後才慢半拍地愣愣抬頭，「這些是，駱駱你做的？」

「嗯，這個學期我在家裡上烹飪課。」

「烹、烹飪課？」唐染呆住，「所以你之前一直在校外忙的事情就是，烹飪課？」

駱湛坐到床邊，聞言無奈開口：「嗯。妳不是想知道我為什麼一直穿著長袖嗎？」

唐染說：「你怎麼知道……我想知道這個？」

「昨晚妳自己說的。」

唐染呆了呆：「我，說過嗎？」

駱湛垂眼：「嗯，最後快入睡，妳半夢半醒的時候說的。」

唐染紅了臉。

過去好一陣子她才想起什麼，從粥碗前抬頭：「所以駱駱你之前到底是想藏什麼？」

駱湛解開袖釦，將襯衫挽上去。幾處油鍋濺燙的疤痕露了出來，在白皙修長的手臂上格外刺眼。

唐染愣住了。

「有戴手套，但是不能完全遮住，不然沒辦法感受油溫之類的問題。」駱湛一頓，無奈道，「是想等傷疤褪掉再告訴妳的。」

「你為什麼要學烹飪？」

「妳忘了嗎？我到妳和妳的阿婆一起住的那個公寓樓裡那一次，我用外面的餐食騙妳說是我做的。」

「我當然記得。」

「後來在M市錢家的別墅裡，我答應過妳，『以後我會去學做菜，做給妳一個人吃』。」

唐染慢慢眨了眨眼。

她低下頭，看著駱湛手臂上那些傷痕，唐染覺得鼻尖有點酸：「那已經是很久前的事情了，駱駱不需要因為那樣一句話就去做……」

「答應過妳的每一句話、每一件事，我都會記得，再也不會忘了。」駱湛低聲說：「而且做到這個，我才覺得我有資格了。」

唐染茫然抬頭：「什麼資格？」

「無論什麼時候都能照顧好妳、和妳一起建立一個家庭的資格。」駱湛一頓，有些無奈地說：「我還設計了一份我自己很滿意的晚餐餐單和求婚流程。」

「求……婚？」

唐染更呆了。

駱湛沉默下來。幾秒後，他俯身拉開床頭旁邊的抽屜，拿出了裡面的黑色緞面盒子。盒子兩側被他輕輕一按，盒面自動打開，裡面襯在玫瑰花瓣間的鑽戒露了出來。

駱湛開口：「我本來是想在那樣充分考慮到每一個細節的計畫裡，向妳求婚的。」

唐染愣愣地望著鑽戒盒子。

駱湛則垂眼，無奈又心疼：「……如果妳昨晚沒有走進我的浴室，該是那樣求婚的。」

唐染被這話叫回了神，臉再次紅起來。

她沉默著，慢吞吞地開始往被子下縮：「那還是等、等你計畫好再……再說吧。」

「不行。」

駱湛把企圖藏進被子裡的女孩捉住了。

他低下頭，隱忍幾秒，克制地吻了吻女孩的唇。

在女孩面前，男人從來是極盡他這一生的溫柔模樣——

「我該對妳負責了，小女孩。」

許妳一言。
我白首不忘。
——駱湛

# 番外四　白駒不易

唐世語在年少時，是圈子裡有名的混世小魔女。

在那個觀念還不夠開放的時代，她那和多數女孩子大相徑庭的行事作風讓家裡家外的人都非常頭痛。如果在一些場合遇見了她，旁家長輩不少人要皺著眉避開的——就是頑劣至此。

那時候唐家裡，杭薇依舊是說一不二的人，唯獨拿唐世語這顆銅豌豆沒辦法。後來鬧得煩了，索性將人送到離家最遠的外地大學。

彼時的大學與後來還有些不同，無論學校還是學生的數量都不似現在這樣多如牛毛，大學生們的娛樂活動也沒如今的花樣繁複。

除了圖書室自習室這樣的學習場合，學生們能打發時間的場所不過是學校外那幾處商場和遊戲廳。

唐世語那野慣了的性子，哪裡耐得住H大的清閒寂寞？在H大上了一年多的學，她已經將整個H市都玩了一遍了。

窮極無聊，唐家這混世魔女把魔爪伸向了她還沒荼毒過的「淨地」。

「混進附中玩，妳活得不耐煩了？」狐朋狗友聽了她這餿主意都直搖頭，「被抓著可不是貼布告欄那麼簡單，不去不去。」

「膽小鬼，我自己去。」唐世語行動力十足，做了鬼臉便跑回宿舍裡。

在她那個箱櫃裡翻找許久，終於從壓箱底的地方翻出一件符合女高中生樸素模樣的長衣長褲。

唐世語把身上那套普通學生只能在商場櫥窗裡豔羨地看上兩眼的衣裙換下來，又把蓄好的長髮喀嚓一下剪成了清湯掛麵似的學生頭。

扔了髮尾的唐家魔女沒半點心疼，面著鏡子轉過兩圈：「真美。」

她對自己的新形象滿意極了。

第二天一早，唐世語就叫司機把自己送去H大附中。

唐世語自己中學時野慣了，對正常的高中生上下學時間很有誤解。早上到了附中門口，大鐵門早就關了——只剩下半扇小門，還有兩個灰頭土臉地接受風紀股長盤問的高中生。

「這是什麼流程？」在自家本地的學校時她「作威作福」慣了，再折騰也沒受過什麼挫折。此時對這場面，唐家魔女很不能理解。

「小姐。」司機無奈地說：「這是遲到了，記錄名字班級，次數多了要記過的。」

「噢。」尾調拖沓得慵懶且長。

「小姐妳真的打算這麼進去？」

「嗯。我今天這個打扮怎麼樣，是不是特別樸素特別女學生？」

「呃……」司機沉吟好久，才壯著膽子回頭，「您還是再考慮考慮——」

「砰。」

不等司機招呼完，唐家魔女拎著她那件喇叭褲褲管就跳下車去了。

看著自家小姐瀟瀟灑灑的背影，還有她身上那件四位數的能掃地的「樸素」的喇叭褲，唐家司機非常頭痛。

唐世語到了小門門口，最後一個學生剛灰頭土臉如喪考妣地被放進去。

穿著白襯衫的風紀股長半低著頭，在記錄本上唰唰寫字。

唐世語不經意瞥過去，正看見一角膚色白皙的額，還有少年從眉眼順下去線條美好的側顏。

小魔女一愣。

然後她在心裡吹了聲口哨，還差點吹出聲。

等把注意力定住，唐世語上下掃了這個人一遍，按身高判斷，應該是附中這屆的畢業生。最重要的是，還是個小帥哥。

唐世語喜歡好看的人，賞心悅目。聖人說食色性也，她從來坦然，不覺得羞恥。這一點使得她在那個時代的同齡女孩子裡更加異類。

不過這個實在太好看，和唐世語她們之前在圖書室裡偷偷占位好靠近點的那種男生的好看完全不同。

怎麼說呢。

那白襯衫和牛仔褲都洗得漿白，渾身上下不見修飾，不能再普通，但就是透著種乾淨模樣。

唐世語覺得自己得慎重。

所以她湊上前，瞧著那隻攥筆的修長有力的手，還有筆下龍飛鳳舞的字跡。

斟酌一秒，唐家小魔女「慎重」地開口了。

「小帥哥，你叫什麼名字？」

藍景謙負責督察校內風紀一年多了，不管因為他在學生間的知名度還是威望，這都是第一次被人問這個問題。

還是以如此輕佻的語氣。

他手裡的筆停住，然後慢慢抬了頭。

站在面前的是個學生打扮的女孩，瓜子臉，清湯掛麵頭，看起來年紀和他相仿，像是附中的學生。

但藍景謙確定自己沒在附中見過她。

沒見過哪個女孩有這樣一雙……靈動近妖的眸子。

藍景謙沒來由地皺了皺眉，頭低回去，筆尖重動，聲音淡淡：「妳遲到了。」

沒得到答案唐世語也不覺得挫敗，嬉笑：「是嗎？」

「遲到十七分鐘。」那聲音依舊平靜，「按照紀律記錄班級姓名，累計三次以上記過處分。」

「這麼嚴格啊？」

「班級，姓名。」

唐世語隨口一扯：「高三四班，唐糖糖。」

藍景謙筆一停。

像生怕這人不信，唐世語補充：「唐宗宋祖的唐，糖果的糖糖。」

少年慢慢抬了眼：「學生證帶了嗎？」

唐世語眨了眨眼：「忘了。怎麼嘛，我的名字不好聽？」

「我都告訴你了，你是不是也應該把你的班級姓名告訴我啊？」唐世語耍起無賴。

她現在已經不指望能從這少年那裡聽到什麼，倒是希望他被自己纏煩了，放她進去。

所以毫無徵兆和防備的，唐世語就聽見少年聲線輕淡平靜地開口了。

「藍景謙。」

「高三，四班。」

唐世語傻眼了。

隨口編一個班級都能編到風紀股長的同班，唐世語覺得自己今天該去遊戲中心碰碰運氣。

她慢慢眨了下眼，然後笑了：「緣分啊，小帥哥。」

「是嗎？」

「當然了。」

唐世語看起來毫不心虛，還抬了手往人肩上一搭。

少年年紀不大，個子卻不低。她向前踮了踮腳，才勉強伸到他耳旁的位置。耳邊一熱，怎麼也沒料想到的藍景謙僵了身影。

而女孩在他耳邊笑，淡淡的叫不上名的馨香氣息撲入呼吸。

「百年才能修得同船渡。那你說我們這緣分，是不是已經做了十世夫妻？」

少年身體更僵。

「不過我突然想起家裡有事沒做，要回去一趟了。」唐世語趁他沒反應過來，轉身溜了。

跑出去一段，唐世語才停下來，回頭朝著白襯衫的少年搖手，露出唐家小魔女招牌式的燦爛笑容。

「有緣再見啊，小相公。」

唐世語敢說那話，自然是篤定了撒謊還被抓現行這麼丟臉的事情她不會再讓它發生。

那個夏天她都離附中遠遠的，一步沒再靠近。

夏天過半，H大開學。

公告欄張貼了紅紙黑字的狀元榜，唐世語從來不管這些事情，和狐朋狗友從前面勾肩搭背地過。

笑鬧裡，她隨隨便便地往旁邊瞥了一眼。

風扶起紅紙一角。

入學分數第一的狀元名在最上面，三個怪漂亮的蠅頭小楷：藍景謙。

唐世語步伐一頓。

這個名字除了好聽，發音還有點熟悉。

她沒準備放在心上，剛收回視線要繼續往前走，就迎面撞見張白皙清雋的少年臉龐。

冷冷靜靜的，眼神淡淡地望著她。

唐家小魔女平地崴了一下腳，一個沒防備的臺階，丟臉至極地摔到了地上。

狐朋狗友笑作一團。

「唐世語，妳看見帥哥就腿軟啊？」

「長這麼帥還不認識，一瞧就知道是今年新生。小學弟妳都惦記，唐世語，妳禽獸呀。」

「摔早了摔早了，再往前點，妳就能摔到人懷裡了。」

從來沒在言辭上輸過的唐世語難得沒了和他們計較的心情。

她撐著地面，鬱悶又納悶地坐起來。夏天衣裙且薄著，摔一下最結實——膝蓋上火辣辣地痛，一片血紅。

唐世語心裡嘆氣，這世上，原來還真有報應一說啊？

她正嘀咕著，一塊洗得漿白的手帕被一隻修長有力的手遞到她眼前。

唐世語愣了一下。

她沒接，先坐在地上仰起頭向上看去。

背著光，少年剛剛和她一起被一群人調戲完，眉眼神態卻依舊平靜冷靜，聲音也一樣。

「擦一擦吧。」他垂著眼，「學姐。」

唐家折騰死人不償命的小魔女，第一次心跳像鼓點似的敲響。

藍景謙不是喜歡多管閒事的性格。

但以他自己都驚訝的速度認出這名摔在他眼前的女孩時，即便聽了那些讓他想皺眉的話，遲疑一兩秒後，他還是拿出自己的手帕。

不過，摔在地上的這位學姐似乎沒有要領情的意思。

藍景謙收回手。

或許這麼丟臉的兩次事情後，對方並不想有交集，這也正常。

只是剛落回一半，他手裡的手帕就被捏住了。

藍景謙抬了抬眼，視線再次落回去。

這一次，又是那個晃過他眼睛的燦爛笑容：「你真的要給我？」

藍景謙回神，微微點頭：「嗯。」

他說完就要鬆手，準備轉身去新生報到處。

只是那手帕離開他指腹還沒兩公分，一隻觸感柔軟的手突然向前一追，抓緊了手帕也握住了他的手。

藍景謙一愣，垂眸。

藉著他手上的力，唐世語慢慢起身：「你真善良。可是怎麼辦呀，學弟？我這個人，最喜歡恩將仇報了。」

藍景謙動了動眉，沒說話，眸子漆黑平靜地望著她。

唐世語紅唇勾起，拉著那隻沒掙扎的手，借力踮了踮腳。

像初遇一樣，她翹在他耳旁。

「你遇上大事了，學弟。」

藍景謙眼神輕晃了一下，又定住。

他側過臉望向她：「什麼事？」

女孩沒說話。

她歪了歪頭，露出一個俏皮又恣肆的笑。

然後她指了指自己。

「我。」

你攤上我了。

大事。

一直到很多年後，提起初遇和再遇，唐世語都會笑不自禁。

「他像一個呆瓜，」她指著藍景謙，這樣對唐染說：「兩次都是，就那麼傻在那裡了。」

彼時駱湛與岳父岳母已經再熟悉不過，也不避諱玩笑。聞言他撩了撩眼簾，張口維護自己的「岳丈兄弟」：「Matthew 第一次碰見妖精，他又不是唐僧，當然招架不住。」

唐染拉了拉他衣角，不讓他那樣形容唐世語。

唐世語自然不介意這種稱呼，撇了撇嘴，撈走寶貝女兒：「讓這兩個臭男人一起玩吧。我們去做下午茶，我最近剛學了一道新的……」

母女倆的背影遠了，駱湛才收回目光。

他側撐著實木沙發的扶手，懶洋洋地望著藍景謙：「到現在我還是想不通。」

「想不通什麼。」藍景謙問。

「你那些年不知道她是假成婚吧。」

「嗯。」

「那為什麼明明無望，卻一直等著，那麼多年都沒結婚。」

藍景謙眼皮動了動，抬眼：「不是等。」

「嗯？」

藍景謙沒有再解釋了。

他望著斜對面的餐廳裡，水晶玻璃門後隱隱約約的身影。

藍景謙很淡地笑了笑，垂下眼去。

不是等。

只是旁人無謂。

唐世語也曾惱過，說他就像幅水墨畫，寡淡無味。

她說得對。

她是他人生裡唯一那筆濃墨重彩。

在她之後，萬般顏色落紙，不過黑白。

我愛妳。

如始如終，白駒不易。

——《別哭》番外完——

——《別哭》全文完——

高寶書版集團
gobooks.com.tw

**YH 136**
**別哭（下）**

作　　者　曲小蛐
特約編輯　小玖
責任編輯　吳培禎
封面設計　陳采瑩
內頁排版　賴姵均、彭立瑋
企　　劃　何嘉雯

發 行 人　朱凱蕾
出　　版　英屬維京群島商高寶國際有限公司台灣分公司
　　　　　Global Group Holdings, Ltd.
地　　址　台北市內湖區洲子街88號3樓
網　　址　gobooks.com.tw
電　　話　(02) 27992788
電　　郵　readers@gobooks.com.tw（讀者服務部）
傳　　真　出版部(02) 27990909　行銷部 (02) 27993088
郵政劃撥　19394552
戶　　名　英屬維京群島商高寶國際有限公司台灣分公司
發　　行　英屬維京群島商高寶國際有限公司台灣分公司
初　　版　2023年5月

本著作物《別哭》，作者：曲小蛐，由北京晉江原創網絡科技有限公司授權出版。

國家圖書館出版品預行編目(CIP)資料

別哭/曲小蛐著. -- 初版. -- 臺北市：英屬維京群島商
高寶國際有限公司臺灣分公司, 2023.05
　冊；　公分. --

ISBN 978-986-506-742-7(上冊：平裝). --
ISBN 978-986-506-743-4(中冊：平裝). --
ISBN 978-986-506-744-1(下冊：平裝). --
ISBN 978-986-506-745-8(全套：平裝)

857.7　　112007907